LAS CRÓNICAS DEL ALQUIMISTA

# LA CIUDAD SECRETA

› **Título original:** *The Secret City*
› **Dirección editorial:** Marcela Luza
› **Edición:** Leonel Teti con Laura Ojanguren
› **Coordinación de diseño:** Marianela Acuña
› **Diseño de interior:** Julián Balangero
  sobre maqueta de Agustina Arado
› **Diseño de tapa:** Jack Smyth, LBBG

*un sello de*
*V&R Editoras*

**ARGENTINA:**
San Martín 969 piso 10 (C1004AAS)
Buenos Aires
Tel./Fax: (54-11) 5352-9444
y rotativas
e-mail: editorial@vreditoras.com

**MÉXICO:**
Dakota 274, Colonia Nápoles CP 03810,
Del. Benito Juárez, Ciudad de México
Tel./Fax: (5255) 5220–6620/6621
01800-543-4995
e-mail: editoras@vergarariba.com.mx

**ISBN 978-987-747-305-6**

Impreso en México, julio de 2017

Litográfica Ingramex, S.A. de C.V.

Daugherty, C. J.
Las crónicas del alquimista. La ciudad secreta / C. J. Daugherty; Carina  Rozenfeld. - 1a ed. -
Ciudad Autónoma de Buenos Aires: V&R, 2017.
360 p.; 21 x 15 cm.

Traducción de: Víctor Uribe.
ISBN 978-987-747-305-6

1. Literatura Juvenil. 2. Novelas Fantásticas. I. Rozenfeld, Carina  II. Uribe, Víctor, trad. III. Título.
CDD 863.9283

LAS CRÓNICAS DEL ALQUIMISTA
# LIBRO 2

# LA CIUDAD SECRETA

## C. J. DAUGHERTY
## CARINA ROZENFELD

Traducción: Víctor Uribe

1

–No seas llorona. Prueba otra vez.

Louisa agregó otra pesada roca sobre una pila tamba-
leante. La piedra era casi tan grande como su cabeza; sus
músculos se marcaban por el esfuerzo de cargarla a través
de la arena oscura y húmeda que había en la orilla del río,
provocando que sus elaborados tatuajes se ondularan.

Una vez colocada y equilibrada sobre las otras rocas,
la joven se alejaba rápidamente, como si temiera que la
pila fuese a explotar.

Taylor observaba la demostración con los brazos cruzados bajo el resplandeciente sol de la tarde. Un viejo cobertizo para botes era la única construcción visible. Más
allá del cobertizo, destellaba el verdor de los prados.

Estaban solas. Más temprano habían pasado a gran velocidad algunos remeros, como si flotaran por encima del agua. Pero ya hacía un rato desde la última vez que alguien había aparecido por ahí. Los únicos sonidos eran el siseo del viento al rozar la hierba y el zumbido de las abejas volando entre las flores silvestres. Era el lugar perfecto para practicar.

La tarde se había vuelto calurosa. Los rizos rubios de Taylor se pegaban a sus mejillas húmedas, mientras miraba con desconfianza las piedras.

–Vamos, Lou. ¿Por qué tantas?

Apoyada contra la pared del cobertizo, Louisa le dirigió un gesto fulminante.

–Si me pagaran por cada vez que te quejas –la provocó–, no estaría parada aquí apilando piedras. Entonces, ¿ya te vas a concentrar, o qué?

Su cabello azul atrapaba la luz del sol y la convertía en brillantes chispas celestes.

Taylor cerró los ojos y dejó de discutir. En la oscuridad bajo sus párpados, el mundo alquímico cobraba vida. Las moléculas de energía bailaban alrededor de la chica y su mente las traducía en objetos tangibles: dorados filamentos de poder que surgían de los prados detrás del cobertizo, sedosos cordones cobrizos que provenían de las moléculas luminosas del aire.

El río era el que tenía el mayor potencial, pues visto de este modo consistía en una corriente de lava color ámbar que avanzaba lentamente por el campo regado de flores.

Las moléculas eran invisibles para el ojo humano, pero ella había aprendido a verlas. Debía percibir lo que estaba a punto de tocar para manipularlo, para cambiarlo.

Taylor respiró profundamente y escogió con cuidado uno de los filamentos más finos del agua y lo dirigió a las piedras.

*Levántate.*

Cuando la alquimia funcionaba, podía sentirlo: un vertiginoso impulso de energía que desbordaba sus venas. Una colorida explosión de poder.

Abrió los ojos. La pila de pesadas rocas se balanceaba, como si fueran globos, por encima de la lenta corriente del río; cada piedra permanecía perfectamente alineada con la que se hallaba debajo, como un pastel rocoso de varias capas.

–Lo hice –mencionó Taylor, tras evaluar satisfecha su trabajo.

–Genial –Louisa no parecía impresionada–. Ahora déjalas con cuidado en el agua.

Taylor llevaba lidiando todo el día con esta parte. Levantar las piedras era un asunto, pero colocarlas en un lugar específico resultaba mucho más complicado. Con el entrecejo fruncido por la concentración, se aferró al hilo de energía y, poco a poco, buscó depositar las rocas en el lento vaivén de las olas.

*Floten.*

Prácticamente podía sentir la carga de las pesadas rocas, que parecían resistir el poder de la joven. El jalón de la gravedad era implacable.

Taylor tenía la frente salpicada de sudor y los puños apretados a los costados, mientras luchaba por mantener el control. Por un segundo, la pila actuó como ella ordenaba, con las piedras flotando ligeras como pétalos de rosa hacia el agua de tono azul grisáceo. De pronto, sin previo aviso, el filamento dorado de energía molecular se liberó y quedó bailando en los bordes de su mirada como un duende.

–¡No! –estiró las manos como si buscara detener físicamente lo que ocurriría a continuación, pero era demasiado tarde. Las rocas salieron disparadas en todas direcciones.

Una de las piedras voló directamente hacia Louisa, que no contuvo los insultos y levantó de golpe una mano. La roca pareció estrellarse contra un muro invisible que se encontraba encima de ella. Rebotó con dureza, antes de aterrizar con un leve golpe seco en el borde de la ribera. Otras dos piedras cayeron rio arriba, a lo lejos, y una más desapareció en la orilla opuesta.

Después de lo ocurrido, incluso las aves callaron, como si necesitaran un segundo para maravillarse de la incompetencia de Taylor.

–Diablos –la joven se limpió el sudor de la frente–. Estúpidas rocas –volteó hacia Louisa–. ¿No podríamos volver a encender velas? Las adoro.

La otra joven negó con la cabeza.

–Se trata de control, Rubia. Tienes esta habilidad natural de locos, pero ahora tienes que aprender a utilizarla antes de que alguien termine muerto.

–Oh, gracias, Lou –Taylor se quitó el cabello de su rostro pegajoso con un fatigado manotazo–. Ahora me siento mucho mejor.

Antes de que la otra joven alcanzara a dedicarle una de sus ásperas respuestas, su teléfono sonó. Le dirigió a su aprendiz un gesto de "dame un minuto" y caminó hacia el cobertizo para tomar la llamada en privado.

Taylor la observó retrocediendo con una mirada contemplativa. Seguía habiendo asuntos que ignoraba y que Louisa no le había contado. El Colegio San Wilfred de Oxford mantenía misterios de cientos de años, y Taylor se encontraba en el corazón de ellos.

Con un suspiro, se sentó en una vieja banca de madera, cuyo áspero material había sido suavizado por los años de lluvia y viento. La intensa concentración que implicaba su entrenamiento era bastante agotadora. Sentía como si hubiera corrido varios kilómetros. El sudor resbalaba por su cara y sentía el cuerpo débil. Su blusa blanca –con el lema "Me gustan los LIBROS grandes y no puedo mentir"– se adhería a su torso.

Tomó un trago de su botella de agua tibia y miró a través del prado. A la distancia, los elevados chapiteles de piedra de San Wilfred se erguían hacia el cielo. A todo el mundo le parecía un castillo blanco que resplandecía bajo el sol.

Seguía sin creer que ahora esta fuera su casa. Cada mañana se despertaba en aquella habitación desconocida y veía alrededor las paredes blancas y lisas, junto con los muebles anticuados, y se preguntaba dónde demonios se encontraba. Entonces los recuerdos llegaban a inundarla: la pelea en Londres, los portadores rodeándola y apabullándola en la calle, la brillante motocicleta de Sacha rugiendo hacia ella, el incontenible poder que surgió cuando ambos juntaron sus manos y destruyeron a aquellas criaturas demoniacas.

De pronto zumbó su propio teléfono en su bolsillo e interrumpió sus pensamientos. Cuando lo sacó, resplandeció un mensaje de su madre para ella.

Te extraño, querida. ¿Te llamo en la noche?

Algo en el pecho de Taylor se contrajo y la joven estrechó el aparato.

Louisa y los otros alquimistas los habían llevado a Oxford por su propia seguridad, y probablemente este lugar fuera el más seguro. Por lo menos tanto como se podía. Pero no se sentía como su hogar.

Echaba de menos a su mamá más de lo que estaba dispuesta a admitir. Le envió un mensaje de texto:

¡Sí! Te llamo antes de la cena.

Extrañaba tanto su casa. Incluso echaba de menos a su hermana menor, Emily. Y *realmente* extrañaba a Georgie. Su mejor amiga le mandaba mensajes constantemente, pero ahora las separaban cientos de kilómetros, en más de un sentido. Georgie se hallaba en Woodsbury, preparando sus exámenes y soñando con el viaje de verano a España que haría con su familia, cuando terminara las pruebas.

Taylor aprendía a combatir monstruos.

Miró de reojo a Louisa –quien seguía hablando por teléfono–, respiró profundamente e hizo a un lado la melancolía. No podía permitir que alguien se enterara de cómo se sentía. Tenían que creer que ella era la indicada. No tenían otra opción más que hacerlo.

Cerca del cobertizo, Louisa metió su teléfono en el bolsillo de sus pantalones recortados y regresó dando largos pasos hacia su aprendiz.

–Debemos volver –anunció–, Jones me quiere ver.

Todo el mundo en San Wilfred le llamaba "Jones" al decano, Jonathan Wentworth-Jones. No se podía decir que en el colegio hubiera un poder jerárquico, pero cuando el decano llamaba, había que acudir.

Entusiasmada en secreto con la idea de dejar el asunto de levantar rocas, Taylor siguió a Louisa por la vereda que se extendía a lo largo de la ribera hacia la escuela.

El sendero era estrecho y estaba lleno de hierbas altas y de flores silvestres, que se inclinaban hacia las jóvenes provocándoles un cosquilleo en las piernas. Mientras caminaba, Taylor anudó sus rebeldes rizos dorados, permitiendo que la suave brisa refrescara la piel detrás de su cuello. Era el mes de julio más caluroso que alcanzaba a recordar. Cada día era abrazador, como si el mundo estuviera a punto de acabarse.

Estaba tan perdida en sus pensamientos, que ya habían recorrido media ribera cuando se percató de que Louisa no había dicho una sola palabra. Normalmente, le hubiera reprochado por lo ocurrido con las rocas y la hubiera amenazado con horas de extenso entrenamiento. Sin embargo, ahora guardaba silencio, y su rostro estaba tenso y pensativo. Taylor la examinó con curiosidad.

–¿Qué sucede?

Louisa levantó la mirada. Bajo la brillante luz del sol, sus ojos tenían el color del dulce de leche.

–No es nada –respondió encogiéndose de hombros y apartando la mirada–. Jones siempre se preocupa por un asunto o por otro.

Taylor sabía que su tutora le estaba ocultando algo, pero lo dejó pasar. Tenía sus propios problemas.

Con cada acalorada jornada que transcurría, sus habilidades alquímicas se fortalecían. Tal vez no podía controlar las estúpidas rocas, pero no cabía duda de que estaba mejorando. Incluso ahora le resultaba difícil concentrarse en el camino sólido que tenía por delante, pues las moléculas de energía parecían perseguirla. Esferas doradas obstaculizaban su camino. También la rodeaban gruesas gotas color de miel y las corrientes que ellas formaban. Resultaba una distracción constante que terminaba mareándola si las veía directamente al caminar, por lo que estaba aprendiendo a enfocarse en ver el mundo como lo hacía la gente normal. Las flores azules y rosadas; el suave verde del césped; la luz del sol.

Al final del camino, había una vieja puerta de madera empotrada en medio de un muro de piedra con varias ventanas profundas. En la roca, encima de la puerta, habían sido tallados símbolos antiguos. Taylor apenas los notó cuando recién llegó. Ahora los percibía constantemente, estaban por todos lados del colegio. El poder siniestro del uroboros, la serpiente mordiéndose la cola. La simplicidad de un círculo perfecto entrelazado por un triángulo. La perfección del ojo que todo lo ve. Había docenas de estos símbolos. Cada uno representaba un elemento de la antigua alquimia –cobre, mercurio, estaño– con su correspondiente poder para repeler la energía oscura. El oro, representado por el sol, y la plata, por la luna, eran los símbolos más fuertes de todos. Tallas de soles y lunas coronaban cada puerta, cada ventana, cada pared.

En conjunto formaban una barrera protectora alrededor de San Wilfred. Normalmente, esto bastaría para mantener segura la escuela, pero los tiempos estaban cambiando.

Ya nada estaba a salvo.

La puerta no tenía manija. Louisa presionó la punta de los dedos contra la madera llena de cicatrices. Segundos después hubo un sonido metálico y la puerta se abrió.

Del otro lado, los alumnos y profesores se apresuraban a atravesar un patio interior cubierto de césped, limitado por todas partes por altos edificios de piedra. Encima de sus cabezas se erguían elegantes torres y chapiteles. Lucía como un colegio de Oxford perfectamente ordinario. Y de cierta manera lo era.

Las jóvenes se sumaron al torrente de estudiantes.

–No te preocupes por la práctica –Louisa habló tan repentinamente que Taylor se asustó–. Ya lo conseguirás. Estás progresando.

–Lo sé –respondió–. Solo desearía que fuera más rápido.

–Es rápido –la sonrisa de Louisa era sombría–. No lo parece porque tenemos prisa.

Un grupo de chicas se reunió junto a una columna y miraba fijamente a Taylor. No hacían ningún esfuerzo por ocultar su interés, y el siseo de sus murmullos parecía resonar en los oídos de la joven.

–¿Es *ella*?

–No veo nada especial en ella.

Esto ocurría tan a menudo que debería haberse acostumbrado, pero seguía molestándole. Sus mejillas se sonrojaron y el enojo creció en su interior.

Los rumores acerca de ella y Sacha habían circulado desde que llegaron al colegio. Ignoraban la historia completa –Jones la mantenía en secreto para evitar que se extendiera el pánico–, pero todos sabían que los problemas que enfrentaban se relacionaban con ellos dos, y esto no era para alegrarse.

Antes de que pudiera pensar en una respuesta mordaz, Louisa se deslizó delante de ella y encaró a las chicas, con los brazos cruzados y la mirada en llamas.

–¿Qué diablos pasó en sus vidas para que actúen de esta manera? No estamos en la secundaria. Largo de aquí o las reporto con Jones.

Las chicas se encogieron ante el arrebato de su mirada. En segundos, el grupo se fundió en el alboroto general del patio.

–Idiotas –gruñó Louisa–. Vamos.

Tomó a Taylor por el codo y la condujo hacia el pasaje de piedra.

Al llegar a las escaleras del edificio administrativo, alto, de estilo gótico, marcado por las sombras de unas gárgolas con apariencia de lagartos que miraban a la multitud debajo de ellas, Luoisa se detuvo.

–Puedes esperar aquí si quieres, pero no sé cuánto tiempo tardaré –caviló un instante–. ¿Por qué no te reportas con Alistair y los demás?

–Seguro –respondió Taylor encogiéndose de hombros.

–Ve directamente con ellos, ¿de acuerdo? –la expresión de Louisa se había vuelto severa.

Taylor contuvo una respuesta mordaz. A ella y a Sacha los protegían constantemente, incluso en los terrenos del colegio, y ambos estaban cansados de que los trataran como niños.

–Lo prometo –asintió, manteniendo una expresión tranquila.

Sin embargo, en cuanto la otra joven entró al edificio, Taylor no se dirigió al laboratorio, donde los investigadores seguían experimentando con los restos de los portadores muertos que trajeron de Londres. En cambio, se volvió en dirección opuesta y se encaminó con un propósito.

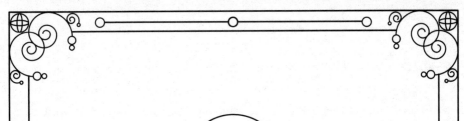

**2**

La biblioteca de San Wilfred era un edificio con forma de columna redonda, construido con la misma piedra caliza dorada que la mayoría de las edificaciones en Oxford. Su techo abovedado de cobre tenía un brillo verdoso bajo el sol abrasador. Taylor se coló por aquellas puertas anchas, incrustadas con símbolos alquímicos, hacia la fresca penumbra de la sala de lectura principal.

Dentro, las mesas estaban dispuestas, desde la puerta principal, en semicírculos simétricos, cada una con dos lámparas de latón para leer, y rodeadas de sillas de cuero. La mayoría de las mesas estaban vacías. Esto no se debía a que los estudiantes de San Wilfred no estudiaran, sino a que toda la sala era más bien de exhibición. Las partes funcionales de la biblioteca se extendían, más allá de la estructura decorativa, por más de una manzana. Las pilas de libros se prolongaban en miles de anaqueles a lo largo de cuatro pisos, y había aún más niveles con volúmenes bajo tierra. Era un enorme laberinto de lectura.

A pesar del enorme tamaño del lugar, la joven tenía una idea bastante clara de dónde encontrar a Sacha. Con pasos rápidos se abrió camino por el sitio silencioso, pasó las columnas de mármol tallado gruesas como troncos y se dirigió directamente hacia unas altas puertas dobles. Estas conducían a un vasto atrio de mármol. Pudo sentir el olor a café proveniente de la cafetería estudiantil que se hallaba en el piso de abajo y, durante un segundo, anheló las deliciosas galletas de chispas de chocolate, pero no se detuvo; en lugar de eso tomó la escalera principal que rodeaba la estatua de cuatro caballos saltando.

Aunque apenas llevaba tres semanas en San Wilfred, cada parte de este lugar le parecía normal a Taylor. Ella y Sacha se enfrentaban a un mundo en el que todos eran mayores que ellos, más seguros, además de que, hasta donde sabían, ninguno encaraba la posibilidad de una muerte inmediata, así que los dos jóvenes desarrollaron rápidamente rutinas diarias que seguían con un rigor casi religioso. Cada tarde, Taylor entrenaba con Louisa, y Sacha se perdía en viejos libros franceses en la biblioteca, en busca de respuestas.

Apenas echando un vistazo a las punzantes bestias de piedra, se apresuró a subir, pasando a los estudiantes que holgazaneaban y a los profesores que arrastraban los pies. En cuanto llegó al siguiente piso, dio vuelta a la derecha y avanzó en línea recta hacia las estanterías que se elevaban muy por encima de ella por todos lados.

Con su acostumbrada camiseta negra y jeans, Sacha estaba sentado a solas en la última mesa de la esquina. Estaba inclinado sobre sus libros, con la cabeza ligeramente apoyada en los dedos de una mano. Varios mechones de su cabello lacio y castaño caían por su frente, ocultándole la cara. Sus piernas largas se extendían por el pasillo.

Si la energía de un alquimista era cálida y luminosa, la de Sacha era completamente distinta. La suya era un oasis frío, de un azul sereno, rodeada de oscuridad. Había peligro en él, y eso atraía a Taylor.

Desde que juntos mataron a los portadores, de algún modo estaban conectados. Nunca hablaban al respecto, pero ella sabía que él también lo sentía. Podía verlo en su rostro, una especie de aire pensativo en sus ojos.

Pero él no la miraba en ese momento. Estaba tan absorto en su lectura que saltó cuando ella apareció sin avisar en la silla de cuero frente a él.

–*Merde*, Taylor. No me tomes así por sorpresa.

Su sedoso acento francés hacía que cada palabra sonara tan genial que Taylor sonrió involuntariamente.

–Lo siento.

La mirada del joven recorrió el rostro de ella, deteniéndose en sus mejillas sonrojadas y su cabello enredado. La molestia se desvaneció de su expresión.

–¿Cómo estuvo el entrenamiento?

–Calzones –dijo con un suspiro.

Sacha frunció el entrecejo, llevando su mirada confundida a las piernas expuestas de la joven.

–¿Calzones? No sé qué quieres decir.

Ella le estaba enseñando algunas minucias importantes del inglés, las partes que no se aprenden en la escuela. Maldecir y expresiones como "calzones".

–Calzones. Como estar en ropa interior. Quiere decir mal –se recargó en el respaldo de la silla–. Básicamente, soy la peor alquimista de la historia. Las rocas me siguen golpeando. Es bochornoso.

–Eres lo bastante buena como para acabar con los portadores –señaló el joven–. Lo que te hace mejor que todos los demás.

Ella le dirigió una sonrisa agradecida.

–Ojalá hubieras estado ahí para decírselo a Louisa.

–¿Es el mismo problema? –preguntó–. ¿La parte del control?

Taylor asintió.

–Louisa dice que soy un misil nuclear sin sentido de dirección.

Los labios del joven se crisparon.

–Es dura.

–¿No es cierto?

El gesto de Sacha volvió a ponerse serio. Sus dedos golpetearon el pesado libro que seguía abierto frente a él; la única señal que daba de estar preocupado.

–¿Qué crees que es? ¿Qué es lo que te retiene? Quiero decir, te he visto controlar tu poder y hacerlo parecer sencillo.

En su voz no se asomaba ningún juicio, pero Taylor titubeó. Era reacia a decirle "No lo sé". La vida del joven dependía de que ella descubriera cómo ser una alquimista brillante. Y en este momento no lo era.

–Es difícil controlarlo cuando no hay nadie alrededor tratando de matarme… quiero decir, matarnos –contestó después de una larga pausa–. Soy mejor que antes, pero sigo perdiendo el control y no sé por qué. Louisa me repite que solo necesito practicar. Pero no tenemos mucho tiempo.

–Lo conseguirás. Solo continúa intentándolo.

Si estaba nervioso –con el temor de que ella fracasara y lo dejara morir–, lo ocultaba bastante bien. Y como no quería que él viera qué tan preocupada estaba, Taylor levantó un libro de la pila que había sobre la mesa. El título estaba en francés y le tomó un instante traducirlo.

–*Los quemados de Carcassonne* –la joven arrugó la nariz–. Qué alegre.

–Sí… Eh, Taylor, realmente no debería…

Se estiró como para quitárselo, pero ella ya lo había abierto. La primera página mostraba un grabado de una hoguera. Una mujer se encontraba parada encima, con las manos atadas detrás de su espalda. A pesar de las líneas irregulares del grabado, su rostro se retorcía de miedo y dolor.

–Ese libro es bastante perturbador –señaló Sacha con la voz apagada.

Taylor no respondió. No necesitó hacerlo.

No sabían mucho acerca de la maldición que amenazaba su vida, pero estaban enterados de que se había iniciado con Isabelle Montclair, un ancestro de Taylor. Isabelle fue una alquimista que vivió en Francia en el siglo XVII, rechazó su educación y las creencias de su propia gente, convirtiéndose a la demonología, que los alquimistas llamaban la "práctica oscura". Como muchos alquimistas de su época, fue quemada como bruja. Pero hubo dos aspectos que hicieron diferente su ejecución: la persona que la quemó fue un ancestro de Sacha; y, al morir, la mujer empleó una práctica oscura desconocida para maldecir a la familia del hombre durante trece generaciones. Debido a ese conjuro pronunciado hacía mucho tiempo, con los siglos habían muerto los doce primogénitos de su familia. Sacha era el decimotercero.

Taylor hojeó el volumen nerviosamente, como si las pistas pudieran saltar y ofrecerse a su mirada.

—¿Hay algo aquí acerca de la maldición?

—Nada nuevo. Se menciona la quema de Isabelle Montclair, pero la información es escasa. Nunca es lo que necesitamos.

El joven cerró el libro tan bruscamente, que Taylor tuvo que apresurarse a quitar los dedos del medio.

—Debe haber más información en algún lugar acerca de cómo deshacer este tipo de conjuro. Hay miles de libros sobre alquimia y práctica oscura en esta biblioteca. La información que buscamos debe encontrarse aquí. Tiene que estarlo.

Taylor alcanzaba a escuchar la frustración en la voz de Sacha. Deseaba poder decir algo que lo hiciera sentir mejor, pero la verdad más rotunda era que debían entender esta maldición para impedir que lo matara. Además, los alquimistas en San Wilfred llevaban años investigando esto, sin éxito. Faltaban siete días para el cumpleaños de Sacha y todo comenzaba a parecer inútil.

–Está aquí –aseguró la joven, tomando otro libro de la pila que había frente a él–. La encontraremos. Te ayudaré.

El chico no discutió. Pero mientras ella hojeaba un viejo libro en francés que apenas podía entender, él no tomó otro volumen. En lugar de eso se levantó y se estiró, haciendo que entre la camiseta negra y los jeans asomara la piel tostada de su abdomen plano.

–Llevo todo el día revisando estos libros –señaló–. Necesito salir de aquí. –Volteó a mirarla, con un destello sensual en los ojos–. Vayamos a arrojar algunas rocas.

**3**

Diez minutos después, la pareja atravesaba rápidamente el patio bajo el sol de la tarde. Sacha se colocó sus lentes oscuros, ignorando las miradas curiosas de los estudiantes que pasaban a su lado. A diferencia de Taylor, le agradaba bastante la sensación de ser observado y que murmuraran de él. Pensaba que era divertido.

*Ahí va ese francesito que sabe el día en que morirá.*

Qué asunto más ridículo para ser famoso.

–Louisa va a *enloquecer* cuando se dé cuenta de que no estamos –Taylor parecía tan ansiosa como si acabaran de robar un auto.

Sacha intentó no sonreír. Ella obedecía las reglas, todo el tiempo. Le resultaba adorable y frustrante en igual medida. Literalmente, el mundo se estaba terminando y ella todavía quería pedir permiso para salir.

–Si resolvemos tus problemas de control, Louisa nos perdonará –le recordó el joven.

–Lo dudo –murmuró. Pero continuó caminando.

Los rizos dorados se habían soltado de la pinza que sostenía su cabello, cayendo para rodear su rostro con un halo dorado. Tenía las mejillas sonrojadas por el calor. La joven levantó la vista y vio que él la miraba.

–¿Qué? –preguntó, llevando tímidamente la mano a su cabello.

–Nada –Sacha se apresuró a apartar la vista.

Al abandonar el patio interior y tomar el pasaje abovedado que conducía más allá del edificio de ciencias, el joven apresuró el paso. Estaba impaciente por salir del lugar, aunque fuera unos pocos minutos.

No le importaban las miradas, pero le desagradaba este colegio. No encajaba para nada en San Wilfred. No se trataba del idioma, pues su inglés era bueno. Sencillamente, no era un alquimista y todos los demás sí lo eran.

Estaba fuera de lugar.

Por doquier había recordatorios de su normalidad. Los profesores que efectuaban una investigación en la biblioteca sacaban los libros sin necesidad de alcanzarlos. Más temprano había visto a uno de ellos calentarse una taza de té, hasta donde pudo notar, solo con mirarla.

Sabía que la alquimia consistía en algo más que eso, pero era incapaz de *verlo*. Taylor le había contado acerca de las corrientes de energía y las moléculas, aunque para él resultaban invisibles. Lo único que notaba era cuán distinto era de los demás en este lugar. Cuán ordinario.

Aquello que lo diferenciaba era evidente y lo hacía sentirse apartado, aun cuando se hallaba en el centro de los acontecimientos.

Cuando llegaron a una puerta oculta entre las sombras en el borde del patio interior, automáticamente Sacha estiró la mano para tomar la manija, antes de percatarse de que no había nada. Su mano se mantuvo en el aire por un segundo, como si, confundida, no supiera qué hacía allí.

–Tengo que hacerlo –dijo Taylor, con un rastro de disculpa en la voz.

El chico retrocedió y la observó presionar la punta de los dedos contra la puerta. Al instante sonó la cerradura y la pesada puerta se abrió.

Sacha la había visto hacer cosas más extraordinarias que abrir una puerta, pero le maravillaba la gran indiferencia que ella mostraba al respecto últimamente. A menudo la joven expresaba sus dudas, aunque él notaba cómo de manera inconsciente su confianza aumentaba con los días. Había dejado de temer acerca de lo que podía hacer o de quién era.

La siguió a través de la puerta y se encontró al borde de un claro, verde extensión de césped y flores silvestres, salvaje e indómito. Miró fijamente el campo con evidente asombro. Taylor le había contado del lugar, pero él nunca lo había contemplado con sus propios ojos. Tenía prohibido salir del colegio sin importar la razón. El decano había sido muy firme al respecto, por lo que habían mantenido a Sacha entre las paredes de la universidad desde su llegada.

Ahora sentía que estaba entrando a otro mundo. Que recuperaba su libertad.

Parte de la tensión que lo mantuvo rígido como un cable durante varios días abandonó su cuerpo. Permaneció firme por un instante, asimilándolo todo. Taylor había avanzado algunos pasos por el sendero y volteó a verlo.

–¿Qué pasa?

–Nada –hundió las manos en los bolsillos y dio un paso hacia la vereda para seguirla.

El joven respiró profundamente; el aire tenía el olor dulce de la hierba y de las flores silvestres. El suelo se sentía suave debajo de sus pies. Luego de haber pasado semanas encerrado en las viejas y polvorientas habitaciones, esto resultaba maravilloso. Alcanzó a escuchar los sonidos del tráfico a la distancia; la vida real estaba ahí, en algún sitio. Aunque parecía demasiado lejana.

—Creo que esto es el cielo —dijo, levantando el rostro hacia el sol.

Taylor lo miró fijamente con una sonrisa de complicidad.

—¿Feliz de haber salido de la biblioteca?

Sacha asintió sin dejar de mirar hacia arriba. Solo pensar en volver a estar frente a esos libros le provocaba un deseo de salir corriendo y no detenerse. Finalmente bajó la mirada hacia la de ella.

—La peor parte no es la lectura —le confió—. O lo que murmuran los estudiantes acerca de nosotros, como si esperaran que pudiera volar o algo. La peor parte son los profesores.

—Lo sé, es verdad —coincidió Taylor—. El tipo de la barba...

—Es terrible —dijo Sacha con una mueca—. Llevaba un rato estudiando en el suelo de la sala, pero tuve que moverme porque no dejaba de estornudar verdaderamente fuerte. Cada vez que lo hace voltea a verme como si fuera mi culpa.

—¿De verdad? —preguntó ella entre risas.

—Creo que es alérgico a los franceses.

Las carcajadas de ella fueron más sonoras, y Sacha se percató de que había pasado mucho tiempo desde la última vez que la escuchó reír de ese modo. Últimamente todo había sido demasiado serio.

—¿Qué hay de ti? —le preguntó.

—Ya sabes de mí —la sonrisa de la joven desapareció y apartó la mirada—. Vengo a este lugar a diario. De verdad pongo todo mi esfuerzo y termino estropeándolo.

Caminaron en silencio durante un rato. Sacha volvió a hundir las manos en los bolsillos de su pantalón, mirándola de reojo. Taylor fruncía el ceño y parecía perdida en sus propias preocupaciones.

Él sabía lo mucho que ella deseaba tener éxito. Quería decirle que no fuera tan dura consigo misma —hubiera sido lo más considerado—, aunque si era honesto, cada vez que ella le contaba que algo había salido mal en el entrenamiento, sentía como una punzada en las entrañas. Por mucho que ella lo quisiera lograr, él lo quería –lo *necesitaba*– más.

El joven necesitaba desesperadamente que ella tuviera la suficiente fuerza como para combatir al practicante oscuro. Bastante para ayudarlo. Odiaba no poder salvarse a sí mismo. No era justo que tanta responsabilidad cayera sobre los hombros de Taylor. Apenas hacía unas semanas que se conocían, y ahora ella debía salvarle la vida.

Por esa razón, él pasaba todos los días en la biblioteca. Y por eso se sumergía en aquellos viejos libros franceses. Tenía que contribuir en algo a su propia salvación. Y no pensaba presionar aún más a Taylor.

–Estás mejorando –le aseguró.

Ella levantó la vista hacia él, con la duda colmando sus increíbles ojos verdes.

–De verdad –insistió el joven–. No puedes verlo porque todo lo que notas es aquello que no has conseguido hacer. Pero yo veo lo que *sí* haces. Y estás mejorando.

Avanzaron un tramo antes de que ella respondiera. Su voz sonaba tan apagada que Sacha no estaba seguro de haber entendido lo que le decía.

–No es suficientemente rápido.

Antes de que él pudiera replicar, ella señaló un sitio más adelante y cambió el tema.

–Ahí es adonde vamos.

La chica aceleró el paso, apresurándose hacia donde el río formaba una cinta plateada que se curvaba entre los árboles. Sacha se apuró a seguirla, descendiendo por unos escalones de piedra hacia un viejo cobertizo cercano a la orilla.

Una brisa sopló desde el agua que se movía lentamente, haciendo que el pelo le tapara los ojos. El aire olía a verde y a humedad. La sensación de frescura era mayor aquí abajo que arriba, en la escuela.

—Es aquí —Taylor abrió los brazos—. Aquí es adonde vengo todos los días. Aparte del cobertizo y de una vieja banca, no había nada alrededor, excepto la orilla lodosa y un elegante sauce llorón, cuyas ramas colgaban dentro del agua que jalaba de sus hojas. El lugar era silencioso y estaba aislado, volviéndolo un sitio perfecto para entrenar.

Sacha recogió un guijarro de la arena húmeda y lo lanzó de costado hacia el rio. La piedra recorrió a saltos la superficie del agua antes de escurrirse en silencio bajo las olas. Volteó a ver a Taylor.

—Muéstrame lo que puedes hacer.

Por un instante creyó que ella discutiría con él o que, incluso, se rehusaría. Sin embargo, solo se encogió ligeramente de hombros y se dio vuelta, con la mirada explorando la orilla. Cuando encontró lo que buscaba, levantó una mano.

Una pesada roca que yacía en el borde del rio se levantó con una sacudida y flotó con ligereza por el aire. Taylor la sostuvo en un punto, el sudor asomó por su frente por un breve momento, y entonces dos cosas sucedieron simultáneamente: se encogió de dolor y emitió un pequeño grito. La piedra cayó con fuerza, aterrizando con un golpe seco sobre la arena blanda y húmeda cercana al agua.

—Uy —pronunció Sacha tras el silencio que siguió.

—Sí —con un movimiento amargo de la mano, Taylor se secó la transpiración de la frente—. Uy.

—¿Eso es lo que ha estado ocurriendo? —preguntó, examinando la pesada roca.

—Cada vez —asintió la joven, apretando los labios.

No debería importar que fuera incapaz de levantar la roca. Tendría años para perfeccionar sus habilidades, para estudiar y aprender. El caso es que no los tenía. Solo contaba con días, y eso era lo que importaba.

Su historia familiar dejaba en claro que Taylor podía detener la maldición que acabaría con Sacha, así como terminar con los planes del practicante oscuro; todos estaban seguros de ello. Solo que ignoraban cómo hacerlo.

Es por eso que importaba que Taylor no consiguiera bajar adecuadamente las rocas. Es por eso que la gente murmuraba en las esquinas acerca de la pareja.

Todos tenían miedo. El practicante oscuro venía por ellos y el tiempo se agotaba.

—Probemos algo distinto —dijo Sacha, sacando las manos de sus bolsillos.

Reunieron las piedras más pesadas que pudieron encontrar y las apilaron en el borde del agua. Era un trabajo duro y ambos acabaron sudados para cuando todo estuvo en su lugar.

Taylor se alejó hasta llegar casi al prado y Sacha la observaba perplejo.

—Deberías esconderte —le advirtió ella—. Las rocas saldrán para todos lados.

—Estaré bien —respondió soltando una risa—. Hagamos flotar algunas rocas.

Enderezando los hombros, Taylor inhaló profundamente y extendió su mano. Sacha la tomó, intercalando sus dedos con los de ella. Su piel era suave como el terciopelo y se sentía fresca, a pesar del día caluroso. Ella fijó sus ojos, verdes como hojas de sauce, en la mirada de su compañero, apretando más su mano.

—No me sueltes.

Por un segundo, anclado en aquellas pupilas brillantes, la voz le falló al joven. Tuvo que esforzarse para responder.

—No lo haré.

De pronto, un chisporroteo de electricidad recorrió el cuerpo de Sacha y rápidamente contuvo la respiración. Sintió cómo el cuerpo de Taylor se tensaba.

–*Ahora* –dijo ella.

Su voz se tornó más honda y su mirada se clavó directamente en lo que había frente a ella. Él volteó a mirar lo que veía su compañera. Las piedras que habían apilado unos minutos atrás estaban volando. Flotaban muy por encima del agua, más ligeras que el aire; subían y bajaban como cometas.

El corazón de Sacha comenzó a palpitar con fuerza. Podía sentir la energía que se elevaba a través de él, fluía hacia Taylor y luego regresaba, formando un circuito entre ambos; la conexión entre ellos era semejante a un cable de alta tensión. Así se había sentido cuando combatieron a los portadores en Londres. Como si pudieran hacer lo que fuera.

Nada de lo que había experimentado era tan estimulante como esto.

–¿Ahora qué sigue? –su voz sonaba sin aliento.

–Ahora las bajamos.

Taylor le apretaba la mano dolorosamente. Miraba fijamente las rocas.

Las pesadas piedras comenzaron a planear lentamente hacia el rio con perfecto control. Cuando llegaron al agua se separaron en una línea y flotaron, como patos, en la superficie.

–*Hallucinant* –murmuró Sacha impresionado–. ¿Cómo lo hiciste?

La chica le sonrió. El sudor perlaba su frente y el rubor se intensificaba en sus mejillas.

–No puedo creerlo. Llevo *días* intentándolo. No podía conseguirlo por mi cuenta, pero contigo fue fácil.

–Es esto –le dijo Sacha–. En esta parte se equivocan. Tenemos que hacer esto juntos. Tengo que entrenar contigo siempre.

–Pienso lo mismo –respondió ella–. Debemos hacer esto juntos.

Por solo un instante, el joven se permitió sentir la cálida ilusión de la esperanza.

Quizá por ese motivo no se percató del extraño sonido. Un estruendoso rugido, como el de las olas del océano acercándose a la costa.

Cuando lo escuchó, volteó hacia el agua y apretó la mano de su compañera.

–Taylor...

Al escuchar el tono alarmado en su voz, la joven siguió su mirada. El rio había comenzado a curvarse en dirección a ellos, alejándose de la orilla opuesta y avanzando a través del borde lodoso hacia la pareja. Parecía inclinarse hacia ellos como hace una flor al seguir el resplandor del sol. Encima de las olas, las rocas seguían oscilando alegremente.

Taylor palideció.

–Oh, no –susurró y, enseguida, gritó a todo pulmón–: ¡ALTO!

Estiró un brazo y concentró su poder en el rio.

El agua seguía avanzando hacia ellos. El lecho se vaciaba y el lodo oscuro brillaba a la luz del sol. Toda el agua que fluía corriente abajo ahora inundaba la orilla y se dirigía hacia la pradera. Las olas se estrellaban contra la base del cobertizo. Era imparable.

–Taylor... –alertó Sacha volteando a verla.

–Estoy tratando. *Vamos* –le rogó al rio, con pánico en los ojos–. Por favor, detente.

–Tienen que soltarse –la voz de Louisa provino de los prados detrás de ellos.

Ambos voltearon. La joven estaba parada con las piernas separadas y las manos en la cadera. Su cabello azul resplandecía en la luz. Parecía furiosa.

–Tienen que soltarse o se van a ahogar.

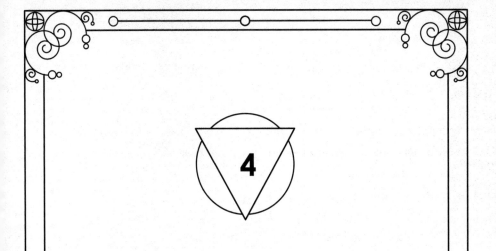

4

–No puedo hacerlo –dijo Taylor, con el labio inferior
temblándole.

–Encuentra el poder que usaste para hacer flotar las
rocas y déjalo ir. Y hazlo antes de que se lleve por delante mi maldito cobertizo.

La voz de Louisa era firme, pero Sacha sospechaba
que a Taylor no se le escaparía el gélido trasfondo que
flotaba debajo de sus palabras.

Taylor volteó nuevamente hacia el rio y cerró los
ojos. Respiraba con rapidez y apretaba la mano de su
compañero con tanta fuerza que él alcanzó a sentir los
huesos bajo su piel. La chica se susurró algo que él no
alcanzó a entender del todo. De pronto, el joven sintió

que la conexión entre ellos se quebró. La energía que había llenado sus venas de luz se retiró.

Se sintió vacío sin ella.

Con un suspiro, el agua se deslizó de vuelta hacia el lecho del rio. Las rocas que flotaban de modo tan improbable en la superficie se hundieron calladamente hasta el fondo.

Taylor soltó la mano de Sacha.

Louisa atravesó con grandes zancadas el lodazal hacia la pareja.

–Maldición con ustedes –dijo–. ¿Qué demonios hacen aquí afuera? Los he estado buscando por todas partes.

–¿Viste las rocas? –Taylor señaló lo positivo–. Lo hicimos a la perfección.

–Y después casi inundan Oxford –sentenció Louisa–. Habíamos hablado antes de esto. Es muy peligroso que anden solos aquí. Lo saben. Deben estar acompañados todo el tiempo.

–No está sola –señaló Sacha sin alterarse–. Está conmigo.

Louisa dirigió su gesto severo hacia él.

–Y ese es el otro problema. Chico, eres un blanco andante sin habilidad para protegerte. ¿Qué diablos estabas pensando?

–Estaba pensando que quizá podía ayudarle a Taylor con su entrenamiento –respondió Sacha sin inmutarse.

Louisa inició una respuesta mordaz, pero al instante se detuvo. Cuando retomó la palabra, su voz ya no era antipática.

–Lo entiendo, chico. De verdad lo hago –respondió–. Pero Taylor debe aprender a hacer esto por su cuenta. No puede depender de su poder combinado para estar a salvo. ¿Qué pasaría si te noquean y ella sola tiene que pelear con el tipo? ¿Qué pasaría si te secuestran y ella debe rescatarte? Si depende del poder que surge entre ustedes dos… –movió una mano adelante y atrás entre la pareja–… ella quedaría vulnerable cada vez que te alejes. Que es justo lo que quiero que hagas en este momento, para que pueda enseñarle a pelear por su cuenta.

El enojo se encendió en el pecho de Sacha. Detestaba el modo en que Louisa les hablaba a su compañera y a él. Odiaba que el entrenamiento de Taylor no mejorara. Aborrecía San Wilfred y a todos sus integrantes. Odiaba necesitarlos para salvarse.

—Deja de llamarme chico, ¿de acuerdo? —replicó acaloradamente—. ¿Quieres que actúe como un adulto responsable? Entonces comienza a tratarme como uno, o puedo ser el chico que pretendes ver. Créeme que lo haré —avanzó un paso hacia ella—. ¿Es lo que quieres? ¿Tener que tratar con un niño en este momento? Ten cuidado con lo que pides, Louisa.

—Respira, chico —la joven hizo un gesto de fastidio—. Por Dios.

—Louisa —reventó Taylor, parándose entre los dos—. ¿Quieres callarte?

Sacha y Louisa se miraron fijamente sobre su hombro. Sinceramente, a él le hubiera encantado ajustar cuentas con Louisa en ese instante. La había tenido encima desde que llegó a San Wilfred y no entendía por qué. Nada de lo que hacía era suficiente. No era justo.

El único problema era que en este caso ella tenía un punto a su favor. Taylor era el elemento clave en esta batalla y debía fortalecerse para estar a salvo. Él no siempre estaría cerca. Nada de esto facilitaba la situación. Había pasado por tanto en su vida como para soportar que un duendecillo de cabello azul y tatuajes le hablara altaneramente.

—Louisa, debes disculparte —dijo Taylor, aún furiosa.

Sacha retrocedió un paso.

—Está bien, Taylor. Me voy. Ya tuve suficiente —dijo, dirigiéndole un gesto de advertencia a Louisa—. Pero debe dejar de ser una bruja conmigo o me largo. *Je me casse.*

Sin esperar a lo que alguna de ellas tuviera que decir, el joven atravesó el prado echando pestes, cabizbajo, deseando por centésima vez estar de vuelta en París. Podía irse. No podían impedírselo; en ese momento tenía el boleto de regreso del transbordador en su habitación. Pero no se marcharía sin Taylor, y sin habérselo preguntado sabía que ella no se iría.

Además, ni siquiera sabía dónde tenían su motocicleta. Tomaron las llaves cuando llegó y le dijeron que estaría "guardada en un lugar seguro". Eso también lo odiaba. Era *su motocicleta*.

Furioso, pateó una piedra con tal fuerza que salió volando fuera de la vereda hacia la hierba crecida. Pero eso no bastaba, quería correr, golpear a alguien.

En días como estos anhelaba su miserable vida anterior. Quizás se la pasaba sentado aguardando la muerte, pero por lo menos era libre. Ahora se sentía como un prisionero.

Fue recién cuando llegó a la puerta del muro de roca que se dio cuenta de su error. Únicamente los alquimistas podían abrirla. No podía volver a entrar por su cuenta.

Genial.

–*Odio* este lugar –con un grito de furia inútil, estrelló su puño contra la madera.

La puerta ni siquiera se sacudió. Maldiciendo entre dientes, salió airadamente y rodeó el muro del colegio rumbo a la reja principal.

Nunca había estado allí, así que en realidad ignoraba hacia dónde se dirigía. Lo único que podía hacer era seguir el muro que cercaba el colegio. El terreno de San Wilfred se extendía a lo largo de un buen tramo. Pasaron quince minutos hasta que logró llegar al límite de la pradera. Después de eso, el suelo se transformaba de suave césped en duro concreto. El dulce sonido del trinar de los pájaros y el zumbido de los insectos fue reemplazado por el estruendo de los automóviles y autobuses.

Luego de un rato, Sacha se encontró en una carretera angosta. A la derecha se hallaba la alta y amenazadora pared de San Wilfred. Al otro lado de la calle había un muro paralelo al primero que, cabía suponer, pertenecía a otro colegio, aunque desconocía a cuál. Era como caminar en un valle de piedra.

Hasta ese momento había visto muy poco del pueblo de Oxford. Pero ahora se hallaba mirando con curiosidad alrededor. Por encima de los muros, a ambos lados, alcanzaba a ver los chapiteles de los colegios y de las iglesias. Detestaba San Wilfred, aunque el pueblo era innegablemente extraordinario; hace mucho tiempo su padre vivió aquí, y lo adoraba. Quizás había caminado por esta misma calle.

La idea, de algún modo, lo tranquilizaba y su enojo comenzó a disminuir.

El muro de San Wilfred se curvaba a la derecha, y dio vuelta junto con él. Empezaba a transitar más gente; la mayoría, estudiantes que caminaban en parejas o grupos, platicando y riendo. Pero también turistas y gente local.

Detrás de la barrera protectora de sus lentes de sol, Sacha observaba a toda esta gente con un interés que jamás hubiera reconocido. Lucían tan relajados, tan normales. Jamás habían visto a un portador deslizarse hacia ellos con la muerte en la mirada. Ni siquiera sabían que esas cosas podían existir.

*Dios, sería maravilloso ser tan ingenuo.*

Hacía más calor ahora que había salido de la pradera, y se pasó la mano por la frente. Llevaba una eternidad caminando. ¿Dónde estaba la estúpida reja principal?

Debía estar por llegar.

Apuró el paso, intentando sobrepasar a una multitud de estudiantes que conversaban y obstruían el camino. Solo cuando se hicieron a un lado para dejarlo pasar, pudo ver más adelante la alta caseta del colegio, junto con los estandartes rojos y dorados que flameabas en lo alto, bajo el calor.

El alivio lo inundó. Estaba por llegar.

Justo entonces, un gruñido amenazador resonó en el aire.

Sacha se congeló a medio paso. El sonido no era alto pero había algo extraño en él. Algo inhumano.

Se volvió más intenso, como un chirrido o un crujido casi industrial. Como si algo terrible se estuviera moviendo en lo profundo del suelo.

Los finos vellos detrás del cuello se le erizaron. Se dio vuelta para buscar la fuente del estruendo.

No era el único que lo había escuchado. Murmurando confundidos, los estudiantes miraban alrededor. Sacha se giró para prevenirlos; de qué, no estaba seguro. Pero ni siquiera tuvo oportunidad de decir palabra.

El suelo tembló con tal violencia que tuvo que aferrarse al poste de luz para no caer. De pronto, con súbita brusquedad, el mundo a su alrededor explotó.

5

Después de que Sacha se marchó echando humo rumbo al colegio, Louisa y Taylor se quedaron junto al rio gritándose una a la otra.

Louisa sabía que se había excedido, pero los había estado buscando frenéticamente por todo el colegio –el decano la llamó "irresponsable" por haberlos extraviado– y cuando los vio juntos donde no se suponía que debían estar, la tensión y frustración de las últimas semanas la desbordaron.

Se arrepintió al instante; eran demasiado evidentes la furia y el resentimiento en la mirada de Sacha y la perpleja desilusión en el rostro de Taylor. Pero la parte testaruda de la joven (la parte que ella responsabilizaba de la mayoría de sus malas decisiones) no le permitía decir que lo lamentaba.

—¿No *quieres* estar a salvo? —se escuchó regañando a su discípula—. ¿*Quieres* morir?

—Es una pregunta estúpida —Taylor se cruzó de brazos.

—Responde —la retó de nuevo.

—No lo haré —el tono en la voz de Taylor era tenso—. Además, soy la única persona que me puede poner a salvo.

Louisa abrió la boca para seguir discutiendo. Ese fue el momento en el que se sacudió el suelo bajo sus pies. Al instante olvidó lo que estaban discutiendo.

—¿Qué diablos fue eso? —murmuró, volteando a ver hacia el colegio.

En aquel silencio repentino escuchó una explosión. Y un instante después, un tremendo rugido. Luego, unos gritos débiles y espeluznantes.

A lo lejos, entre los chapiteles de piedra, comenzó a ascender una fina columna de humo negro que contrastaba con el azul cristalino del cielo de verano.

—Lou... —la voz de Taylor era queda y sonaba aterrada.

Antes de que pudiera terminar lo que iba a decir, Louisa se echó a correr rumbo al colegio.

—Quédate junto a mí —la llamó sobre su hombro sin disminuir la velocidad—. *Cerca.*

No era necesaria la advertencia, Taylor le pisaba los talones. De cualquier modo, quería decírselo.

—¿Qué ocurre? —le gritó Taylor.

—No lo sé —la voz de Louisa se sacudía a cada paso—. Pero no es nada bueno.

Corrían tan rápido que las flores silvestres a su alrededor se volvieron borrones verdes y blancos. Louisa no alcanzaba a escuchar más el zumbido de los insectos. Las aves habían callado. Sólo se oía el tono áspero de su respiración y los gritos estridentes que cada vez se intensificaban más conforme se acercaban al muro de la escuela.

Otra tremenda explosión sacudió la tierra cuando llegaron a la puerta, y Louisa la sintió con todo el cuerpo. Ahora podía percibirlo, a la distancia. El brillo espeso de la energía oscura.

El cielo se oscureció. Les llovieron grava y rocas como una dura e hiriente precipitación. Se apretaron una contra la otra afuera de la reja, protegiéndose la cabeza con las manos. Cuando se detuvo, Louisa se estiró hacia la puerta, pero Taylor la tomó del brazo.

—Sacha —dijo con los ojos muy abiertos—. Lo mandamos de regreso.

El estómago se le revolvió. Ante el pánico, lo había olvidado por completo. En silencio, maldijo su temperamento. ¿Por qué no hizo que regresaran todos juntos caminando? ¿Cómo podía haber sido tan estúpida?

Sin embargo, mantuvo un gesto inexpresivo.

—Lo encontraremos —prometió, con una confianza que no sentía—. Taylor… creo que es *él*. ¿Estás lista?

Taylor tragó saliva y luego asintió con la cabeza.

—Estoy lista.

No lo estaba, ambas lo sabían, pero no quedaba tiempo para planear.

—Vamos —Louisa presionó la mano contra la puerta. Esta enseguida se abrió.

Del otro lado, el ordenado campus de San Wilfred estaba convulsionado. El polvo y el humo estaban suspendidos por el aire, dando a la escena una sensación difusa y fantasmal.

—Quédate conmigo —gritó Louisa, y se lanzó hacia el caos.

Los estudiantes, profesores y el personal se tropezaban en todas direcciones, sosteniéndose unos a otros, tosiendo. Las alarmas de humo aullaban sus advertencias desde los edificios de la escuela.

Las dos jóvenes permanecieron muy juntas mientras corrían entre la multitud, hasta que Louisa se frenó en seco, insegura de hacia dónde ir.

Un portero, que llevaba la chaqueta negra llena de polvo y el sombrero de hongo doblado, se paró afuera de una de las puertas laterales de la biblioteca gritando: "¡A los refugios! ¡Todos los estudiantes a los refugios!".

Los estudiantes aterrados se abalanzaban hacia él, precipitándose al interior sombrío. Con la mandíbula tensa, Louisa corrió hacia el lado contrario, lanzando empujones contra la marea de gente para poder avanzar hacia la torre de humo. Su mente daba vueltas intentado comprender cómo podía haber salido todo tan mal en los pocos minutos desde que descendió al rio.

El practicante oscuro debió haber descubierto que Taylor y Sacha se encontraban en este lugar y decidió tomarlos por sorpresa. *Una jugada inteligente*, pensó a regañadientes, mientras el humo se arremolinaba a su alrededor. *Ahora, ¿cómo lo detenemos?*

Cuanto más se acercaban a la entrada principal del colegio, mayor era la energía oscura que llenaba el aire. Su presencia hacía que se le helara la sangre en las venas.

Todo ocurría demasiado rápido. No estaban preparados. Pensaban que tendrían más tiempo.

Continuó mirando hacia atrás para fijarse en Taylor. Ahí estaba, con el rostro pálido y demacrado, pero siguiéndola paso a paso.

Una chispa de orgullo se encendió en el corazón de Louisa. Era fuerte, mucho más de lo que nadie imaginaba.

Los estudiantes desaparecían, refugiándose en el sótano de la biblioteca. Ahora las sirenas eran el único sonido, con sus alaridos cortando el aire como cuchillos.

Louisa no estaba segura de qué hacer. Debía proteger a Taylor, combatir en cualquier batalla que se presentara y encontrar a Sacha. Todo eso a la vez.

Era imposible.

En un instante, decidió mantener a Taylor con ella y dirigirse a la pelea. Algo le dijo que si había problemas, Sacha ya debía estar metido en ellos.

El humo era más espeso cerca de la entrada principal de la escuela, justo a un lado de la torre de ladrillos rojos, coronada por los alegres estandartes de la institución. Louisa señaló.

–Por ahí.

Cuando llegaron a la reja principal, el polvo y el humo dificultaban la visión. Era como caminar en una neblina tóxica.

Tosiendo, ambas se cubrieron la boca con sus camisetas. Solo cuando se acercaron lo suficiente, pudieron ver el grado del daño.

Se había perdido un edificio completo de tres pisos. Había ladrillos y escombros esparcidos alrededor de un agujero donde antes estuvieron las oficinas de los porteros.

–¿Qué demonios? –murmuró Louisa.

La destrucción era impresionante. Su mente seguía colocando la estructura faltante donde pertenecía: techo inclinado, paredes de ladrillo, ventanas emplomadas. Pero luego volvía a mirar, a ver… y nada.

Era como si una excavadora hubiera arrasado de golpe.

Un grupo de la facultad de San Wilfred estaba reunido en el espacio destruido, mirando hacia la calle. Algunos vestían las togas negras de los profesores. Otros vestían chaquetas de tweed y pantalones de mezclilla. Una tormenta eléctrica de energía alquímica crujió a su alrededor cuando formaron una línea estrecha. Un incendio crepitaba donde hace poco estuvo el edificio, justo a la izquierda de ellos, y el humo trazaba espirales y remolinos oscureciendo el sol.

–No veo a Sacha –gritó Taylor, mirando entre la multitud.

–Yo tampoco –agregó Louisa frunciendo el ceño–. Vamos a acercarnos.

Las dos jóvenes cortaron camino por el césped. Nadie pareció notarlas cuando se desplazaron hasta quedar detrás de la línea de alquimistas.

Solo entonces lo vieron. A través del antiguo pasaje, el hombre estaba de pie, solo. Su cabello canoso, bigote cuidado y porte erguido le daban la apariencia de un general retirado. Vestía una elegante chaqueta de tweed y llevaba un bastón negro.

Para una persona común, hubiera parecido completamente inofensivo. Pero Louisa y Taylor podían ver lo que la mayoría no podía: la energía oscura lo rodeaba de una forma que Louisa no había presenciado antes. Irradiaba bastante de él.

–Oh, por Dios –susurró Taylor–. Es él, ¿no es verdad?

Louisa no respondió. Su corazón le golpeaba las costillas.

Había visto aquel rostro delgado y serio antes. En el pueblo de Taylor. Entonces le dio un susto de muerte, y ahora la asustaba aún más, pues ahora era mucho más fuerte.

Más que los portadores. Más fuerte que nada que hubiera conocido.

¿Era *así* como verdaderamente lucía la energía oscura? Parecía… invencible. En ese instante se dio cuenta de que los alquimistas no estaban formados en línea, formaban una barrera. Intentaban salvar el colegio.

Buscaban salvarlos a todos.

Tomó a Taylor de los hombros y la sostuvo con firmeza.

–Quédate aquí –le ordenó–. No dejes que te vea. Estate atenta por si encuentras a Sacha.

Cuando Taylor asintió, Louisa se sintió aliviada. Sabía cuánto deseaba ayudar. Algún día, Taylor sería una fuerza que habría que tener en cuenta. Pero aún no estaba lista. No para esto.

Tras dejarla protegida detrás de la línea, se unió a los otros alquimistas que enfrentaban al hombre canoso. Cada uno levantaba una mano, concentrando el poder alquímico hacia él para contrarrestar las olas de energía oscura que proyectaba en un espeso torrente, que fluía de modo constante y abrumador.

No era difícil identificar a Alastair. Era ridículamente alto y su cabello dorado perpetuamente desarreglado brillaba incluso a través del humo.

Apretándose a su lado, la joven levantó la mano, serenó su mente y se concentró en jalar las moléculas de energía de donde pudiera encontrarlas.

–Qué amable que te nos unas –Alastair habló a través de sus dientes apretados, sin que su mirada abandonara un momento al hombre al otro lado de la calle.

–No puedo encontrar al chico francés –dijo Louisa tras estabilizarse, y dirigió toda su fuerza contra el practicante oscuro.

Alastair la vio furtivamente de reojo, con un gesto de incredulidad.

–No hablas en serio.

Una ola de energía oscura golpeó a Louisa, haciéndola gruñir al absorberla. Tardó un rato en responder.

–No me había dado cuenta de que hoy era el apocalipsis, Alastair. No me llegó el aviso.

Maldiciendo, el joven volteó a enfrentar al enemigo y redobló sus esfuerzos.

–Este es el plan –habló en voz baja–. Si sobrevivimos, buscamos a Sacha y seremos héroes. Si morimos, se queda solo.

Sonriendo, Louisa envió un estallido de poder alquímico directo al practicante oscuro. El hombre volteó rápidamente hacia ella, con sus ojos pequeños y oscuros recorriendo la línea de alquimistas hasta que la encontró.

Cuando sus miradas se encontraron, en su boca se dibujó una aguda y feroz sonrisa. Luego levantó lentamente su bastón, que se retorció en su mano como una serpiente.

Cualquier pensamiento acerca de Sacha abandonó la mente de Louisa. Nunca antes la había paralizado el miedo, pero en este momento no podía sentir las manos. Lo que el hombre hacía era imposible.

–Maldita sea –respiró, buscando todo el poder que pudiera encontrar. Los músculos de los brazos le resaltaban por el esfuerzo. Junto a ella, Alastair luchaba por mantener el control. Por primera vez realmente estaban perdiendo terreno y quizás, después de todo, no conseguirían resistir.

Todos estaban en apuros y el hombre al otro lado de la calle lo sabía: un gesto de triunfo llenaba su rostro, y levantó aún más alto el bastón que se retorcía.

El pecho de Louisa se tensó al mirar la serpiente en la mano del practicante; tenía la boca abierta, los colmillos extendidos, largos y mortales...

Fue entonces que Taylor avanzó para unirse a la línea.

**6**

Taylor se mantuvo apartada y observó la batalla desde un lugar seguro. Miró asombrada cómo el poder volaba entre ambos lados y los destellos de energía molecular que dejaban quemaduras eléctricas en el aire, similar al humo que sale de una pistola.

Conforme la lucha se intensificaba, la línea había cambiado de posición, y de pronto la joven tuvo un ángulo claro del lado opuesto de la calle. Se vio mirando fijamente al hombre en la acera contraria. No podía apartar los ojos de él. Le parecía extrañamente familiar, pero no lograba ubicarlo.

El hombre ahora miraba fijamente a Louisa, y alzó el bastón, que parecía retorcerse como una serpiente.

Pero eso no era posible, ¿o sí?

Taylor avanzó un paso. Luego otro.

La mirada del hombre se desplazó hacia ella. La joven notó en el gesto del adversario que la reconocía, con una mezcla curiosa de gozo y odio maligno.

Solo entonces alcanzó a sentir de lleno el impacto de su energía oscura. Un tren cargado de odio que destruía el alma.

La joven respiró profundamente. Antes de poder evadirlo, esconderse, o hacer algo para escapar de esa terrible mirada, el hombre dirigió el bastón serpenteante hacia ella.

El oxígeno abandonó el aire. El ritmo de su corazón se volvió lento y cada latido, pesado y doloroso.

De algún modo, sabía que se trataba de energía oscura. Sabía que debería estar combatiéndola, pero se sentía implacablemente atraída hacia el hombre. Él extendió una mano invitándola, con la otra sostenía la serpiente, cuyos ojos arrojaban un destello rojizo en la luz humeante.

*Por aquí*, parecía decirle. *Estarás bien aquí. Por aquí.*

Su mente se apagó. Necesitaba estar con él y sus pies la conducían hacía allí.

La mirada del hombre estaba anclada en ella. Ignoró al resto de los alquimistas. Ella era el trofeo.

Una parte de ella lo sabía. Y aun así no podía detenerse.

Ahora estaba cerca. Dio un paso, y luego otro más.

–¡Taylor! –de la nada, Sacha atravesó a toda velocidad la línea de alquimistas, la tomó de la cintura con ambos brazos y la jaló hacia atrás–. ¿Qué demonios estás haciendo?

Durante un momento, confuso y vago, la joven se preguntó a qué se refería. Entonces, con un sobresalto visceral, se percató de dos cosas justo al mismo tiempo: primero, el pánico en el rostro de los alquimistas reunidos, mientras combinaban sus energías para protegerla del poder oscuro; y en segundo lugar, que estaba parada en el borde de la calle.

Sacha no esperó a que la chica pudiera procesar lo ocurrido. La tomó de la mano y la arrastró detrás de la línea. Solo cuando estuvieron a salvo, la soltó. Sus confundidos ojos azules buscaron el rostro de ella.

–¿Qué diablos fue *eso*? ¿Qué estabas *pensando*, Taylor?

La joven sacudió la cabeza, aclarando la bruma dejada por la energía oscura.

–No sé –respondió a la defensiva–. Me hizo algo. No puedo... –lo miró fijamente, comprendiendo de pronto–. ¿Estás bien? ¿Dónde has estado?

–¡Te estuve buscando! –replicó, con un estallido de frustración–. No sabía qué estaba sucediendo, cómo regresar o dónde estabas. Fue terrible.

Con la tensión del momento, su acento francés se intensificó y tuvo que buscar las palabras en inglés. La vulnerabilidad de la situación conmovió a Taylor.

–Lo siento –dijo con verdadero remordimiento–. Nosotras también te estábamos buscando. Todo sucedió tan rápido.

A la distancia, escuchó las sirenas de las patrullas de policía dirigiéndose hacia ellos. La lucha debía terminar pronto o la gente normal terminaría atrapada en ella.

–¿Qué ocurre? –preguntó Sacha, frunciendo el ceño, mientras pasaba la mirada del practicante oscuro a la línea de defensa enfrente de ellos–. ¿Quién es ese tipo y por qué no están luchando contra él?

Al principio, a Taylor la desconcertó que hiciera una pregunta con una respuesta tan obvia. Luego recordó que él no podía ver el duelo de los hilos dorados de energía contra el pesado poder oscuro; ninguna persona normal podía ver esto. Para el joven, sólo se trataba de dos líneas de personas mirándose unas a otras.

Le describió rápidamente lo que estaba ocurriendo. Los alquimistas obtenían moléculas de energía de todos lados: el aire, los árboles. Los cables eléctricos sobre sus cabezas se estremecían por la fuerza que aplicaban. Como respuesta, el practicante los embestía con un muro de viscoso poder oscuro.

–Puedo olerlo –señaló Sacha, encogiéndose de hombros–. Huele a muerte.

–Es la muerte –le respondió Taylor.

–¿Quién está ganando? –preguntó el chico.

Taylor volteó a ver la línea de alquimistas parados hombro con hombro.

–Como que están empatados. Uno contra todos nosotros.

Como si hubiera escuchado el comentario pesimista de la joven, el decano gritó para animar a la línea de defensa, y ellos redoblaron sus esfuerzos. El practicante oscuro dio un paso vacilante hacia atrás ante la fuerza del ataque.

–Espera, creo que lo tienen –dijo Taylor emocionada, inclinándose hacia adelante para ver qué sucedía.

El poder combinado de los alquimistas era deslumbrante. El decano se encontraba en el centro del grupo, alto y delgado, dirigiendo una tremenda energía al otro lado de la calle. Taylor no podía imaginar cómo el hombre lo resistía. Entonces, el practicante oscuro habló.

–Este es solo el comienzo. Me conoces, Jonathan. Sabes de lo que soy capaz. Destruiré todo aquello que amas –su voz era ordinaria y, de algún modo, eso hacía que sus palabras fueran aún más perturbadoras–. Termina con esto antes de que sea demasiado tarde. Entrégame al chico y los dejaré en paz.

El corazón de Taylor se le fue a la garganta y sintió que Sacha se puso rígido.

El decano mantuvo la mirada fija en su oponente. Cuando habló, Taylor escuchó en su respuesta una furia inusual.

–*Nunca* te lo llevarás y no nos destruirás –avanzó un paso; su mirada destellaba–. Ahora sé quién eres. A ti es a quien destruiremos, Mortimer. Serás castigado por lo que has hecho.

*¿Mortimer?*, pensó Taylor, arrugando la frente. El hombre había llamado a Jones por su nombre de pila.

*Se conocen.*

El practicante oscuro soltó una risita discreta, sin humor.

–Oh, Jonathan, casi deseo por su propio bien que eso fuera verdad. Pero ahora poseo un poder mucho mayor de lo que puedes imaginar. Tendré lo que quiero. Los costos han dejado de importar.

Los otros alquimistas también parecieron notar esto. La línea se desplazó solo un poco. En la confusión, nadie se percató de que surgió una grieta. Rápido como un látigo, el hombre levantó su bastón y canalizó la energía oscura a través de la fisura. Fue solo un segundo, pero era suficiente.

Al ver esto y darse cuenta de su error, los alquimistas se apresuraron a sellar la grieta, pero no fueron lo suficientemente rápidos.

Una flecha de poder oscuro penetró directamente, a gran velocidad.

Para Sacha era invisible. Nadie se lo advirtió ni tuvo tiempo para esquivarla.

–¡Sacha! –Taylor se lanzó hacia él. Pero llegó demasiado tarde.

La energía lo golpeó como un puño de hierro. Ella miró aterrada cómo su cuerpo volaba por los aires, aterrizando con un espeluznante golpe seco en el pasillo de piedra que había en el borde del patio interior.

Durante una fracción de segundo, Taylor no se pudo mover. Sus pies parecían pegados al suelo.

Como si fuera una escena lejana, se percató de que el practicante oscuro ya no estaba parado al otro lado de la calle. Escuchó las exclamaciones de los otros, buscándolo.

Y después, corría.

Estaba vagamente consciente de los ruidos que la rodeaban. De alguien que se apresuraba detrás de ella y la llamaba por su nombre. Las primeras patrullas de policía se detuvieron en la entrada, rechinando los neumáticos. Pero la joven no miró atrás. Se arrojó de rodillas junto al cuerpo desplomado del joven.

–Sacha –murmuró, con su voz delgada y sin aliento–. Sacha, no.

Su cabeza estaba torcida en un ángulo antinatural. Sus ojos azules, abiertos y ciegos, apuntaban fijamente sobre el hombro de Taylor. Su piel tenía un tono gris carente de sangre; sus labios desteñidos tenían un matiz azul.

Estaba muerto.

Temblando, se arrodilló en el pasillo a la sombra del viejo edificio, con la mano de Sacha, fría y sin vida, en la suya.

–¿Está herido? –jadeando, Louisa cayó de rodillas a un lado de ella.

–Está muerto –la voz de Taylor sonaba apagada.

–¿*Muerto?* –Louisa se quedó mirando con incredulidad–. No puede estar muerto.

Estirándose, tomó la otra mano de Sacha y presionó la muñeca fuertemente con sus dedos.

Hubo una pausa.

Dejó caer abruptamente la mano de Sacha, que aterrizó en su pecho emitiendo un golpe hueco que Taylor sintió en su propio corazón.

–No hagas eso –estalló, enderezando la mano con delicadeza, en una posición que parecía más confortable–. Estará bien.

–¿Bien? –respondió Louisa levantando la voz–. ¿Cómo va a estar…? Oh –una súbita comprensión iluminó su mirada.

Hubo una pausa.

–Así que… ¿Qué pasa después? –preguntó la joven con cuidado–. Él solo… ¿se despierta?

Taylor apretó la mano de Sacha.

–Sí, algo por el estilo.

Louisa miró hacia el cuerpo con reservas. A Taylor le llamó la atención que, a pesar de que entendía la maldición, seguía sin parecerle completamente real. ¿Cómo podía ser? Incluso Taylor se sorprendió dudando de que realmente pudiera suceder; que él verdaderamente regresara.

No hubo aliento que moviera el pecho de Sacha, ni rubor que tiñera su piel. Su corazón no palpitaba. Todo lo que conformaba a Sacha se había detenido.

Taylor inhaló profunda y firmemente.

—Estará bien —repitió, buscando tranquilizarse.

—¿Qué sucedió? —el decano Wentworth-Jones se detuvo a espaldas de Louisa y contempló al joven malherido a sus pies—. Perdimos a Mortimer. ¿Qué le ocurre? ¿Está herido?

Louisa se puso de pie y se sacudió el polvo de sus shorts. Lucía aturdida.

—Está muerto.

—¿*Muerto*? —el decano sonó estupefacto.

—Volverá en sí —le recordó la joven al hombre, aunque sus palabras carecían de convicción.

Taylor no quería escuchar la discusión de dudas y análisis que inevitablemente seguiría. Se sentía extrañamente protectora de Sacha.

—¿Podrían… dejarnos a solas? —les preguntó.

—¿Cómo dices? —el decano la miró con una expresión de franca desaprobación.

—Es algo privado —agregó, manteniéndose firme—. ¿Podrían ir a hablar a otro lado?

Jones miró a Louisa como si ella pudiera explicarle la conducta de Taylor, pero la chica del cabello azul solo se encogió de hombros.

—Creo que no —respondió finalmente el decano.

Taylor jamás consideró que se fuera a rehusar. De manera inconsciente, sus dedos apretaron con fuerza la mano fría e insensible de Sacha.

Volteó a ver a Jones. Era tan alto, que la joven tuvo que torcer el cuello para ver su rostro largo y aguileño, delgado y arrogante (según le parecía a ella).

—¿Disculpe? —preguntó la chica.

—Considero que sería beneficioso si pudiéramos ver cómo funciona el proceso –el tono del decano era firme, indiferente y desprovisto de cualquier rasgo de empatía–. Creo que algunos más también deberían ver esto. Mi asistente puede lidiar con las autoridades. Además de que Mortimer parece haber huido.

El hombre miró detrás de él, hacia la línea, e hizo un movimiento para llamar la atención de alguien.

–Alastair –llamó–. Ven rápido, por favor.

Taylor le lanzó una mirada furiosa a Louisa, pero la otra joven negó con la cabeza. El decano ponía las reglas.

Un camión de bomberos acababa de estacionar y estaban desenrollando un largo tramo de manguera para rociar las ruinas ardientes del edificio. La policía estaba hablando con un grupo de profesores, que parecían estar explicando lo ocurrido, sin duda haciéndolo parecer como un accidente desastroso –aunque perfectamente inofensivo– de cierto tipo.

Alastair atravesó el patio trotando para unirse a ellos; los mechones de su cabello rubio adquirieron un tono dorado bajo el sol de la tarde. Su rostro lucía rojizo debido a la pelea.

–¿Qué pasa? –preguntó, mirando a Louisa y al decano.

–Creo que debes ver esto –el hombre señaló con la cabeza el cuerpo de Sacha–. El chico murió y estamos esperando que vuelva… bueno, a la vida.

Taylor se dio vuelta para no ver cómo recibía Alastair la noticia. Pero la escuchó.

–¿*Muerto*? Oh, por Dios –el joven se arrodilló junto al cuerpo de Sacha, al otro lado de donde estaba Taylor. Levantó con cuidado la mano del francés para sentir por sí mismo la falta de pulso. Al no hallar nada, volvió a colocar con gran tiento la extremidad donde había estado.

–Maldición, Sacha –dijo–. ¿Qué demonios?

–Estará bien. O eso es lo que me han dicho –el decano parecía impacientarse con la demostración emocional de Alastair.

Pero el estudiante de posgrado lo ignoró y miró hacia Taylor.

–¿De verdad estará bien?

Parecía asustado, y a la joven la conmovió su delicadeza y cuán genuinamente afectado se veía. A diferencia de los demás, fue el único que reaccionó como ella creyó que debían haberlo hecho.

–Eso creo –respondió. Tenía la garganta seca, y su voz surgió áspera y temerosa.

–¿Cuánto tardará en... volver? –preguntó el joven.

–No lo sé –replicó–. Cada vez es distinto. Se ha vuelto más largo. La última vez pareció tardar una eternidad.

–Es de lo más desafortunado –el decano volteó a mirar hacia la reja principal–. La policía y los bomberos están aquí y no queremos que noten esta pequeña situación.

¿Pequeña situación? Taylor luchó contra el impulso de decirle al decano lo que pensaba exactamente de él, pero antes de que pudiera pronunciar una sola palabra, Alastair la distrajo.

–¿Cómo funciona? –preguntó, dirigiendo su atención nuevamente hacia Sacha–. ¿Es doloroso?

La joven se mordió el labio y asintió con la cabeza.

–Creo que es muy doloroso. Es una de las peores partes.

–Mierda –el chico quedó sorprendido–. No era lo que quería escuchar.

Alastair decía muchas palabrotas; era una de las características que más le gustaban a Sacha de él. Ambos se la pasaban todo el tiempo juntos. El estudiante de posgrado había tomado al francés bajo su protección y, para sorpresa de Taylor, a Sacha pareció no importarle. De hecho, tenía la impresión de que comenzaba a considerarlo como un hermano mayor sustituto.

Incluso había comenzado a insultar en inglés de vez en cuando.

–Estamos aquí para ti, Sacha –le dijo en ese momento, apoyando una mano en su hombro–. No te abandonaremos...

En ese momento, el cuerpo de Sacha se arqueó hacia atrás con tal violencia que Alastair gritó sorprendido, quitando la mano de golpe.

–Está empezando –señaló Taylor gravemente.

Los presentes observaron con horrorizada fascinación cómo Sacha se contorsionaba, arqueándose hacia un lado y luego hacia el otro. De su cuerpo escapaban espantosos gritos ahogados, mientras sus pulmones luchaban por llenarse. Sus dedos largos y delgados arañaban las piedras debajo de él. Sus párpados se cerraban con fuerza.

–Maldita sea –había asombro en la voz de Louisa.

Un segundo más tarde, los ojos de Sacha se abrieron de golpe, más brillantes, y miraron fijamente a Taylor reconociéndola de súbito. El joven abrió la boca como para decir algo, justo cuando otro espasmo lo retorció poniendo en su rostro una mueca de dolor.

–Por Dios –murmuró el decano, conmovido a pesar suyo.

Taylor ya había visto este proceso, pero esta vez, en todo caso, era peor que la anterior. Se cubrió la boca con los dedos, anhelando que el chico respirara, que *viviera*.

–*Merde* –gruñó Sacha, antes de añadir sin aliento y con una completa falta de credibilidad–: lo siento. Estoy... bien.

Taylor quería hablar, pero su voz se rehusaba a funcionar adecuadamente, y las palabras que ansiaba decir salían como un hilillo de aliento.

Frente a ella, el rostro de Alastair lucía pálido y aterrado. Louisa enmudeció por primera vez desde que la conocía.

El cuerpo de Sacha se arqueó hacia atrás de nuevo, más allá de lo que parecía físicamente posible, después se sacudió hacia adelante violentamente de un modo tan inesperado que provocó que todos saltaran, hasta que el joven quedó sentado muy erguido.

El sudor le cubría la cara y el color había regresado a sus mejillas.

*Por favor, que sea lo último*, rogó Taylor en silencio al demonio o deidad que le estuviera haciendo eso al joven. *Por favor, que pare.*

Si la súplica interna funcionó o no, el caso es que Sacha inhaló profundamente, temblando, y volteó a mirarla.

–¿Taylor? –Su voz sonaba ronca–. ¿Estás bien?

La inundó una sensación de alivio. Se arrojó hacia él y tomó su mano en la suya. Estaba tibia.

–¿Que si *yo* estoy bien? Ni siquiera puedo creer que me lo estés preguntado –respondió, con una sonrisa que traspasaba las lágrimas que pendían de sus ojos–. Casi... casi mueres.

–Lo sé. El viejo bastardo me mató –frotándose detrás del cuello, Sacha volteó a ver a Alastair–. ¿Quién era ese tipo? ¿Y con qué diablos me golpeó? Se sintió como un tanque.

–Eso fue energía oscura –fue el decano quien contestó–. Y me resulta muy interesante que haya sobrevivido. Eso hubiera acabado con cualquiera de nosotros en un instante. Esto demuestra que no lo pueden matar por ningún medio. Incluso con energía oscura.

El hombre giró secamente hacia Louisa y Alastair.

–Tenemos mucho trabajo que hacer. Todo se está moviendo muy rápido en este momento. Vengan conmigo.

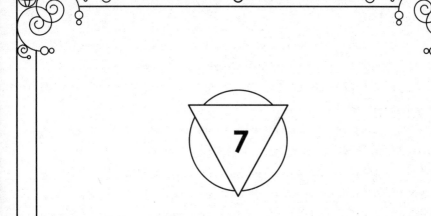

**7**

–¿Realmente te encuentras bien? –Taylor estudió a Sacha poco convencida. La piel del joven mantenía un tono pálido enfermizo y, con su cabello emblanquecido por el polvo y el hollín, parecía un fantasma.

–De verdad estoy bien –insistió.

Los otros se apresuraron rumbo a las oficinas del decano; el resto de los profesores lidiaba con el departamento de bomberos. Sacha y Taylor recorrieron lentamente el colegio vacío. Su habitual y desenfadado andar arrastrando los pies estaba ausente. A ella le pareció que se movía con precaución, examinando cada paso como si temiera que el suelo fuese inestable.

–Quizás deberías ver a un doctor.

El chico le dirigió una mirada de fulminante incredulidad y ella se rindió.

–Está bien. Olvídalo. Nada de doctores. Siento haberlo mencionado.

–Escucha, sólo tengo sed. El morir siempre me deja sediento. Vayamos por algo de beber.

Taylor sabía que debían regresar a sus habitaciones; antes de irse, Louisa les advirtió que entraran de inmediato. Pero no lo contradijo.

Por fin habían apagado las alarmas contra incendios y los terrenos de San Wilfred estaban asombrosamente en silencio. Con los chapiteles de piedra y los pasillos enclaustrados daba la sensación de estar a solas en un castillo. Era agradable estar por su cuenta.

–¿Qué sucedió allá atrás? –preguntó Sacha, mirándola de reojo–. ¿Por qué caminaste hacia el hombre? ¿Te estaba hipnotizando o algo?

Taylor, que aún no había asimilado la respuesta por su parte, miró fijamente al otro lado del patio vacío. Los rayos dorados del sol del atardecer se extendían hacia ellos.

–Realmente no sé –admitió–. No lo puedo explicar. Lo que haya sido, no me pude resistir. Ni siquiera recuerdo haber caminado. Recuerdo el bastón, la serpiente, sus ojos terribles… y de pronto estar enfrente de él. Si no me hubieras tomado, creo que hubiera caminado directamente hasta él. Sacha, me hubiera matado –respiró profundamente–. Y yo se lo hubiera permitido.

Sacha la observó atentamente.

–¿Por qué? No lo entiendo.

–No sé –repitió, con un tono de defensa en la voz–. Nunca había experimentado algo semejante. Era tremendamente poderoso. Se adueñaba de todo. Es como si hubiera dejado de ser yo –dijo, encogiéndose de hombros–. Fue aterrador.

Transcurrió más de un minuto antes de que alguno de los dos hablara de nuevo.

–Por lo menos ahora ya sabes qué esperar. La próxima vez estarás preparada.

La joven le dirigió un gesto incrédulo. Toda la tensión de la tarde se fundió en esa frase. Lo único que no era cierto.

–Sacha, no estoy lista para luchar contra él. Es increíblemente poderoso. Yo ni siquiera puedo levantar las piedras. Tienes que aceptarlo. No puedo derrotarlo.

–No digas eso –su voz era severa–. No digas que no puedes –la joven abrió la boca para discutir, pero él la interrumpió–. No eres débil. No puedes serlo... –se pasó los dedos por el cabello con frustración–... *fataliste*. *Merde*. No conozco la palabra en inglés.

–¿Qué sabes al respecto? –Taylor se le fue encima–. Te estoy diciendo que es invencible y tu respuesta a eso es *estás bien*? Es una estupidez.

Los jóvenes dejaron de caminar.

–Estás malinterpretando mis palabras. No fue lo que dije –respondió.

–Sí lo fue.

Ambos echaron chispas por los ojos.

–Bueno, quizás si tú y los otros alquimistas no me excluyeran de todo, podría tener algún consejo útil –explotó el joven.

Ella hizo un gesto de desaprobación.

–¿Qué quieres decir con eso?

–Sabes qué quiere decir –respondió, levantando la voz–. Sales y entrenas sin mí, y me dejan encerrado en la biblioteca. Todos ustedes se quedan parados alrededor viéndome morir y luego regresan como si fuera un experimento que hay que estudiar. Es espantoso. Es inhumano.

–Nadie está experimentando contigo.

–Bueno –respondió, cruzando los brazos–. Tú no. Te la pasas afuera todo el tiempo entrenando con Louisa.

La mirada herida en aquellos ojos azules como el mar finalmente lo consiguió.

La tormenta terminó tan rápido como empezó. Taylor avanzó medio paso hacia él.

–Oh, Sacha, lo siento. No sé por qué me enojé. Tienes razón, es terrible.

El chico exhaló largamente.

–No es tu culpa –admitió, moderándose–. Pero debo decirte la verdad: no me gusta este lugar, Taylor. Además de ti, la única persona que es amable conmigo es Alastair. Todos los demás me tratan como un fenómeno –señaló, pateando un guijarro fuera del camino–. Lo odio.

–También me tratan de ese modo –coincidió, recordando las miradas y los comentarios.

–No, no lo hacen –respondió, manteniendo la vista en ella–. Eres una de ellos. Yo nunca lo seré.

La joven no podía discutirle este punto.

–Pienso exactamente lo que dije antes –continuó Sacha–. No quiero ofenderte ni pretender que lo sé todo, pero sé que *puedes* derrotarlo.

A Taylor se le cerró la garganta.

Ansiaba creerle, pero se sentía muy derrotada. Sus acciones consiguieron que hoy lo mataran. Además de que el practicante oscuro la había manipulado como a un títere.

–¿Cómo lo sabes?

–Te conozco –inesperadamente, el joven buscó la mano de ella, acercándola a él–. Sé lo fuerte que eres. Es todo lo que necesito saber.

Estaban tan cerca que ella alcanzaba a sentir el calor de su cuerpo, a percibir su olor a jabón y polvo.

Era difícil respirar cuando él se hallaba tan cerca, pues sus pulmones parecían dejar de funcionar adecuadamente.

El joven se aproximó aún más, lo suficiente como para abrazarlo o besarlo. ¿Querría él que ella lo hiciera? ¿Quería *ella* intentarlo?

–Por favor, no te enojes, Taylor… –susurró el chico, y ella sintió su aliento en el rostro, cálido y dulce.

–No estoy molesta –sus labios se entreabrieron para agregar algo más, o para besarlo; no estaba segura de cuál de las dos. De pronto su cercanía le dificultaba pensar. La mano del joven comenzó a ascender por su hombro.

—Oh, bien, ahí están.

Ambos se separaron de un salto con culpa, y voltearon a ver a Alastair, quien caminaba hacia ellos desde el edificio administrativo.

—Los había estado buscando por todos lados —su tono era tranquilo, pero su mirada era cómplice.

—Solo estábamos hablando —Taylor se sonrojó. Al escucharse decir esto, podría haberse pateado a sí misma.

Alastair arqueó la ceja.

—Me enviaron como mensajero —dijo, como si ella no hubiera hablado—. El decano quiere que vayan a verlo a su oficina. Dice que hay algo que necesitan saber.

Cuando llegaron al imponente vestíbulo del edificio administrativo, el sol había comenzado a esconderse, proyectando largas sombras a lo largo del mármol gris del suelo.

El lugar solía estar lleno de profesores y personal administrativo, pero ahora el vestíbulo se percibía hueco y vacío. Las hileras de columnas bien ordenadas sostenían el florido techo de yeso que se levantaba muy por encima de sus cabezas. Las enormes ventanas dejaban entrar un torrente de luz verdosa que comenzaba a apagarse. Incluso las piezas de arte intimidaban: en las paredes había enormes pinturas al óleo de barcos con altos mástiles montando las turbias olas de color azul grisáceo. En algún lugar, en una oficina que no alcanzaban a ver, un teléfono repicaba sin que nadie lo contestara.

Durante el trayecto, Taylor permaneció en silencio, intentando entender lo que acababa de suceder. ¿De verdad estuvieron a punto de besarse? ¿O quizás no? ¿Solo estaba siendo amable?

La expresión de Sacha no delataba nada; caminaba junto a Alastair, siempre unos pasos delante de ella. ¿Y si estaba avergonzado? ¿Qué tal si ella malinterpretó las señales y ahora él no sabía cómo decirle que no le gustaba en ese sentido?

*Oh, Dios*, pensó, con un repentino destello de helada convicción. *Probablemente sea eso.*

No sabía qué le hizo pensar que él deseaba besarla. Nunca habían sido más que amigos. La había abrazado ocasionalmente cuando ella se molestaba, pero eso era todo. Sencillamente, lo había malinterpretado. Ahora él no la miraría.

Por Dios, ¿qué le ocurría? La escuela estaba a punto de ser destruida, todos iban a morir y ella pensaba en besar a Sacha, quien ni siquiera se sentía atraído por ella de ese modo.

*Estoy en shock*, decidió. *O a lo mejor estoy teniendo una crisis nerviosa.* Esas serían sus excusas si Sacha sacaba el tema después.

*Perdón por haber intentado besarte*, se disculparía. *Estaba teniendo un ataque de nervios.*

Los jóvenes se apresuraron a subir las amplias y extensas escaleras de mármol. Alastair y Sacha subían los escalones de dos en dos, por lo que Taylor se quedó atrás. Cuando llegó arriba, los muchachos ya avanzaban por el largo pasillo hacia donde Louisa aguardaba con el decano, afuera de la oficina. Mientras Taylor buscaba alcanzarlos, el teléfono en su bolsillo zumbó. Lo sacó deprisa y consultó la pantalla. Era un mensaje de texto de Georgie:

> Aburrida y decidiendo de qué color me pinto las uñas.
> Lava del atardecer o Fucsia orgánico. AYUDA.

Bien podrían haber enviado el mensaje de otro planeta. Volvió a meter el teléfono en su bolsillo, sin responderlo.

El corredor que se extendía frente a ella tenía de un lado los retratos de todos los antiguos decanos de San Wilfred. Las primeras imágenes eran pinturas de hombres y mujeres de aspecto feroz, vestidos con ropa anticuada. Después de un rato se terminaron los cuadros y los reemplazaron fotografías. De inicio eran en blanco y negro, luego a color. La última imagen era del actual decano, quien la observaba ahora.

Alto y delgado, enfundado en un traje azul oscuro, Jones estaba ligeramente apartado de los estudiantes, con las manos juntas detrás de la espalda, y su cara, pálida y angulosa, imposible de leer.

Desde que llegó a San Wilfred, Taylor había intentado definir si le agradaba o no. El hombre era consistentemente educado, aunque distante. La joven tenía la sensación de que la vigilaba de cerca; que la juzgaba.

No le había gustado el modo en que manejó la muerte de Sacha, pero la habían impresionado sus acciones durante la batalla. Se comportó como un guerrero vengador: valiente y fiero. Nunca antes había visto ese lado de él.

–Bien –dijo el decano cuando ella se acercó–. Estamos todos aquí. Ahora podemos comenzar. No los haré esperar para saber por qué están aquí –sus serenos ojos azules recorrieron el círculo de rostros–. Hoy supimos a quién nos enfrentamos. Nos enfrentamos a Mortimer Price.

Señaló la fotografía que colgaba de la pared junto a su propia imagen. El hombre de la foto estaba de pie enfrente de un escritorio. Tenía abundante cabello oscuro y un bigote delgado. Se veía profundamente normal. Taylor se acercó un paso para contemplar su rostro de cerca. La imagen tenía más de una década de antigüedad. El cabello del hombre ahora era canoso y su cara dejó de ser lisa y sin arrugas. Pero aquellos eran los mismos ojos pequeños y peligrosos.

Escuchó la rápida inhalación de Louisa; Alastair lo insultó entre dientes. Así que ellos tampoco lo sabían.

Taylor volteó hacia el decano, con el temor depositándose en su pecho como una piedra.

–¿Por qué está su fotografía en *esta pared*?

–Mortimer Price fue decano de San Wilfred hasta hace quince años –le explico Jones, tranquilo–. Desapareció después de que dejó el colegio. Y ahora sabemos la razón.

Una vez que se quedó sin palabrotas, Alastair observó con incredulidad el rostro cansado del decano.

–Dime que es una broma, Jones. Vamos –pero el enojo en su voz dejaba entrever que ya sabía que no era para nada gracioso.

–Desearía que lo fuera –respondió el decano calladamente.

–*Maldita sea* –Alastair apretó los puños a los lados.

–Tranquilícense, ambos –Louisa dio un paso al frente, con los ojos encendidos, y volteó hacia el decano–. ¿Cómo pasamos esto por alto?

–Siempre supimos que enfrentábamos a alguien de adentro –respondió Jones con voz serena–. Jamás sospeché que pudiera ser Mortimer. ¿Cómo podría ser él?

Por un fugaz instante, hubo una emoción real en su expresión; se apartó y se pasó la mano por la cara.

–Muy bien, pensemos esto con cuidado –Louisa respiró profundamente, calmándose–. Esto lo explica todo: cómo penetró nuestras defensas para llegar hasta Aldrich, por qué conoce tanto sobre nuestra forma de trabajo.

–Pero eso no explica lo que sucedió hoy –señaló Alastair–. Su fuerza era exponencial. Eso que hizo con el bastón, eso no es alquímico.

–Esa era energía demoniaca –apuntó el decano, levantando la cabeza–. Tenía que serlo.

Hubo una pausa en la que el grupo asimiló lo dicho.

–Demoniaca… –suspiró Louisa.

–Increíble –agregó Alastair.

Olvidaron sus rencores previos. Volvían a ser un equipo. Taylor no lo podía creer.

–¿Eso es todo? –preguntó, mirándolos fijamente–. ¿Ya resolvieron todo? Un decano de San Wilfred se convirtió a la energía oscura y no lo sabían? ¿Un decano asesinó a mi abuelo? *¿Y no lo sabían?*

El enojo en su voz resonó en el silencio del edificio. En lugar de responder, Jones abrió la puerta de su oficina e hizo un gesto para que todos lo siguieran.

–Entren –les pidió–. Les contaré todo lo que pueda.

8

La oficina del decano era fría y austera. Tenía el aroma limpio y con fragancia a limón de la cera para muebles. Un escritorio moderno dominaba un extremo de la habitación; el estandarte rojo y dorado se erigía en una esquina cercana.

Jones condujo al grupo a una mesa al otro lado de la oficina. Sacha se sentó en una silla frente a Taylor y miró alrededor cautelosamente. Ella se mordía el labio, arrugando la frente. Louisa y Alastair se sentaron juntos en un extremo. Acomodado ante el lado opuesto de la mesa, Jones colocó una carpeta enfrente de él.

–Llegaré a los cómos y los porqués en un momento, pero primero quiero decirles que nuestra meta sigue siendo la misma. Debemos entender la maldición que amenaza a Sacha –parpadeó, mirando hacia donde se hallaba el joven–. Debemos impedir que se cumpla. Seguimos peleando la misma batalla. Ahora tenemos algo que nos faltaba antes: conocimiento.

El decano volteó a ver a Louisa y Alastair.

–Sé lo que ustedes dos dirán. Pero por ahora, debemos concentrarnos en proteger el colegio. Debemos continuar profundizando en la investigación. No buscaremos a Mortimer Pierce a corto plazo; primero tenemos que entender el poder demoniaco que utilizó hoy. Y estar preparados.

–No hablas en serio –expresó Louisa con incredulidad–. No tenemos tiempo para ponernos a leer libros. Debemos detener a Mortimer Pierce. Es uno de nosotros. Sabe cómo actuamos, nuestras prácticas, nuestros planes, dónde *vivimos*. Puede pasar a través de nuestras defensas. Tenemos que ir tras él *ahora mismo*.

–Estoy completamente al tanto de lo que Mortimer sabe –respondió Jones–. Sin embargo, debemos abordar esta situación con calma y de una manera profesional. Tenemos doscientos cincuenta estudiantes que necesitan que los protejamos. Hoy pudiste ver a lo que nos enfrentamos. No podemos luchar contra eso. Ni siquiera sabemos qué es.

–Lo *descubriremos* –la voz de Louisa se elevó bruscamente.

–¿En qué momento? –preguntó el decano–. ¿Y a qué costo?

–El problema es que no hemos tenido tiempo para nada más –respondió Alastair.

–Debemos abordar esto racionalmente… –comenzó a decir el decano, pero Louisa lo interrumpió.

–Tu estúpida racionalidad hará que nos maten.

–Oh, deja de ser tan dramática –la voz de Jones se volvió más fría–. Louisa, puede que Aldrich haya sido infinitamente paciente contigo, pero no voy a permitir que digas lo que quieras cuando te dé la gana. Si estás en una reunión, debes comportarte.

El rostro de la joven enrojeció. Por primera vez, Sacha sintió lastima por ella. Consideraba que el decano estaba siendo excesivamente duro. También creía que la joven tenía completamente la razón. No habían hecho nada más que investigar durante semanas. Era momento de pelear o morir.

No obstante, antes de que pudiera decir algo de esto, Louisa se levantó, con las manos en la cadera. Los oscuros tatuajes que descendían serpenteando por sus brazos y ascendían por sus piernas expuestas desde los tobillos, incluso vestida con shorts de mezclilla y una camiseta, hacían que la joven luciera como una princesa guerrera y pagana.

–Al diablo tus reglas.

–Por favor, Louisa, siéntate –le pidió Jones–. Mantengamos esta reunión civilizada.

Pero Sacha podía notar que ella no iba a ceder. Cada músculo de su cuerpo estaba tenso.

–Están destruyendo nuestras vidas y ¿quieres que nos mantengamos *civilizados*?

–En realidad –respondió el decano–, es lo que quiero.

–Entonces eres un idiota –replicó Louisa–. No me voy a quedar sentada aquí para tener una reunión de negocios con Mortimer Price. Lo voy a ir a encontrar.

La joven se marchó de la habitación furiosa y sin mirar para atrás, el golpeteo de sus botas de motociclista contra el mármol se desvaneció lentamente a la distancia.

Alastair se paró a medias, como si la fuera a seguir, pero el decano lo detuvo.

–Por favor, Alastair, aguarda –le pidió, con cansancio en su tono de voz–. Necesito que más tarde le digas lo que hablamos. Lo querrá saber.

El joven titubeó, y con lenta resistencia volvió a sentarse.

–No se equivoca, ¿sabe? Fue muy duro con ella.

–Tomaré debidamente en cuenta sus opiniones –señaló el decano.

Sacha decidió que era el momento de entrar en la conversación.

–Solo quiero saber cómo van a detener a Mortimer Pierce. ¿Qué hubiera pasado si en lugar de matarme a mí hubiera sido a Taylor? Esto es… –hizo una pausa, buscando la frase correcta en inglés–… un lío –no era la expresión que quería, pero con eso tendría que bastar–. Pensé que estábamos seguros aquí.

–Sacha, me temo que no estarán a salvo en ningún lugar. No mientras Mortimer Pierce siga vivo –Jones abrió el expediente–. Verá, Pierce es uno de los alquimistas más brillantes que haya conocido. Él era profesor cuando yo era estudiante –su mirada se detuvo momentáneamente en Taylor–. Su poder extraordinario, señorita Montclair, es un don natural concedido por su linaje. El poder de Mortimer es producto de una auténtica determinación y una mente brillante. Verdaderamente entendía la ciencia de lo que hacemos. Leía las historias sobre alquimia, estudiaba los manuscritos antiguos. Su intelecto era voraz. Se convirtió en vicedecano antes de cumplir treinta, y luego en decano quince años después. Avanzaba rápidamente hacia la cima. Hasta que algo salió mal.

Todos se quedaron callados. Incluso Alastair inclinó su larga estructura hacia adelante como si pendiera de cada palabra.

–Nuestras reglas limitan estrictamente la manera en que podemos utilizar nuestras habilidades, como ya lo saben –continuó Jones–. No podemos influir en el gobierno o en las cortes. Nuestro trabajo debe ser benigno y científico. Esa ha sido la situación durante cientos de años. Mortimer rompió esas reglas. Comenzó a creer en una nueva selección natural. Él creía que el gen adicional que todos compartimos representaba la evolución puesta en práctica. Alguna vez me comentó, "Somos los dioses modernos" –Jones negó con la cabeza–. Mientras más estudiaba, más creía en esa desquiciada teoría de que no solo somos únicos, sino que estamos destinados a gobernar. Nosotros, los alquimistas, somos… Dios.

Los dedos del decano jugueteaban con la carpeta.

–Inevitablemente, fue demasiado lejos. Retó al consejo superior. Amenazó de muerte a un antiguo decano que se atrevió a denunciar los peligros de sus enseñanzas. Al final, el consejo votó por quitarle su cargo de profesor numerario y le negó el derecho a enseñar. La decisión fue sin precedentes. Era la mayor humillación imaginable.

Sacha esperaba más, pero Jones se quedó en silencio.

–¿Cuándo se convirtió hacia el poder oscuro? –preguntó Taylor.

–Ese es el problema –respondió el decano–. Hasta hoy no sabíamos que lo había hecho.

El hombre tomó el papel que se encontraba arriba del expediente frente a él.

–Después de su destitución, Pierce se quedó en Oxford. De hecho, pensamos que vivió aquí durante tres años antes de desaparecer. Aseguró que se iba a mudar a Londres para perseguir otros intereses, pero ahora sospecho que fue cuando comenzó a investigar las técnicas demoniacas a fondo. En los años que siguieron, visitó varios institutos alquímicos en Alemania, España, Marruecos y Francia, realizando varias investigaciones en sus bibliotecas. Ahora parece obvio que estaba buscando algo bastante específico: un libro que pudiera decirle cómo invocar un demonio –cerró el expediente con cuidado, con esmero–. Y lo que también resulta más que claro es que en algún punto del camino encontró lo que estaba buscando.

Escucharlo explicado de ese modo hacía que todo sonara muy simple. Tan sencillo como un cuchillo filoso deslizándose dentro de un cuerpo. Tan simple como un asesinato.

–Está diciendo que estudió demonología. Que encontró libros que le dijeron cómo hacerlo. Lo intentó y funcionó. Ahora es uno de ellos. ¿Fue así de fácil? –dijo Taylor luego de escuchar con atención.

Sacha alcanzó a percibir la conmoción en su voz.

–Eso es lo que creemos –admitió Jones–. Los libros antiguos brindan dos caminos hacia el poder. Uno es por medio de la ciencia. El otro es a través de las prácticas oscuras. El poder demoniaco es una forma extrema de estas, las cuales nunca vi usar de este modo.

–Bueno, ¿y cómo lo combatimos? –preguntó Taylor–. Hoy pareció que simplemente no pudimos contra él.

–Es por eso que debemos concentrar nuestra atención en investigar –le respondió el decano–. Para entender cómo derrotarlo.

En ese momento, Alastair perdió los estribos.

–Oh, por Dios, Jones –dijo, golpeando la mesa con el puño–. Hoy estuvo ahí. Sabe que ya no podemos ocultarnos. No podemos esperar ayuda o consejos. Es demasiado tarde. Louisa tiene razón, todo lo que podemos hacer es luchar.

–Lo haremos –el decano lucía infeliz–. En cuanto tengamos las armas para hacerlo.

–¿Y cuándo será eso? –preguntó Alastair, levantando las manos.

–Pronto.

Sin embargo, Sacha alcanzó a notar la duda detrás de esa palabra y le pareció que el decano no sabía qué hacer.

Después de que la reunión terminó, Sacha y Taylor abandonaron el edificio administrativo juntos, platicando sobriamente. Ella trató de convencerlo de que la acompañara a la biblioteca, pero él inventó una excusa para zafarse.

–Solo necesito un poco de aire fresco. Todavía no quiero regresar a ese lugar.

Cuando ella desapareció bajo la protección del enorme edificio, el joven se dirigió hacia la entrada principal para constatar por sí mismo que Mortimer realmente se había ido.

Su teléfono zumbó. Bajó la mirada para ver un mensaje de su hermana, Laura. Ver su nombre le clavó en el corazón una aguda espina de nostalgia.

¿Estás bien? *Maman* y yo estamos preocupadas. Por favor, cuídate.

Rápidamente respondió; si no lo hacía, sabía que ella lo fastidiaría constantemente hasta enterarse de que él se encontraba bien.

Estoy bien. Ha sido un día muy aburrido. Odio las bibliotecas más que nunca. Tú también cuídate.

Luego de enviar el mensaje, guardó el teléfono y procuró no pensar en su hogar; en el calor de las calles parisinas y la suavidad de su sofá; en ver la televisión con Laura y después, en meterse en líos con Antoine.

Parecía imposible que llegara a echar de menos esa vida. Pero así era.

Cuando llegó a la entrada principal, varios trabajadores con chaquetas fluorescentes ya habían comenzado a reparar el daño. Una valla temporal cubría el agujero en el muro. Se habían instalado luces para iluminarlos mientras trabajaban. Habían apagado el fuego, pero un débil y punzante olor a humo aún quedaba flotando en el aire.

Todos los camiones de emergencia se habían ido, salvo dos camionetas de la compañía de gas, pues la "historia oficial" fue que la explosión la había causado una fuga del combustible.

Louisa y Alastair se encontraban cerca de los daños, con las cabezas muy cerca, compenetrados en una conversación. El joven alto vio a Sacha acercarse.

—Sacha —dijo, sonando sorprendido—. ¿Qué haces aquí?

—Buscando al hombre que intenta matarme.

—Hace mucho que se fue... —el tono de Louisa era brusco—... desafortunadamente.

Frunciendo el ceño, Alastair echó un vistazo detrás de Sacha.

—¿Dónde está Taylor?

–En la biblioteca.

–¿Sola? ¿Jones *enloqueció*? –volteó a ver a Louisa–. ¿Ahora los deja solos cuando Mortimer podría estar en cualquier parte?

–No enloqueció, simplemente no quiere ver lo que tiene frente a las narices –Louisa peinó su corto cabello azul con los dedos–. Uno de nosotros debe quedarse con ella, y no puedo ser yo; tengo cosas que hacer.

Sus ojos se encontraron. Sacha alcanzó a percibir un conflicto no expresado entre ellos. Al final, Alastair levantó las manos.

–La cuidaré –le dirigió a Louisa un gesto de advertencia–. Pero no te atrevas a salir tú sola.

–¿Cómo puedes sugerir que haría semejante cosa? –aunque lo dijo con toda inocencia, Alastair no le creía.

–Es *peligroso*, Lou –le dijo–. Si sales del predio, lleva a alguien contigo. No vayas sola. Promételo.

–Lo prometo –respondió, sin molestarse en ocultar su molestia–. ¿Está bien?

–¿Por qué no te creo? –agregó con un suspiro.

–Porque no tienes fe –le sonrió–. Ese es tu problema, Alastair, la falta de confianza.

El joven no le devolvió la sonrisa.

–Un día vas a hacer que te maten, Lou.

–Nunca.

Alastair se dio por vencido, prefirió voltearse y se alejó a grandes pasos rumbo a la biblioteca; su preocupación seguía siendo evidente en la postura de sus anchos hombros.

Louisa intercambió algunas palabras con los trabajadores y luego giró a ver a Sacha.

–Vámonos –dijo bruscamente–, tenemos un demonio que atrapar.

9

–¿A dónde vamos?

Sacha no podía ocultar el rastro de confusa irritación que había en su voz. Llevaban caminando diez minutos sin parar y continuaba débil y cansado después de haber muerto.

Louisa se adelantaba a zancadas a través de los oscuros pasajes del colegio; cada vez que pasaban por una piscina de luz, su cabello lanzaba destellos azules que luego se desvanecían al penetrar en la penumbra. Aun entre las sombras él alcanzaba a reconocer los tatuajes que ascendían en espiral por los brazos de la joven y rodeaban sus pantorrillas, con la tinta negra contrastando en su piel pálida.

En realidad no sabía por qué la seguía. Estaba harto de todas sus estupideces.

–Primero vamos a revisar el colegio y a asegurarnos de que Mortimer Price no dejó nada detrás –Louisa habló sin voltear a verlo–. Ningún repugnante regalo demoniaco–. Abrió la puerta del edificio de historia con tal fuerza que esta produjo un ruido sordo contra la pared–. Luego vamos a ir a buscarlo.

Sacha se quedó mirando fijamente la nuca de la joven.

–¿Buscar a quién? ¿A *Mortimer*?

–¿A quién más? –la chica recorrió veloz el largo y estrecho corredor, pasó por los salones vacíos, revisando cada uno y luego acelerando hacia el siguiente.

Como aún seguía intentando procesar lo que ella le decía, Sacha se quedó atrás.

–No hablas en serio. ¿Vamos a buscarlo solos, tú y yo?

Llegando al final del pasillo, Louisa giró hacia la escalera.

–Alastair dijo que no podía ir sola, así que no lo haré. Te llevo conmigo.

Era demasiado. El enojo y la frustración de un día largo y extenuante finalmente desbordaron a Sacha.

–Al diablo –respondió acaloradamente–. No saldré de este colegio para pelear con un hombre que apenas hace tres horas me mató, todo porque no te llevas bien con el decano, ¿cierto? *T'es complètement tarée, ma pauvre*. Pelea con él sola.

Dando media vuelta, el joven se dirigió hacia la puerta. Las botas de motociclista de Louisa resonaron en el suelo cuando corrió hacia él.

–Aguarda. No te vayas. Escúchame.

Había algo nuevo en su voz, una especie de súplica.

Sacha titubeó. La puerta estaba justo enfrente de él. Sabía que debía abrirla de golpe y largarse de ahí, apresurarse a llegar a la biblioteca y contarle a Alastair lo que estaba haciendo ella.

Pero no lo hizo. En lugar de eso se quedó quieto, con una mano en la manija de la puerta, pero sin girarla. Una parte de él quería acompañar a la chica, sin importar el riesgo.

—No vamos a intentar derrotarlo —Louisa se quedó parada en el corredor sombrío, observándolo. Había perdido el tono exigente de su voz y solo hablaba—. Lo único que quiero es localizarlo y luego llamar a los demás para que vengan por él. No puedo hacerlo sola, Alastair tiene razón. Necesito a alguien que me apoye.

—¿Es todo? —indeciso, la miró con suspicacia, con una mano en la manija de la puerta—. ¿Lo juras?

—Lo juro por Dios —dijo, levantando la mano derecha.

Sacha no podía entender a la joven. Un minuto lo trataba como un niño y al siguiente tenía respuestas como éstas.

—No voy a pelear contra él —le dijo.

—Nadie te va a obligar.

No había señales de engaño en su voz.

—Entonces, ¿para qué me necesitas?

—Le prometí a Alastair que no iría sola —señaló tras una pausa—. Alguien podría decirle. Además, eres la única persona que conozco que no puede morir.

*Bueno*, pensó Sacha, *por lo menos es honesta*, y soltó la manija de la puerta.

—Bueno, te ayudaré.

—Bien —respondió la joven, aliviada.

—Pero vuelve a decirme "chico" una vez más, y me voy.

—Es un trato —replicó, con una ligera sonrisa dibujándose en su rostro.

Enseguida intercambiaron miradas, no exactamente amistosas, sino de complicidad. Como ladrones que entienden las razones del otro para robar.

—Pero primero necesitamos asegurarnos de que el colegio esté a salvo —señaló Louisa—. También podría usar tu ayuda para eso.

—Claro —respondió, encogiéndose de hombros despreocupadamente–. Como puedes ver, no estoy ocupado.

—Me gusta cuando eres sarcástico en inglés —dijo con una sonrisa.

La joven giró y avanzó hacia las amplias y vacías escaleras. Él la siguió, frunciendo el ceño.

—¿Eso fue sarcástico? ¿Qué tiene de sarcástico?

—Es difícil de explicar —señaló, mirando hacia atrás–. El inglés es un idioma extraño.

Tras el comentario, pusieron manos a la obra.

En cada piso Louisa repetía el veloz proceso de búsqueda que había utilizado en el nivel anterior, corriendo a medias por el corredor vacío, echando un rápido vistazo a cada habitación. Sacha la siguió, buscando algo que estuviese fuera de lugar.

Se detuvo para mirar dentro de un salón oscuro, donde las hileras de sillas estaban perfectamente alineadas de frente a un podio. Las aulas, con sus ventanales abovedados y emplomados, parecían muy lejanas de su escuela moderna en París.

Nunca había tomado clases en San Wilfred. Lo único que había hecho desde que llegaron, era investigar su propia historia. Nada más parecía importar.

Ahora, al ver estos salones, donde los estudiantes aprendían, se reían y maduraban, se sintió excluido, olvidado.

—Apresúrate, Sacha —lo llamó Louisa, y se preguntó si alguna vez la había escuchado decirle por su nombre.

Había más silencio aquí arriba. También estaba más oscuro. El joven avanzaba cautelosamente por el viejo suelo de roble. A su derecha, Louisa examinaba cada habitación con una postura alerta y precavida.

Bajo la oscuridad protectora, Sacha la examinó con curiosidad.

—Sé por qué hago esto, pero ¿qué hay de ti?

Esperaba que ella le respondiera que se metiera en sus propios asuntos, o que le gastara alguna broma insultante sobre cómo los franceses no entienden nada. Sin embargo, no hizo ninguna de ambas.

Entró a un salón pequeño e hizo un gesto para que la siguiera. Era la oficina de un profesor, típicamente desarreglada y con libros apilados cerca del techo. Un escritorio ocupaba la mayor parte del limitado espacio, arqueado bajo el peso de las descuidadas columnas de papel. Había una sombrilla apoyada en una de las paredes.

Louisa se paró junto a la silla vacía. En la penumbra, Sacha apenas conseguía distinguir el contorno de sus rasgos, el azul de su cabello, el destello de sus ojos.

–Lo hago porque nadie más lo hará –su voz era queda pero intensa–. Y porque Aldrich Montclair querría que encontrara a la persona que lo mató. Así que eso es lo que haré. Y me aseguraré de que el bastardo pague por lo que hizo.

La joven apoyó una mano en el respaldo de la silla vacía, tocándola casi con ternura. De pronto, Sacha supo de quién era la oficina. Retrocediendo un paso, revisó el nombre en la placa de la puerta: Aldrich Montclair.

–Es la oficina del abuelo de Taylor.

El lugar estaba tan callado que alcanzó a escuchar el roce del cabello corto de Louisa contra sus hombros cuando asintió.

–Lo *era*.

El joven miró alrededor con nueva curiosidad. Nunca conoció a Aldrich; sabía muy poco del hombre. Pero él y su padre habían sido amigos. Se descubrió prestando mayor atención a las fotografías en blanco y negro que se hallaban en las paredes. Intentó leer las palabras en los lomos de los libros apilados en los estantes.

Nadie lo había mencionado, pero sabía que era muy probable que Mortimer Price también hubiera matado a su padre. Sabía exactamente cómo se sentía Louisa. Si ella buscaba venganza, él la acompañaría.

Abruptamente, Louisa soltó la silla y lo apartó a un lado. Mientras avanzaba a zancadas por el pasillo, Sacha la seguía justo detrás. Las palabras de la joven le llegaron flotando en la oscuridad.

–Vamos por él.

De noche, San Wilfred le resultaba a Sacha aún más extraño que durante el día. Los rostros desconocidos en las innumerables pinturas lo observaban en la penumbra mientras caminaba con Louisa por el oscuro corredor en el edificio administrativo.

Sospechaba que al decano no le alegraría enterarse de que recorrían el edificio a esta hora, y estaba seguro de que se hubiera puesto furioso si supiera la razón. Pero en Louisa no cabía ninguna duda. Sus pasos eran firmes y rápidos mientras se abría paso por las sombrías escaleras de concreto hacia el sótano y a través de una pesada puerta metálica.

La puerta se cerró de golpe detrás de Sacha con un ruido seco. Al instante lamentó dejar que se cerrara. La habitación del otro lado estaba totalmente oscura: tanto que no se alcanzaba a ver nada.

De inmediato se estrelló contra algo grande, pesado e invisible.

–*Putain* –maldijo, tomándose la rodilla–. ¿Dónde están las luces?

Louisa no respondió. No podía verla. Ni siquiera alcanzaba a escuchar sus pasos.

Sacha contuvo la respiración, buscando identificar cualquier cosa en aquella cueva negra.

A donde quiera que volteara se estrellaba con objetos pesados, enormes. Un débil pero inconfundible olor a gasolina flotaba en el aire.

En aquel silencio, el débil sonido del interruptor de luz retumbó. Las luces sobre su cabeza zumbaron y parpadearon al encenderse. Deslumbrado, Sacha parpadeó. Estaba completamente rodeado por automóviles.

Había un estacionamiento subterráneo debajo del edificio administrativo y nunca se había enterado. En todos los días que llevaba en San

Wilfred no había podido descubrir dónde tenían su motocicleta, así que se giró lentamente sobre sus talones, buscándola.

La ubicó casi de inmediato, estacionada en una esquina. La felicidad hizo que su corazón se agitara y –olvidando a Louisa y a Mortimer– corrió a revisarla; se agachó junto a ella para pasar las manos por las brillantes curvas de metal negro y le murmuró en francés, "Dios, te extrañé".

Para su alivio, el vehículo parecía ileso. Los dos cascos plateados fueron dejados cuidadosamente sobre el asiento. Todo estaba en su lugar, excepto las llaves. Justo cuando se dio cuenta de ello, Louisa caminó detrás de él, con un juego de llaves plateadas brillando en la mano.

–¿Qué te parece? ¿Quieres dar un paseo?

Sacha se las arrebató de los dedos.

–Tomaré eso como un sí –señaló secamente.

Le extendió un casco y él mismo se puso el suyo en la cabeza. El mundo se redujo al tamaño de la estrecha abertura del visor. Le gustaba de ese modo.

Louisa se trepó con facilidad a la parte trasera del vehículo y colocó los pies en los lugares correctos sin que se lo dijeran. Definitivamente, antes se había subido a una motocicleta.

Por alguna razón, no era algo sorprendente.

Sacha dio vuelta a la llave y activó el interruptor de encendido, para que la motocicleta rugiera al cobrar vida.

Se quedó sentado un momento escuchando tan solo el estruendo del motor; el sonido parecía provenir de su mismo interior. De su corazón.

–*Alors* –dijo en francés, antes de acordarse de hablar en inglés–. ¿A dónde quieres ir?

–Solo sácanos de aquí –respondió.

Condujo la moto fuera del lugar donde estaba estacionada y se dirigió hacia la puerta cerrada del garage. Solo en ese momento se dio cuenta de que no tenía modo de abrirla.

Apenas se estaba girando para preguntar a Louisa qué hacer, cuando ella se estiró por encima de su hombro. La puerta se agitó hacia arriba y vio afuera el camino que se extendía hacia las luces del pueblo. Y la libertad.

Soltó el embrague y aceleró la máquina. Con un rugido, se apresuraron hacia la noche.

**10**

Tarde en la noche, Henri cayó en un profundo sueño del que no podía despertar. Era como el descanso de un muerto. El boticario dice que solo el tiempo decidirá si despierta o deja esta tierra con la misericordia de Dios.

Al alba, cabalgamos hacia la vieja iglesia y buscamos la cámara que describió en la antigua cripta. Ahí encontramos todo como lo describió: la estrella, la daga. Había muchas señales de baños de sangre y sacrificios.

La Hermandad quedó muy consternada ante esa visión. Hemos visto hechiceros y encontrado a varios servidores del mal en el tiempo que llevamos juntos, pero nunca habíamos presenciado una escena de semejante perversidad y oscura demencia.

A petición nuestra, la bruja blanca Marie Clemenceau se nos unió. Lo que observó en ese horrible lugar dejó su piel pálida como la leche.

—No puede ser posible —susurró, agachándose para tocar una de las manchas en el viejo piso de piedra.

—Díganos —la urgió el hermano Claude—, ¿qué significa esto? Debemos conocer la verdad de lo que enfrentamos.

Cuando él le mostró la daga ceremonial —con su hoja curva y la empuñadura de hueso tallado color azabache—, ella se llevó las manos a la cara y se apartó del instrumento.

—Es la brujería más oscura —dijo—. La mayor maldad y el poder más mortífero. En esta misma cámara se invocará al demonio —la mujer volteó hacia mí, con su rostro adorable afligido y temeroso—. Matthieu, debe detener esto.

—Prometo que lo detendré —respondí—. Pero debo hacerle una pregunta y necesito una respuesta con la mayor honestidad.

La mujer levantó el rostro, aún presa del temblor.

—Responderé con la verdad.

—¿Es Isabelle Montclair quien comulga con los demonios?

Por un instante me sostuvo la mirada y vi la verdad en sus ojos. Después, abrumada, se desmayó y solo por la gracia de Dios conseguí atraparla antes de que golpeara el suelo. La alejé de ese lugar maligno inmediatamente...

Taylor apartó el libro y se frotó los ojos. Llevaba horas leyendo el pesado volumen encuadernado en piel; una traducción del siglo XVIII de un libro francés de la colección de Aldrich. Era la única obra conocida que mencionaba algo útil acerca de Isabelle Montclair. Aun así, solo era de cierta ayuda.

No creía que Aldrich pudiera pensar que eso era real. Unos pocos minutos antes, encontró una nota escueta que su abuelo dejó entre las páginas: "Abigarrado e improbable".

Pasó la yema de los dedos por su dentada y familiar caligrafía. Tenía razón, como de costumbre. Hubiera dado lo que fuera con tal de que él estuviera ahora aquí. Para que le dijera qué hacer. Se sentía tan perdida. Todo era tan peligroso y se les estaba agotando el tiempo.

La biblioteca estaba llena de libros, miles de ellos, acerca de la historia de la alquimia. Jamás conseguirían examinarlos todos. Nunca encontrarían los correctos. Era tan frustrante. Presionó los puños contra sus ojos.

–Deberías tomarte un descanso –la aconsejó Alastair al otro lado de la mesa.

Relajó las manos y miró fijamente hacia donde estaba sentado, con un libro abierto frente a él. Apareció cerca de veinte minutos después de que ella llegara aquí, y llevaba horas sentado en ese sitio, tomando notas en su laptop.

El pálido resplandor azul de la pantalla resaltaba las ojeras bajo sus ojos.

–También estás cansado –señaló la joven. Alcanzó el vaso de cartón que se hallaba junto a su codo. El café estaba frío y amargo, pero se obligó a beberlo. Tenía que mantenerse despierta.

Levantó su teléfono y consultó la hora: pasaba de la media noche. El último mensaje de texto que recibió fue de su madre, dos horas antes:

Buenas noches, querida. Te extrañamos. xx

El corazón se le hizo un nudo en el pecho.

No era la primera vez que imaginaba que si su madre se enterara de lo que había estado haciendo hasta ahora, se la llevaría de regreso a casa tan rápido que el decano no vería más que el polvo levantado por los neumáticos. Pero no lo sabía.

Revisó la lista de sus otros mensajes y no había nada de Sacha. No sabía nada de él desde que la dejó en los escalones del edificio administrativo. Durante un segundo, su dedo se mantuvo alrededor del icono de mensaje de texto. Luego se detuvo.

Probablemente estaba dormido. El morir siempre lo agotaba y no quería despertarlo. Tras un suspiro, la joven dejó de nuevo el teléfono en la mesa y se estiró para relajar la tensión en sus hombros.

Alastair tipeó algo en su teléfono antes de arrojarlo en un movimiento idéntico al de ella.

–¿Dónde está Louisa? –preguntó Taylor, adivinando con quien se quería comunicar el joven.

Él la observó sorprendido. Su cabello rubio y lacio siempre estaba revuelto, pero en ese momento casi lo tenía parado de puntas y seguía cepillándoselo con los dedos.

–Está buscando a Mortimer –su tono evidenciaba lo que pensaba al respecto.

–¿Qué? ¿Por su cuenta? –las cejas de Taylor se arquearon.

–No está sola. *Me prometió* que no iría por su cuenta –dijo, sin sonar convencido. Sus dedos tamborilearon en la mesa junto a su teléfono.

–Quizás deberías llamarla –sugirió.

El joven levantó el aparato y lo sostuvo un segundo antes de volver a dejarlo sobre la mesa.

–Si está en medio de algo, solo la hará reventar –aclaró, exhalando largamente, para luego recargarse en el respaldo de su silla–. Estoy seguro de que se encuentra bien. Sabe lo que hace.

Sonaba como si tratara de convencerse a sí mismo. Taylor lo observó atentamente.

–De verdad te agrada, ¿no es así?

Él le respondió con una mirada fulminante.

–Sabes a qué me refiero –agregó–. Son amigos. Y Louisa no tiene muchos amigos.

–No, no los tiene –admitió–. Y sí, somos amigos –al hablar, tomó un bolígrafo y lo lanzó al aire. Este se mantuvo girando bastante tiempo, más de lo que era posible–. Siempre lo hemos sido.

—Tú también le agradas —le dijo Taylor—. Te lo aseguro.

Tomó el bolígrafo y lo colocó en la mesa con tal fuerza que lo hizo rebotar.

—Sí, bueno...

Regresó a su laptop, indicando el final de la conversación. Taylor lo dejó pasar.

Poco después volvieron a trabajar, pero Alastair seguía consultando su teléfono. Lo miraba fijamente como si de alguna manera eso fuera a provocar que ella le respondiera. Finalmente, Taylor bajó su libro.

—Mira, ¿por qué no vas a buscarla?

—Alguien tiene que cuidarte —respondió, tras negar con la cabeza.

—¿Sabes qué? De verdad soy capaz de quedarme sentada en una biblioteca por mi cuenta. Lo hago desde que tengo seis años.

No trató de ocultar su enfado. Los labios del joven se crisparon.

—Tranquila. Sé que puedes quedarte sentada por tu cuenta, pero la situación no es segura en este momento.

—¿Crees que no lo sé? Hoy estuve ahí. Llevo semanas aquí. Sobreviví a los portadores. Estaré bien entre los *libros*.

—Me queda completamente claro —dijo con tono mesurado—. Pero Mortimer puede entrar en el colegio cuando lo desee porque es uno de nosotros. Podría entrar en esta biblioteca en este instante. Todo lo que tiene que hacer es escabullirse de los guardias. Y está oscuro allá afuera, Taylor.

Tenía razón. La joven se recargó en el respaldo de la silla.

—Está bien, está bien... —respondió—. Lo siento. No quise desquitarme contigo. Es solo que... no me gusta que dejes que Louisa se quede sola por mi culpa.

—No está sola —replicó el joven—. Por lo menos eso creo —golpeó con el dedo índice el libro que tenía frente a él—. Solo desearía poder obtener algo de *esto*.

Taylor observó el volumen; ahora que podía verlo con detenimiento, se dio cuenta de lo antiguo que era. La encuadernación en piel estaba gastada y raída. La cubierta ostentaba símbolos extraños en tonos dorados muy descoloridos. No correspondían a ningún idioma que reconociera.

–¿Qué es? Al principio pensé que era griego, pero no lo es, ¿o sí?

–No es griego –el joven negó con la cabeza–. Es algo más. Es un leguaje alquímico muy antiguo… bueno, es lo que sospechamos, de todos modos. Durante un tiempo pensamos que podría contener todas las respuestas, pero no hemos conseguido descifrarlo –de un empujón lo deslizó por la mesa hacia ella–. Dale un vistazo. Quizás tú le encuentres algún sentido. Yo estoy perdiendo la esperanza.

Vacilante, Taylor se estiró para tomar el libro. Había manipulado unos cuantos libros de alquimia y sabía lo que se sentía sostenerlos. Era como una especie de zumbido eléctrico de baja intensidad o como estar parado debajo de un cable de alta tensión.

Pero este volumen era distinto. Podía sentirlo incluso antes de tocarlo: irradiaba energía y parecía atraerla hacia él.

Lentamente, con una especie de temerosa fascinación, bajó las manos hacia el libro. El aire que había encima de este crujía. Tuvo la extraña impresión de que el libro *quería* que ella lo tocara. Sus manos, dudando, pasaron por arriba de él, sin tocarlo. Alastair la miró de manera burlona.

–¿Qué sucede?

–No lo sé –murmuró.

El joven se enderezó, alerta de inmediato.

–¿Qué sientes?

–No puedo describirlo –respondió, con los dedos aún planeando encima de la cubierta de piel–. Es como si… me estuviera llamando.

–Espera –el joven se estiró para tomar el libro–. No lo toques.

Era demasiado tarde. La atracción que ejercía era imposible de resistir. Sus manos parecían moverse con voluntad propia y saltaron hacia el libro antes de que el joven pudiera llevárselo.

La energía la golpeó como un maremoto. Su corazón comenzó a acelerarse y los mechones de cabello se apartaron de su rostro como si los hubiera soplado un viento repentino. La joven retrocedió con la respiración entrecortada, pero no pudo apartar las manos del volumen, simplemente no lo soltaban.

Alastair se inclinó lentamente hacia adelante, observándola con fascinación.

–¿Qué pasa, Taylor? ¿Qué sientes? Descríbelo.

Las manos de ella vibraban. Casi parecía que el libro se retorcía.

–Se siente... *vivo* –respondió lentamente–. Tanto... poder.

Sin previo aviso, el libro se deprendió de su agarre y se deslizó al otro lado de la mesa.

Inhalando profundamente, Taylor se dejó caer de nuevo en su silla, apoyando las manos en el pecho.

–¿Qué fue *eso*? –dijo, mirando fijamente el libro.

–No tengo la menor idea.

Con cautela, Alastair se estiró para alcanzar el libro y lo deslizó por la mesa hacia él con la base del bolígrafo.

–Llevo semanas intentando comprender qué significan los símbolos de este libro. Lo levanto y lo llevo conmigo a todos lados y nunca había hecho algo *semejante*.

Ambos contemplaron el volumen que estaba en la mesa en medio de los dos. En este momento parecía inofensivo: tan solo papel y tinta. Sin embargo, Taylor permanecía apartada de él.

Alastair la observó con renovada curiosidad.

–Tiene que haber una razón que explique lo que ocurrió. No puede ser una coincidencia.

Taylor bajó la mirada hacia sus manos. La sensación de poder y electricidad seguía cosquilleándole en la punta de los dedos. Se sentía agitada y, de cierto modo, estimulada.

–Tal vez deberíamos probar otra vez –comentó Alastair.

–La joven no debe tocar el libro.

La voz, autoritaria y con acento alemán, provenía de detrás de ellos. Ambos giraron para mirar.

Un hombre mayor salió de entre las sombras. Su rostro estaba marcado por las arrugas y tenía el cabello cano, aunque su postura era erguida y se movía con paso enérgico. Los observó alternadamente, con una mirada oscura e inteligente.

–¿Dónde obtuvieron ese libro?

–Profesor Zeitinger… yo… –Alastair sonó anonadado–. Lo encontré en la biblioteca Bodleiana cuando realizaba investigaciones para Aldrich Montclair. Ya sabe, la maldición francesa.

–Nadie me informó del hallazgo de esta edición –la voz del profesor hizo que esta sentencia sonara como una acusación–. Soy quien supervisa los textos alquímicos germanos del periodo medieval.

–Pero… profesor –respondió Alastair frunciendo el entrecejo–. No está en alemán.

–Por supuesto que lo está –el docente clavó el dedo en el libro–. ¿Me está diciendo que no sabe de qué idioma se trata?

Alastair negó con la cabeza, desconcertado.

–No.

–He dedicado toda mi carrera a estudiar estos símbolos –señaló Zeitinger con voz queda–. Durante muchos años he recorrido el mundo en busca de este libro.

El joven se quedó con los ojos muy abiertos.

–Profesor, ¿qué es este libro?

–Es *El libro de la resolución*.

Hubo una pausa y luego, inesperadamente, Alastair comenzó a reír.

–Maldición. Soy un gran idiota. Jones me dará una paliza cuando se entere.

–*Resolución* es una de las interpretaciones de esa palabra, por supuesto –Zeitinger continuó, como si no hubiera hablado–. También se puede traducir como deshacer, revertir, desenredar. El idioma de aquel tiempo era impreciso –el hombre observó a los dos jóvenes–. Durante siglos este libro se creyó perdido. Posiblemente, destruido. ¿Me están diciendo que todo este tiempo se encontraba en la biblioteca?

Alastair abrió la boca para responder, pero enseguida la cerró otra vez y sacudió los hombros, reprimiendo la risa.

–¿Qué es tan divertido, jovencito? –preguntó el profesor con desaprobación. Al pronunciar la R sonaba más fuerte, como una G. *Qué es tan divegtido.*

Alastair se palmeó la rodilla con la mano, tratando de no perder el control.

–Estaba mal clasificado –respondió finalmente con la voz entrecortada.

–Es una atrocidad –señaló Zeitinger, chasqueando la lengua. Eso sólo provocó que Alastair se riera con más fuerza.

–No entiendo –dijo Taylor desconcertada, pasando la mirada de uno a otro–. ¿Qué es este libro?

El profesor dirigió su atención hacia la joven. Debajo de aquellas cejas pobladas y canosas, sus ojos oscuros eran extremadamente serios.

–Eres la nieta de Aldrich Montclair, ¿no es verdad?

–Sí… –la joven asintió, indecisa.

La expresión del hombre se suavizó apenas unas milésimas.

–Soy el profesor Wolfgang Zeitinger –dijo, dando leves golpes al aire justo encima de la cubierta del libro, sin tocarlo–. Jovencita, este libro es la pieza faltante de un rompecabezas muy peligroso. Su abuelo lo buscó por todas partes. Es probable que hubiera muerto por él.

–No entiendo –respondió, sintiendo la agitación en su estómago–. ¿Por qué alguien lo asesinaría para conseguir un libro?

–Esta obra la escribió un alquimista alemán que estudió las artes oscuras –explicó Zeitinger–. Llegó más cerca que cualquiera de nosotros en el entendimiento de la energía oscura, sobre cómo puede utilizarse y cómo puede anularse –alejó la mano del libro–. Para nosotros, esta podría ser la clave para la vida. Y para la muerte.

»Debemos apresurarnos –dijo, chasqueando los dedos–. Denme algo con que envolver el libro: papel, o tela. Nadie debe tocarlo.

–Sí, profesor –Alastair se apresuró a buscar los materiales.

–Sigo sin entender –Taylor estaba de pie junto al anciano, intentando comprender lo que ocurría–. ¿Qué hay en este libro que nos ayudará?

–El descubrimiento de este libro es increíblemente peligroso –explicó el profesor, mientras Alastair regresaba y comenzaba a envolver el volumen con papel, cuidando de no tocarlo–. Si Mortimer Pierce se entera de que el libro fue hallado, nos matará a todos. Solamente nuestra propia ignorancia nos ha protegido hasta este momento, y ahora la hemos perdido.

Cuando el libro quedó envuelto, el profesor lo recogió con cautela, haciendo un gesto para que lo siguieran.

–Debemos apurarnos.

–¿Es verdad? –preguntó el decano mientras atravesaba a zancadas la puerta de la oficina–. ¿Lo encontraron?

No llevaba puesta la corbata, pero, como siempre, su camisa blanca estaba impecable y su traje planchado. Taylor, quien nunca lo había visto llevar otra prenda, empezaba a imaginar si no dormiría también con traje.

Alastair y el profesor Zeitinger comenzaron a hablar al mismo tiempo.

–No lo reconocimos… –indicó Alastair.

–¿Cómo pudo haber ocurrido esto? –inquirió Zeitinger, que continuaba furioso por el error de clasificación.

–Paren, ambos –dijo Jones–. El cómo y el por qué son insignificantes en este momento –volteó hacia el profesor–. Wolfgang, ¿es el libro?

El académico le sostuvo la mirada.

—Sí, es el libro.

Jones se pasó la mano por la cara. Había una suerte de asombro en su expresión.

—¿Dónde está?

Zeitinger dio un paso a un costado. El libro se hallaba encima del escritorio del decano, entre papeles esparcidos alrededor. Jones estiró el brazo, indeciso, antes de retraer otra vez los dedos.

—No puedo creer que por fin lo tengamos.

—Es un milagro —coincidió quedamente Zeitinger—. Sinceramente creí que había sido destruido.

—Todo este tiempo…

El decano miró al viejo profesor, quien terminó el pensamiento por él.

—…y estaba frente a nuestras narices.

—Taylor —dijo Alastair, como si de pronto hubiera recordado algo importante—. Ella reaccionó cuando lo tocó…

—¿Lo *tocó*? —Jones levantó la cabeza de inmediato.

—Fue un error —agregó Alastair con un gesto apenado—. No sabíamos lo que era. No tuve ninguna reacción cuando lo toqué. Nadie la había tenido hasta ese momento. Aldrich sabía que era importante, pero no lo había identificado como *el* libro.

—¿Cuál fue el efecto? —preguntó Jones.

—Lo vi todo —señaló Zeitinger, dando un paso adelante—. El poder del libro reconoció el poder en ella.

La mirada fría del decano se desvió hacia Taylor.

—Cuando lo tocaste, ¿qué fue lo que sentiste? ¿Llegaron pensamientos a tu cabeza?

La joven recordó el ataque que sintió.

—Solo energía —respondió—. Y, tal vez… ¿enojo? Fue muy rápido —miró al decano—. ¿Por qué el libro es tan mortífero?

–La mayor parte de lo que sabemos es apócrifo –indicó Jones–. Con eso quiero decir que es parte del saber popular, pero nadie está seguro de si es verdad. Creemos que el libro lo escribió un alquimista alemán llamado Cornelius von Falkenstein en el siglo XVII. Su hermana fue atraída y seducida por la energía oscura. Intentó criar un demonio pero murió en el proceso. Falkenstein escribió el volumen como una especie de venganza. Pero el profesor es el experto.

El decano volteo hacia Zeitinger, indicándole con un gesto que continuara con la historia. El profesor se acercó otro poco al libro.

–Los dos hermanos eran muy próximos. La muerte de ella le destrozó el corazón. Falkenstein se obsesionó con la práctica oscura. Pero no como su hermana, pues él no buscaba el poder. Estaba obsesionado con destruirlo.

Aunque su voz no era muy sonora, de cierto modo sus palabras llenaban el espacio en silencio.

–Practicaba día y noche –continuó Zeitinger–. Documentaba sus éxitos y sus fracasos en un código alquímico arcaico que él mismo inventó, para ocultar sus hallazgos a fin de que nadie más saliera lastimado al tratar de repetir su trabajo. El Consejo Alquímico, que en aquellos tiempos establecía las reglas y leyes para los de nuestra clase, prohibió sus experimentos, pero él ignoró las restricciones. Sus investigaciones fueron mucho más allá de lo que nadie había conseguido antes, llegando muy al borde de la locura –la mirada del profesor brilló–. Al final fue forzado a detenerse. Resultaba demasiado peligroso. Nadie sabía lo que podía desencadenar, y seguimos ignorándolo. Fue declarado loco por el Consejo y recluido en un asilo por el resto de sus días. Se creyó que quienes detuvieron su labor habían destruido sus investigaciones. Sin embargo… –volteó a mirar hacia su escritorio, donde yacía el libro recubierto en piel sobre la pila de papeles, tan inocente como cualquier enciclopedia–… siempre persistieron los rumores de que seguía existiendo, que nunca fue destruido, sino que más bien quedó oculto en el hogar de uno de los líderes del Consejo.

–Ahora sabemos que los rumores eran ciertos –señaló el decano.

Taylor sintió un hormigueo en la piel al recordar la promesa de un poder absoluto y sin límites que la había atravesado.

–¿Este libro puede ayudar a Sacha?

–Esa es la esperanza –respondió Zeitinger tras un momento–. Pero la esperanza solo nos llevara hasta un punto –volteó a ver a Jones–. Debo empezar a trabajar de inmediato.

–Desde luego –replicó el decano–. ¿Qué necesita?

–Una habitación cerrada con llave. Un asistente... –el viejo profesor observó a Taylor–...y a la señorita Montclair, quien reaccionó al libro como si lo hubiera reconocido. Y él a ella.

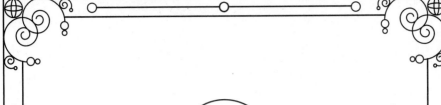

**11**

Sacha y Louisa recorrieron ruidosamente la oscura maraña de calles de Oxford. Ocasionalmente, la joven gritaba alguna indicación, pero la mayor parte del tiempo permanecía en silencio mientras él conducía la motocicleta. Los ojos de la chica buscaban en las calladas callejuelas medievales que giraban y daban vuelta entre los altos muros de piedra; pasaban las iglesias de elevados campanarios y los dentados chapiteles de los colegios de Oxford.

Louisa iba de cacería.

Mientras que Sacha solo podía ver calles oscuras y luces brillantes, para ella había algo mucho más vívido y elemental: los arroyos dorados de energía alquímica estaban por doquier, iluminando la noche. Escurría de los ríos, de los cables eléctricos, del viento. La energía molecular carecía de límites y era constante.

Pero no era la energía alquímica lo que ella buscaba. Andaba a la caza de Mortimer.

—¿A dónde vamos? —gritó Sacha para que su voz se escuchara por encima del ruido del motor.

—Toma a la izquierda adelante —le indicó—. Luego gira a la derecha después de San John's.

—¿Qué es San John's?

Louisa hizo una mueca. Claro que no podía conocer ni siquiera el punto de referencia más obvio. No había salido del colegio desde que llegó.

—No importa —agregó ella—, yo te guío.

Él era un buen conductor, pensó Louisa, estaba alerta y concentrado, incluso después de todo lo que había ocurrido hoy.

Se sentía bien estar otra vez en una motocicleta luego de varios años. Escuchar el viento que silbaba alrededor de ellos, percibir el motor retumbando debajo de ella, haciéndola sentir casi como si formara parte de él.

Le recordó a Tom y la casa ocupada ilegalmente en Liverpool. En un instante la pudo ver: las paredes sucias, garabateadas con grafiti sin sentido, los colchones desnudos en el suelo, la energía eléctrica tomada a través de un cable instalado de forma ilícita en un edificio cercano. El lugar era una trampa mortal en caso de incendio. Era frío en invierno, apestoso y caliente en verano. Pero para ella era un sitio seguro. La protegía de la familia adoptiva que la atormentaba.

La motocicleta de Tom representaba libertad, y a ella le encantaba montarla. Creía que estaba a salvo. Pero después todo salió mal.

—¿Por dónde? —gritó Sacha.

Louisa parpadeó. Se acercaban a un cruce. Le tomó un momento volver a orientarse.

–Toma a la derecha.

Intentó sonar autoritaria, pero interiormente se estaba reprochando. Este día le estaba afectando. Debía concentrarse más. ¿Qué tal si perdía a Mortimer en la intersección mientras ella andaba perdida en el pasado?

*El pasado no importa*, se recordó. *El pasado no te puede lastimar si no se lo permites. Detén el dolor olvidando.*

Se inclinó hacia adelante para examinar la ciudad con renovada intensidad. En su mayoría, las calles estaban vacías a esta hora, aunque pasaban ocasionalmente cerca de un club nocturno, y Sacha rodeaba con cuidado los nutridos grupos de estudiantes que bailaban y gritaban.

En un punto, un hipster barbado, vestido con chaqueta de franela y visiblemente borracho, se lanzó contra ellos en una esquina bastante iluminada, con las manos estiradas hacia la motocicleta que avanzaba con lentitud.

–*Fous-toi, salaud* –gruño Sacha.

Su furia parecía penetrar la bruma del alcohol. El hombre retrocedió cautelosamente mientras la motocicleta se alejaba a toda velocidad.

–Ni siquiera pienso preguntarte qué es lo que le acabas de decir –señaló Louisa con indiferencia–. Gira a la izquierda.

Con el gruñido aún suspendido en su aliento, Sacha tomó el estrecho y oscuro camino que ella le indicó.

Aquí había menos farolas. Las luces no iluminaban más que las piedras grises. De pronto, la joven supo exactamente dónde se encontraban: en el laberinto de calles detrás de la biblioteca Bodleiana.

Louisa se inclinó hacia adelante para observar por encima del hombro de Sacha, examinando las sombras.

Fue entonces cuando la sintió, inconfundible y putrefacta: la energía oscura.

La joven contuvo el aliento. Él estaba aquí.

–Reduce la velocidad.

Sacha respondió al instante a la urgencia de su voz y disminuyó la marcha de la motocicleta hasta avanzar a paso de tortuga.

–Gira a la derecha –ella cerró los ojos, volviendo a buscar la fuente de la energía. Resultaba difícil localizarla. Estaba cerca y luego se alejaba. Los rodeaba y después desaparecía.

Le tomó un momento darse cuenta de lo que ocurría.

*Está bajo tierra.*

Tenían que bajar de la motocicleta.

–Estaciónate aquí –señaló un ángulo de la pared que quedaba oculto y formaba el espacio perfecto para esconderla.

Sacha apagó el motor. Ella saltó ágilmente del vehículo, se quitó el casco con un movimiento resuelto y lo dejó en el suelo. Los mechones de cabello turquesa le caían en el rostro y la joven los apartó con impaciencia.

El corazón le palpitaba. Sabía exactamente dónde se encontraba el hombre. Su energía los condujo directo hacia él.

*Debo llamar a Alastair ahora*, pensó Louisa, con una punzada de culpa. *No podemos enfrentarlo solos.*

Sin embargo, no buscó su teléfono.

Ignorando las voces de advertencia en su cabeza que le decían que no debería hacer esto sola, avanzó dando zancadas hacia una puerta baja empotrada en la espesa hiedra que cubría el muro de piedra. No tenía número, pero había un símbolo tallado en la madera: un triángulo con un círculo en el interior.

Cuando la joven presionó la mano contra la madera maltratada, la puerta al instante se abrió.

Volteó a mirar detrás de ella. Sacha continuaba montado en la motocicleta, tenía las llaves en la mano y la observaba con cautela.

Casi comenzaba a agradarle. Había que tener agallas para soportarla esta noche, y, sobre todo, coraje para abandonar la seguridad del colegio e ir tras el hombre que lo había matado este día.

Tal vez lo había juzgado mal. En todo caso, estaba por averiguarlo.

–Está cerca. Lo puedo sentir –señaló Louisa–. ¿Te unes?

Él vaciló por un instante.

Enseguida se bajó de la motocicleta y dejó el casco en el suelo. La joven lo vio apoyar los dedos de modo tranquilo en un costado del negro y brillante vehículo.

Luego se enderezó y la acompaño a atravesar la puerta hacia lo desconocido.

La puerta conducía hacia una escalera de piedra que bajaron hasta un espacio oscuro y estrecho. El agua goteaba en algún lugar a la distancia; el aire era frío y húmedo.

Louisa sacó su teléfono y encendió la linterna. Un túnel saltó a la vista. La joven miró alrededor con reservas, pero no había señales inmediatas de la energía de Mortimer. Utilizando lo último que observó para guiarse, la chica decidió girar a la derecha, hacia la biblioteca.

–Por aquí –le susurró a Sacha, y sus palabras produjeron un eco que la envolvió. *Por aquí... aquí....*

Cada palabra fue amplificada. Cada paso retumbaba en el antiguo muro y techo de piedra. Incluso su aliento parecía rebotar, como si las paredes mismas respiraran.

–¿Dónde estamos? –susurró Sacha.

La joven lo miró fijamente.

–En túneles medievales.

–¿Crees que se encuentra aquí abajo?

Su voz estaba marcada por la duda, pero no podía culparlo. Ahora que se encontraban aquí, ella no hallaba ni rastros de la energía oscura. De hecho, no sentía más que la energía dorada del agua que corría debajo y alrededor de ellos.

¿Dónde estaba el hombre? Antes se había sentido tan segura.

—Avancemos un poco más —dijo.

Aunque no era una respuesta, él la dejó pasar.

Justo un poco más adelante, el túnel se volvía más angosto y Sacha quedó detrás de Louisa. Después de eso, caminaron un rato en silencio. Luego él habló nuevamente, con voz baja y seria.

—¿Puedo hacerte una pregunta?

—No te puedo detener.

—¿Por qué me odias?

Ella continuó caminando. ¿De verdad iban a hablar de esto ahora?

—No te odio —respondió de modo cortante.

—Entonces, ¿por qué actúas como si lo hicieras? Esta es la primera vez que puedo recordar en la que no estás siendo una bruja conmigo. Y no sé por qué. ¿Qué fue lo que hice?

Louisa se detuvo y se giró para encararlo.

—Mira, chic… Sacha. A veces necesitas portarte como una bruja para seguir con vida —el eco de su voz resonó en la piedra. *Con vida, vida….*

Sacha la miró con gesto serio.

—No soy tu enemigo, Louisa. Estoy de tu lado. O por lo menos, trato de estarlo. Si me dejas.

La joven cerró los ojos y buscó los últimos restos de paciencia que le quedaban.

—No te odio —insistió—. De verdad no lo hago. Cuando nos conocimos, supongo que te culpé por todo esto —respondió, haciendo un gesto al túnel que los rodeaba, con la luz de su teléfono oscilando sin control—. Pero no debería. Sé que no es justo.

Era lo más cerca que estaba de ofrecer una disculpa. Pedir perdón hacía que la piel se le erizara.

Pero él no la conocía lo suficiente como para interpretarlo como una disculpa, así que clavó la mirada en la oscuridad al final del túnel.

–También me culpo.

Lo dijo en voz tan baja que sus palabras casi se perdieron bajo el sonido de las goteras y de sus respiraciones.

–Desearía que hubiera algo que pudiera hacer para detener esto –continuó, sin encontrar la mirada de ella–. Me entregaría a Mortimer en este momento si eso significara que Taylor siguiera con vida y que esto se acabara. Pero no funcionaría, ¿o sí?

El joven levantó la mirada hacia ella.

–No –admitió ella–, no lo haría.

–Entonces, lo único que puedo hacer es esto –su voz evidenciaba una cansada madurez más allá de sus diecisiete años–. Quiero vivir, Louisa. Quiero que Taylor viva. Y todos ustedes. Quiero pelear junto a ti. Pero si decides seguir odiándome, no te culpo.

Tomada por sorpresa, a Louisa se le dificultó pensar en algo para decir. El joven interpretó su silencio como una condena y se le adelantó para adentrarse en el interior del oscuro túnel, con los hombros caídos.

–Olvídalo.

Ella corrió tras él, levantando la voz.

–Ey, chic… Quiero decir… Sacha. Mira, lo siento. Espera.

Lo encontró unos metros más adelante. Se había detenido ante una antigua puerta de madera.

–Ey, no quise decir… –empezó a decirle.

Entonces sintió la energía, muy débil al otro lado de la puerta. Pero era inconfundible. Cualquier pensamiento relacionado con disculparse se evaporó.

–Él está aquí.

Apoyando la palma de la mano extendida contra la puerta, Louisa cerró los ojos y se concentró. Del otro lado, consiguió sentir la energía de la electricidad en las paredes, del agua corriente bajo sus pies, de las moléculas en el aire. No había alquimistas ni personas.

Pero había algo oscuro que merodeaba en el lugar. La adrenalina corrió por sus venas como fuego.

*Te tengo, bastardo.*

Con delicada precisión, accionó el mecanismo de la cerradura.

La puerta se abrió con un crujido.

Al salir del húmedo túnel, la habitación que se hallaba del otro lado parecía resplandecer como un milagro. Estaba cálido y seco. Había costosas alfombras repartidas en el piso de piedra. Toda la pieza estaba iluminada por el suave brillo que salía de candelabros modernos.

Sacha se quedó con la boca abierta.

Era momento de llamar a Alastair. Pero cuando Louisa sostuvo su teléfono, se percató de que no había señal.

*Por supuesto*, pensó, con el corazón en la garganta, *estamos bajo tierra*.

Tendrían que hacer esto solos.

Guardó su teléfono y se paró frente a la entrada, explorando el aire, las paredes, buscando *todo* lo que tuviera energía oscura. Estaba ahí, pero débilmente.

Dando un paso al interior, hizo un gesto para que Sacha la siguiera.

–Vamos.

El túnel era más amplio en esta parte. Sus pasos no sonaban sobre la gruesa pila de alfombras. Había puertas que conducían aquí y allá, y Louisa se detuvo afuera de cada una y luego continuó avanzando.

La joven seguía perdiendo el rastro de la energía, después la encontraba de nuevo, aunque siempre se desvanecía, como si estuviera parpadeando.

Era extraño. La energía oscura no debería funcionar de ese modo.

La duda hizo que el estómago se le revolviera. Algo no andaba bien.

Pero, ¿y si esta confusión no fuera más que un asunto de distancia? Seguían en el subsuelo. ¿Y si el hombre se encontraba arriba de ellos? Las capas de tierra y rocas que había entre ellos tal vez provocaban que fuera imposible leer su energía.

Tenían que subir, así que la joven arrancó a correr.

–Espera –silbó Sacha, luchando por seguirle el paso. La joven alcanzó a notar el desconcierto en su expresión–. ¿Qué es este lugar? ¿Regresamos a San Wilfred?

–Es la biblioteca Bodleiana –le respondió sin disminuir el paso.

–¿Por qué necesita túneles una biblioteca?

Louisa no tenía tiempo para explicaciones.

–¿Parezco una maldita bibliotecaria?

Llegaron a la puerta del pozo de la escalera. La joven se detuvo y presionó los dedos contra el portón.

–Nada en Oxford es lo que parece –señaló–. Pensé que ya lo habrías notado.

Louisa empujó la puerta con tal fuerza que retumbó contra la pared. Unos pasos más adelante, una escalera de servicio ascendía en espiral. La única fuente de luz provenía del resplandor verde acuoso que desprendían las señales de la escalera de emergencias que había en cada piso.

En aquel silencio hueco, Louisa trató de percibir a Mortimer. Si se hallaba en el edificio, el hombre sabría que la joven se encontraba ahí, del mismo modo que ella sentiría su presencia. Tenía que encontrarlo rápido.

Sin embargo, su energía seguía siendo efímera, como si se mudara adentro y afuera del inmueble. Carecía de sentido. No podía encontrarse aquí y estar ausente al mismo tiempo.

Por lo menos ella tenía razón acerca de las capas de tierra que los separaban. Ahora alcanzaba a sentir la energía oscura con mayor claridad. Se estaban acercando. Demasiado.

Se sentía nerviosa, alterada, con miedo. No debía estar haciendo esto. Debería haber llamado a San Wilfred en el instante mismo en que se bajó de la motocicleta. Ahora su teléfono no tenía señal y, de cualquier forma, era muy tarde para que alguien pudiera llegar a tiempo.

De solo pensarlo, los músculos de su pecho se tensaron. Había visto lo que Mortimer podía hacer. No creía ser capaz de ganar esta batalla. Pero eso no significaba que fuera a retroceder.

Cuando llegaron a la planta baja, la joven abrió de un empujón otra puerta. La habitación que se encontraba del otro lado era enorme: los techos se elevaban sobre una hilera tras otra de altos anaqueles, repletos de cientos de miles –tal vez millones– de libros.

Mortimer no estaba aquí.

Louisa se volteó hacia Sacha y señaló una salida de emergencia en el costado opuesto de la sala.

–Mira –murmuró rápidamente–. Está cerca. Es muy tarde para pedir ayuda. Hay una buena posibilidad de que Mortimer me mate antes de que yo haga lo mismo con él. Tú no puedes contra él. Es mejor que te vayas ahora. Regresa a San Wilfred.

–No –respondió él con el gesto endurecido.

–Sacha…

–¿De verdad crees que te dejaría sola con él? –dijo apretando los labios–. Me quedo.

Realmente lo había juzgado mal desde el principio.

–Bueno, entonces supongo que eres igual de estúpido que yo –comentó.

Era un cumplido, y en favor del joven debía decirse que él lo sabía.

–Supongo que lo soy. Ey, si vamos a caer, que sea luchando –comentó, con una sonrisa maliciosa–. Siempre quise decir eso antes de una pelea. Caigamos luchando, Louisa.

–Si te da lo mismo, preferiría ganar –la joven señaló hacia un largo y oscuro pasillo que salía a una gran sala a la derecha–. Si no piensas irte, entonces necesitamos ir por ahí.

Salieron a toda velocidad. El vestíbulo estaba enmarcado a ambos lados por oficinas. Mientras corrían, la joven distinguió a su paso las oscuras mesas de madera pulida, las elevadas estanterías y las sillas de oficina. No había tiempo para mirar con mayor detenimiento, pues podía sentir cómo la energía oscura los rodeaba. Por la intensidad, Mortimer debía encontrarse justo enfrente de ellos, pero ella no alcanzaba a ver nada.

–¿Dónde está? –susurró Sacha, como si pudiera leer sus pensamientos–. ¿Estamos cerca?

En ese momento, la puerta cercana a ellos se abrió de golpe y un hombre enorme salió directamente a su encuentro.

–Sí –exclamó Louisa–, estamos cerca.

Su voz sonaba tranquila, pero tenía el corazón en la garganta. El hombre era enorme y estaba bañado de energía oscura.

Sin pensarlo, ambos dieron marcha atrás. En el apuro, Sacha tropezó y soltó un insulto al aire .

La criatura debía medir más de dos metros de alto y tenía los hombros tan anchos que ocupaba el marco entero de la puerta donde estaba parado. Vestía completamente de negro. Louisa apenas tuvo tiempo de asimilar sus dimensiones. En medio de las sombras y el caos, creyó haber visto en él unos símbolos extraños grabados en la piel de su cuello y brazos.

Eso fue todo lo que tuvo tiempo de observar antes de que, con un clamor, volteara hacia los jóvenes.

Louisa empujó a Sacha con todas sus fuerzas.

–*Corre*.

## 12

El empujón de Louisa hizo que Sacha se desplomara fuera del camino, justo cuando la criatura se estiraba para alcanzarlo con sus manos enormes y gruesas.

Para cuando el joven logró ponerse nuevamente de pie, desorientado, la biblioteca se había convertido en la escena de una pesadilla. Louisa corría como un rayo a uno y otro lado entre las sombras –como un destello azul que alejaba a la enorme criatura (*Porque era una criatura, ¿no era cierto? No podía ser humano. No con esa apariencia…*) de Sacha.

–Yo soy a quien buscas –le gritaba cada vez que su atención se dirigía hacia él, aunque fuera por un instante–. Ven por mí.

La chica levantaba la mano, concentrándose. Sacha no podía verlo, pero sabía que la joven buscaba acumular energía alquímica para combatir a ese engendro.

El monstruo se detuvo un segundo, encogiéndose de hombros. Enseguida, ante la mirada horrorizada de Sacha, su boca abierta se curvó para formar una espantosa sonrisa. Lanzó un golpe hacia la joven con tal fuerza, que se pudo escuchar cómo el puño silbaba al cortar el aire.

Louisa se lanzó al suelo, rodando fuera de su alcance; de un salto se puso en pie a cierta distancia y volvió a levantar la mano, con un gesto de pura concentración. El engendro la ignoró y giró hacia Sacha. El joven tragó saliva y levantó los puños, pero sus manos de pronto lucieron como algo demasiado pequeño y débil, comparadas con las protuberantes extremidades de la gigantesca criatura.

Sus miradas se encontraron por un instante. Sacha creyó ver algo parecido al reconocimiento en aquella cara grotescamente hinchada.

Y el hambre.

–¡Oye! –desde el otro extremo del pasillo, Louisa agitaba los brazos como loca–. Por aquí, *grandulón*.

En medio del temor y la confusión, Sacha pensó, por una fracción de segundo, que le hablaba a él.

Con un rugido inhumano, el engendro se movió pesadamente hacia la joven. Cada paso que daba parecía sacudir el edificio desde sus cimientos.

Louisa lo esperó otra vez, concentrando su poder. Nuevamente, la criatura se encogió de hombros y, enseguida, su enorme puño giró hacia ella, más rápido que antes y con mayor brutalidad. Ella lo esquivó en el último momento posible.

Sólo que esta vez esperó más de lo debido. El puño de la cosa conectó contra su hombro. La fuerza del golpe la arrojó por el aire con tal violencia que la joven golpeó la pared antes de derrumbarse en el suelo, cerca de donde Sacha se encontraba, a medio camino del pasillo.

Cuando la criatura hizo una pausa, mirando estúpidamente el espacio que la joven había ocupado momentos atrás, Sacha se apuró a llegar junto a Louisa.

—¿Estás bien?

—Maldita sea —respondió, sobándose el hombro—. ¿Qué *es* esa cosa?

—No lo sé —dijo, ayudándola a levantarse—. Pero creo que me reconoció. Entremos aquí.

Se agacharon para escabullirse por una entrada oscura.

—¿Qué quieres decir con que te reconoció? —Louisa arqueó las cejas entre las sombras.

—Me miró como si... —Sacha intentó explicarse—... es difícil de describir... Como si fuera yo a quien estuviera buscando.

La joven observó atentamente sobre su hombro, hacia el corredor que se vislumbraba más adelante.

—Supongo que tiene sentido —señaló ella—. Probablemente trabaja para Mortimer, como los portadores. Sólo que mucho más estúpido.

—¿Por qué no utilizas tu habilidad para pelear contra él?

Al final del vestíbulo, la criatura había comenzado a avanzar hacia ellos.

—Le lancé todo lo que tenía —señaló la chica—. Esa cosa parece que casi... no sé... lo disfruta.

—¿Cómo es posible? —preguntó, incrédulo.

—No tengo la menor idea.

Sacha no sabía qué pensar. Si las habilidades de Louisa no surtían efecto contra el engendro, este los mataría a ambos. Tanía el doble de tamaño que ellos y parecía ser cada vez más veloz. Y, encima, nadie sabía dónde se encontraban. Estaban solos contra el monstruo.

—¿Qué vamos a hacer? —permanecieron quietos, observando cómo el monstruo los buscaba.

—Dame un minuto —respondió Louisa—. Estoy pensando en un plan.

Pero no tenían un minuto. La criatura los había detectado y comenzó a moverse pesadamente hacia ellos. El monstruo era siniestro, pero a Sacha le pareció que había algo distinto en él.

–¿Está... creciendo? –se escuchó preguntar débilmente.

–No puede ser...

La joven no tuvo tiempo de agregar nada más antes de que la criatura los embistiera emitiendo un gruñido gutural.

–Ve a la izquierda –le gritó.

Sin tiempo para pensar, hizo lo que ella le dijo, precipitándose por la puerta. Al no escuchar el sonido de pasos detrás de él, se dio la vuelta. Louisa había corrido en la dirección opuesta. Levantó la mano hacia el monstruo, intentándolo una vez más.

Sacha creyó haberla escuchado murmurar:

–¿Podrías irte a la mierda?

Nuevamente, la criatura se detuvo un momento y se estremeció; a Sacha le pareció que esa cosa podía sentir todo lo que la joven le lanzaba, pero sin dañarlo. Sin previo aviso, el engendro giró hacia ella, golpeando con fuerza.

Sin embargo, esta vez Louisa estaba preparada. Saltó fuera de su alcance y corrió a toda velocidad detrás de la criatura, para terminar cerca de Sacha.

Como ocurrió antes, la cosa se detuvo, con una expresión atontada en el rostro.

Louisa respiraba agitadamente; las gotas de sudor le salpicaban la frente.

–Le estoy lanzado toda la energía que puedo, pero es como si la *absorbiera*.

Ambos observaron cómo la criatura se encogía de hombros. Su corpulencia estiraba las costuras de sus pantalones negros y de la camisa de manga corta. Ahora alcanzaban a ver con mayor claridad los símbolos que marcaban la piel de sus brazos y rostro.

—*Está* creciendo, ¿no es verdad? —señaló Louisa, al mirarlo fijamente.

Sacha quería negarlo. No quería que nada de esto fuera posible.

—Sí, lo está haciendo.

El engendro miró en la oscuridad hacia donde se encontraban y clavó la vista en Sacha. Un apetito repugnante colmaba sus ojos, y de pronto comenzó a correr hacia ellos.

—A la mierda —dijo la joven—, salgamos de aquí.

Bruscamente lo tomó por la manga de la camiseta y lo jaló con ella hacia la profunda oscuridad al final del vestíbulo. La cosa emitió un rugido furioso detrás de ellos y se apresuró con gran estruendo a cazarlos.

Sacha pensó que cada vez se volvía más rápido, pero no lo suficiente para atraparlos. Corrieron a través de las penumbras, pasaron las hileras de puertas hasta que el vestíbulo desembocó abruptamente en un elegante atrio circular.

Las olas azules del brillo lunar penetraban por los tragaluces que se hallaban muy por encima de sus cabezas. Bajo aquella luz fantasmal, Sacha alcanzó a distinguir el elaborado piso de mosaicos bajo sus pies y los arcos de las puertas ubicadas en las cuatro direcciones.

Louisa señaló la que se encontraba a la izquierda.

—¡Por ahí!

El joven creyó notarla pálida y agotada, aunque bien podía deberse a aquella iluminación. Pero no había tiempo para preocuparse por eso, los pasos de la criatura se acercaban. La pareja corría entre las sombras del estrecho vestíbulo que ella había señalado.

El vestíbulo desembocó en otro atrio, y luego en un tercero. Louisa guiaba el rumbo, tomaba a la izquierda, a la derecha, y después una vez más a la izquierda. Luego de un rato dejaron de escuchar al monstruo.

—Por aquí —indicó la joven, deslizándose hasta frenar frente a una puerta. Se apresuraron a entrar en la habitación, envueltos por la oscuridad, tras lo cual ella cerró la puerta y puso el cerrojo.

Permanecieron quietos por un segundo, buscando recuperar el aliento. Sacha presionó la oreja contra la fría madera de la puerta. No alcanzó a escuchar nada en el exterior.

–Creo que lo perdimos –dijo, aliviado.

La joven no respondió. En lugar de eso, lentamente y con sorprendente gracia, se deslizó hasta el suelo.

–Louisa, ¿qué sucede? –preguntó, agachándose junto a ella, luchando por reconocer su rostro en las tinieblas.

–No lo sé –su voz sonaba ronca–. Me siento débil. Creo que esa cosa… Creo que me hizo algo.

Sacha metió la mano en el bolsillo y manipuló a tientas su teléfono hasta que hizo funcionar la linterna.

La habitación cobró forma de golpe; se trataba de un almacén abarrotado de mesas de madera vacías, anaqueles y pilas de sillas viejas. Cuando bajó la mirada hacia Louisa, se quedó sin aliento. El cabello azul de la joven destellaba alrededor de su rostro blanco como el papel.

–Oh, *merde*. Te ves terrible. Necesitamos conseguir ayuda.

–Estoy… bien –insistió la joven–. Solo necesito… un segundo.

Las palabras le salieron en breves estallidos, y su aliento sonaba entrecortado. Sacha se sentó en el suelo junto a ella.

–¿Qué ocurre, Louisa?

–Estoy tratando de… entender. Cada vez que… intento manipular… la energía… él se fortalece. Yo me debilito –el cabello se le pegaba a las mejillas hundidas–. Se está robando mi energía. Me está vaciando.

Los primeros hilos de verdadero pánico se tensaron alrededor de los pulmones de Sacha. Apoyando la frente en las palmas de sus manos buscó pensar.

–Ni siquiera sabemos qué es –señaló, pensando en voz alta–. Y esas marcas que tiene en el cuerpo, como quemaduras. ¿Qué significan?

Louisa se levantó un poco. El joven se sintió aliviado al notar que su respiración comenzaba a normalizarse, a pesar de que seguía estando pálida.

–Es la energía oscura –señaló ella, limpiándose el sudor de la frente–. Puedo sentir a Mortimer en ellas. Es débil, pero está ahí. Lo que quiera que sea... es de él. Y no puedo combatirlo. –Sacó su teléfono con movimientos inestables–. Voy a llamar a Alastair.

Este debió responder de inmediato, porque la joven habló quedamente en el aparato sin que hubiera preámbulo.

–Bodleiana. Planta baja; pasillo medieval. Necesitamos una extracción.

Aunque Louisa tenía el móvil apretado contra su oreja, Sacha alcanzó a escuchar los creativos improperios de Alastair. Pero la expresión de la joven no cambió.

–Instrucciones, por favor.

El interlocutor dejó de gritar. Hablaron menos de un minuto y Louisa describió brevemente a la criatura. Después de eso, se limitó a escuchar la mayor parte del tiempo, asintiendo con la cabeza.

–Lo más rápido que puedas, Al –pidió la joven, quedamente. Fue la única señal de urgencia que dio, para después terminar la llamada.

A Sacha le dio la impresión de que ella se veía un poco mejor con cada minuto que transcurría. Su respiración ahora era normal y se había sentado con facilidad. No obstante, no sería capaz de pelear a su nivel acostumbrado, eso era evidente. Era necesario que estuviera preparado.

Con el teléfono en la mano a modo de linterna, registró la habitación, decidiéndose al final por una silla maltratada con el asiento flojo. La tomó por el respaldo y de un golpe la azotó contra el suelo tan fuerte como pudo. El mueble se rompió en varios pedazos. Louisa logró ponerse de pie.

–¿Qué demonios haces? ¿Estás tratando de llamar a todos los malditos bastardos del edificio?

Sacha buscó entre los fragmentos esparcidos en el suelo, decidiéndose al final por una pata de la silla que tenía la punta afilada y puntiaguda en un extremo. Examino el peso del arma y golpeó el aire con ella. Se sentía bien en su mano. Echó un vistazo hacia la joven.

—Si no puedes utilizar tu poder, tendremos que hacer esto de la manera dura, ¿no es así?

La chica consideró la opción y luego le extendió la mano.

—Dame una de esas.

Levantó otro pedazo afilado de madera rota. Cuando se lo lanzó, ella lo atrapó con facilidad. La joven lucía inestable, pero se mantenía alerta y de pie.

—Alastair no sabe qué es esta cosa, pero tiene a alguien que lo está investigando en este momento —comentó, doblando las rodillas y poniendo a prueba su equilibrio—. Cree que hay una salida cerca de aquí. Si nos movemos rápido, podremos huir de aquí.

Eso era lo único que Sacha necesitaba escuchar. Se volteó hacia la puerta por la que entraron, pero Louisa negó con la cabeza.

—Por ahí no —dijo y caminó al otro lado de la habitación, hacia donde había una estantería apoyada contra la pared—. Ayúdame a mover esta cosa.

La estantería pesaba aunque estaba vacía, y ambos consiguieron deslizarla lo suficiente para ver detrás del mueble. Atrás había otra puerta. Louisa presionó la oreja contra esta un largo rato y después se enderezó.

—Ni un sonido —murmuró—. Solo sígueme, ¿de acuerdo? Sin importar lo que suceda.

—Está bien —respondió, sin intención de discutir.

Louisa colocó la mano en la manija de la puerta.

—Solo espero que esa cosa haya venido sola.

La puerta se abrió con un leve chirrido que pareció tan ruidoso como un grito en medio de la quietud de la enorme biblioteca.

Louisa se escabulló primero y Sacha la siguió, pisándole los talones. Hasta donde alcanzaban a ver, el vestíbulo largo y amplio permanecía vacío en ambas direcciones. Parecía que no habría problemas. Sin embargo, el temor le oprimía el pecho al joven. Una especie de instinto animal le decía que no estaban solos.

Volteó a susurrarle una advertencia a Louisa, pero ella ya se había puesto en marcha. Haciéndole un gesto urgente para que la siguiera, corrió a toda velocidad a la derecha.

La oscuridad la engulló al instante. Sacha se apresuró a seguirla, intentado moverse con tanto sigilo como ella.

Frente a él, Louisa era una sombra con shorts negros y camiseta moviéndose tan rápido que le resultaba difícil creer que la acababa de ver desplomarse hacía unos minutos.

Corrieron por entre los pasillos zigzagueantes, sin que hubiera rastro de ninguna criatura. Finalmente, después de un rato que pareció eterno, Sacha vio a la distancia el pálido resplandor verdoso del letrero de salida. Su corazón se aceleró. Estaban a punto de salir de este lugar.

Adelante de él, Louisa aceleró el paso, volando hacia la luz. Se movía tan rápido que en realidad nunca tuvo oportunidad de actuar cuando el monstruo salió a su encuentro desde una alta puerta con forma de arco.

–*¡Louisa!* –gritó.

Pero ya era demasiado tarde. La joven corrió directamente hacia la criatura. Maldiciendo entre dientes, Sacha se apresuró para llegar a ellos.

El engendro sostenía a la chica, quien forcejeaba ferozmente por zafarse. La joven luchaba con fuerza, pero de pronto parecía diminuta. La criatura era *enorme*.

Desesperadamente, bailaba alrededor de ellos, buscando la manera de ayudarla.

Mientras se movía, al borde del pánico, lentamente se dio cuenta del abominable sonido que salía de entre las sombras.

*Un golpe seco, un arrastrar de pies. Un golpe seco, un arrastrar de pies.*

Sacha retrocedió despacio, esforzándose por localizar la fuente del sonido que salía de las tinieblas.

Otra criatura salió de las sombras.

Había dos de ellas.

La segunda era como la primera; quizás no tan grande, pero vestía los mismos pantalones y suéter, y tenía los mismos símbolos extraños marcados en la carne. Con la misma frente protuberante y el rostro hinchado, la cosa volteó hacia Sacha cuando examinaba el corredor.

Con el corazón a punto de salirse de sus costillas, Sacha se giró para ver si Louisa había detectado al recién llegado, justo en el momento en que ella le pateó la rodilla a la criatura que la sostenía, con tal fuerza que el joven alcanzó a escuchar cómo se rompía. Con un rugido de dolor, el engendro levantó su enorme puño y la golpeó en el rostro.

–¡No! –gritó Sacha.

Escuchó el golpe seco cuando los nudillos la conectaron.

La cabeza de Louisa se sacudió bruscamente hacia atrás. La pata de la silla cayó de sus manos, retumbando en el suelo.

La joven dejó de moverse.

**13**

–¡Louisa! –gritó Sacha precipitándose hacia ella.

Ambas criaturas se giraron hacia él. Sus enormes rostros hinchados extrañamente mantenían el mismo gesto de tediosa sorpresa, como si hubieran olvidado que él estaba ahí y se sintieran encantados de que se los hubieran recordado.

El que sostenía a Louisa se acercó al joven con un gruñido de hambrienta agitación que le revolvió el estómago a Sacha. Era como si se lo quisiera comer. O peor.

En los gruesos e hinchados brazos de la criatura, la chica del cabello azul permanecía terriblemente inmóvil.

Sujetando la pata de la silla, Sacha se patinó hasta frenar por completo. No tenía idea de qué hacer.

No podía enfrentar a estas cosas él solo. Louisa era dos veces mejor luchadora que él, además de que era alquimista. Y el engendro la noqueó de un golpe.

No debería haber ocurrido de este modo, pensó desconsolado. Sólo habían venido a encontrar a Mortimer y se irían. Ahora, su única arma era la pata rota de una silla y tenía que enfrentarse él solo a dos monstruos. Incluso si conseguía rescatar a la joven de manos de la criatura, no sabría a dónde ir. Estaba indefenso.

De nuevo.

El suelo se sacudió. Levantó la vista para ver a la nueva criatura avanzando pesadamente hacia él. Estaba babeando.

Sin pensarlo, Sacha se preparó, levantando la pata afilada de la silla en la mano. La adrenalina corrió por sus venas, provocando que su corazón se acelerara. De pronto, volvió a enojarse. Mortimer lo había matado hoy y no iba a ocurrir nuevamente.

El enojo tiene el maravilloso efecto secundario de aclarar el pensamiento. Las nubes desaparecen y todo gira en torno a la pelea.

Tal vez no tenía el entrenamiento de Louisa, y quedaba claro que no tenía la habilidad natural de manipular las moléculas, como hacían los alquimistas. Pero, por otro lado, dudaba que cualquiera de ellos hubiera luchado contra las pandillas más rudas que París tenía para ofrecer. Él lo había hecho. Había robado el automóvil de un infame jefe criminal y vivió para contarlo. Había saltado del techo de una bodega de cinco pisos de alto y se fue caminando.

Sacha sabía cómo pelear.

–¡*Allez!* –con la frente en alto, cambió la pata de la silla de una mano a la otra en el aire. Arrogante, sin miedo–. *Salaud*. No les tengo miedo.

Los pequeños ojos de la criatura, ocultos en parte bajo el grosor de la carne hinchada, centellearon. El monstruo aceleró la carrera, como un trueno que se acerca.

Sin embargo, Sacha no se movió.

Lo esperó a que se aproximara. Aguardó a que estirase sus enormes manos hacia él. Esperó a que aquella boca se abriera, revelando los dientes ennegrecidos. Aguardó hasta alcanza a oler su aliento: aquel olor fétido a podrido y a tierra.

Solo cuando esos pesados dedos rozaron su hombro, el joven se movió, amagando bruscamente a la derecha, antes de volver con fuerza a la izquierda.

El engendro no pudo reaccionar con rapidez. Sacha escuchó detrás de él cómo se estrelló contra la pared con un sonoro golpe seco que pareció sacudir el edificio.

Sin mirar atrás, el joven se precipitó hacia el monstruo que sostenía a Louisa. Este lo vio de modo inexpresivo, mientras sostenía sin esfuerzo el cuerpo inconsciente de la chica en una mano, casi como si la hubiera olvidado.

Con un grito, Sacha levantó la pata afilada de la silla y arremetió contra la bestia.

El monstruo levantó la mano que tenía libre para bloquear el golpe, pero sus movimientos eran muy lentos. Con toda su fuerza, Sacha le clavó en el pecho la punta afilada, que penetró en el cuerpo hinchado con terrible facilidad. Aterrizando con ligereza en el suelo, el joven se agachó para esperar el golpe que vendría y que nunca llegó.

En lugar de eso, con una expresión de asombro, la criatura clavó la mirada en la estaca de madera que salía de su cuerpo. La sangre oscura escurría por su pecho, resbalaba por su mano y se encharcaba a sus pies.

El engendro emitió un sonido contrariado, casi de tristeza, tomando infructuosamente la estaca con su mano libre. Esto solo consiguió empeorar el sangrado.

Sacando provecho de la confusión y del dolor, Sacha cogió por las muñecas a Louisa y de un tirón la liberó de la mano del monstruo. La joven aterrizó en sus brazos. Como la atención del engendro se enfocó en su herida, no pareció notarlo.

La otra criatura avanzaba ahora con pesadez para unirse a la primera y comenzar a tironear de la estaca, en lo que extrañamente se asemejaba a un intento humano por ayudar. Los engendros estaban demasiado aturdidos por lo ocurrido, como para notar que Sacha se estaba llevando a Louisa por el vestíbulo hacia la sombra protectora de una entrada en forma de arco.

El cuerpo de la joven era más pesado de lo que suponía, pues era puro músculo. Su piel se sentía preocupantemente fría.

La recostó en el piso de madera y buscó torpemente sus muñecas tratando de hallar su pulso, pero como nunca antes lo había hecho, no sabía qué hacer. Todo lo que pudo sentir fue su propia sangre que pulsaba muy rápido a través de sus venas.

–Louisa, por favor… Despierta por favor –siseó, pero ella no se movió.

Así, inconsciente, lucía mucho más joven que cuando estaba despierta. Y más frágil. Por lo menos seguía respirando.

Sacha se asomó por la entrada para revisar si venían las criaturas. La primera continuaba aferrando el extremo de la pata de la silla que asomaba de su pecho. La otra estaba parada, con las manos sueltas a los costados.

A esta distancia, Sacha alcanzaba a ver las marcas en la carne de los engendros con mayor claridad; distinguía la cicatriz saliente alrededor de los bordes donde les habían quemado la piel. Con repugnancia, se percató de que los habían marcado como al ganado.

El monstruo herido cayó de rodillas gimiendo con melancolía. Instantes más tarde, se derrumbó por completo y quedó inmóvil. Por un momento, la segunda criatura miró fijamente a la otra, como si estuviera confundida. Después todo cambió. Rugiendo de ira, abandonó abruptamente a su camarada y salió como un rayo, abriendo con violencia las puertas, metiéndose de golpe en los cubículos, para salir estrepitosamente de nuevo en una búsqueda frenética. Los estaba buscando a ellos.

Esforzándose por conservar la calma, se inclinó cerca de la joven, la golpeó con la yema de los dedos y le susurró tan fuerte como se atrevió.

–Vamos, Louisa. *Despierta.*

Con el segundo golpe, la chica inhaló profundamente.

Sus ojos se agitaron hasta quedar abiertos.

–¿Qué…?

Sacha se sintió tan aliviado que hubiera podido abrazarla. La joven levantó su mano para tocarse el rostro, una mancha morada había comenzado a extenderse en su pómulo.

–Demonios –murmuró–. Me dio –dijo con voz ronca pero sonora.

–Lo hizo –coincidió él, sin perder de vista el corredor.

El segundo monstruo se acercaba. Las paredes se estremecían por sus movimientos. Iba a llegar hasta ellos pronto.

Louisa aún parecía inestable, pero tenían que salir de ese lugar.

El joven dirigió una rápida mirada hacia el letrero luminoso de la salida al final del pasillo. No quedaba muy lejos, tal vez a cincuenta metros. Podían lograrlo si actuaban rápido.

–La situación es un poco peligrosa, Louisa –señaló, tratando de no sonar tan alarmado como se sentía–. Tenemos que irnos ahora. ¿Puedes caminar?

La mirada de ella indagó su rostro, sin perderse nada.

–¿Ya viene?

Estaba a dos puertas de distancia.

Sacha se encogió de hombros con aire despreocupado.

–Podría decirse que sí.

La joven le extendió una mano para que la ayudara a levantarse. Él jamás la había visto permitirle a alguien auxiliarla. Cuando se puso en pie, escupió sangre en el suelo y movió la quijada para ponerla a prueba.

–Creo que no me quebré –dijo con gesto de dolor.

Volteó a ver hacia el corredor y su mirada se encontró con la criatura muerta, que yacía tumbada en un charco de sangre oscura.

–Has estado ocupado.

Antes de poder responder al comentario, un tremendo golpe sacudió las paredes cuando la segunda criatura salió de una de las puertas, con el rostro hinchado y rojo de furia. Louisa arqueó las cejas.

–No me habías contado que tenía un amigo.

–Estaba por llegar a esa parte.

El engendró rugió.

–Bueno, esto ha sido divertido pero… –la joven señaló hacia el letrero de salida.

A Sacha no tenían que repetírselo dos veces. Se echaron a correr, uno al lado del otro. Él debería haber sabido que no tenía que preocuparse por la fuerza de su compañera. Ella lo pasó, como una bala de cabello azul que avanzaba disparada directamente a la salida.

Tenían sus diferencias, pero él le reconocía su absoluta fuerza de voluntad.

El joven alcanzaba a escuchar el gruñido de la criatura galopando hacia ellos. Se escuchaba peligrosamente cerca, a pesar de que el chico corría a toda velocidad. El aliento le quemaba la garganta y le dolían los pulmones.

Más adelante alcanzó a ver la puerta, metálica, pesada y, seguramente, cerrada con llave. Se estaba preguntando cómo demonios iban a salir a tiempo cuando, sin previo aviso, se abrió.

Una figura alta, de espaldas anchas, lo encaró. Iluminado desde atrás por la luz de una lámpara de la calle, su cabello rubio despeinado lucía como un halo.

–*Ahí* están –la mirada de Alastair los pasó de largo y se clavó en la criatura–. ¿Quién es su amigo?

Sacha no recordaba haberse sentido tan feliz de encontrarse con alguien. Él y Louisa lo pasaron a toda velocidad y salieron al aire fresco.

—Es peor de lo que se ve —gritó Louisa sin aliento—. *Cierra la puerta.*

Alastair la cerró de un golpe, apoyando su mano contra el metal justo cuando el monstruo azotó contra ella desde el otro lado, lanzando un aullido inarticulado de furia.

El joven se estremeció, con los ojos fijos en la pesada cerradura.

La puerta soportó el embate.

Con la respiración entrecortada, Sacha se dobló apoyando las manos en las rodillas, en su lucha por recuperar el aliento.

Ahora que estaban a salvo, sentía que sus extremidades se debilitaban; era difícil mantenerse en pie. Louisa se dejó caer en el suelo cerca de ahí, con un brazo cubriéndole los ojos y también luchando por recobrar el aliento.

La criatura había comenzado a golpear la puerta con tal fuerza que parecía sacudir los cimientos, pero la puerta no se movía.

Aparentemente satisfecho por haber realizado su trabajo, Alastair caminó a largas zancadas hacia Sacha.

—¿Qué demonios haces aquí?

—Es una larga historia —respondió aún sin aliento, y señaló a Louisa—. Ve primero con ella. Está herida.

Con el ceño fruncido, Alastair se acuclilló junto a la joven.

—Te ves terrible, Lou. ¿Qué sucedió?

La joven alejó su preocupación con un movimiento de mano.

—Una de esas cosas me golpeó —con cautela, se fue incorporando hasta quedar sentada—. Sacha me salvó el trasero.

Buscando su mirada, la joven asintió con la cabeza.

—Por cierto, gracias. Te debo una.

El orgullo hizo que se le iluminara el rostro al chico, pero intentó aparentar tranquilidad.

—No fue nada.

Una serie de golpes secos los interrumpió. La criatura se estaba lanzando contra la salida. No se había dado por vencida. Louisa miró fijamente a Alastair.

–¿Aguantará la puerta?

–Lo hará –respondió, alcanzando la mano de la joven para ayudarla a levantarse–. Pero hay otras puertas. Salgamos de aquí.

**14**

Taylor despertó de unos sueños inquietantes y se encontró en una habitación desconocida. La luz del sol se derramaba a través de la ventana arqueada y la joven levantó la mano para proteger sus ojos del resplandor.

–Ah, por fin se despierta –dijo bruscamente una voz con acento alemán.

Sorprendida, se incorporó de golpe. Zeitinger estaba sentado en su escritorio del otro lado de la pieza, con una pipa sin encender en la mano. Tanteando debajo de ella, la joven sintió la piel suave de un sofá maltratado. Su mirada se escabulló por entre las pilas de libros, las imágenes chuecas en las paredes y los papeles amontonados por doquier.

El recuerdo le llegó de inmediato. El libro. Su reacción ante él. La insistencia del profesor alemán acerca de que éste contenía las respuestas.

Luego de abandonar la oficina del decano, se dirigieron directamente a la abarrotada y compacta oficina de Zeitinger, con anaqueles atestados de gruesos tomos y pinturas al óleo de rostros extraños que colgaban ligeramente torcidas en la pared. La pieza se parecía de tal modo al pequeño apartamento de su abuelo que al verla Taylor sintió una dolorosa puñalada en el corazón.

Sin embargo, una vez que llegaron a la habitación, el profesor pareció olvidar que la joven estaba ahí, pues enseguida se ocupó con su investigación, murmurando para sí mismo en alemán.

Ella había aguardado una eternidad para actuar, pero su momento nunca llegó. Aunque no recordaba haberse quedado dormida, en algún momento la venció el sueño. Al mirar hacia abajo, notó que tenía las piernas cubiertas con una desteñida frazada a cuadros rojos y verdes, que no había estado antes allí.

De hecho, parecía que el profesor no había dormido nada. Tenía el cabello revuelto y sostenía la pipa fría como si fuera una cuerda salvavidas. El libro reposaba sobre el escritorio frente a él, abierto. Junto a este yacía una libreta llena de notas en una caligrafía alterada.

–Lo siento –respondió, frotándose los ojos–. No fue mi intención quedarme dormida.

–Es necesario dormir –respondió el hombre con gravedad.

–¿Ha sucedido algo?

Su afirmación con la cabeza revelaba una sombría satisfacción.

–Hubo progreso.

–¿Progreso? –repitió la joven, sentándose más derecha–. ¿Qué clase de progreso? ¿Encontró algo?

El hombre hojeó su libreta y ella vio que las páginas, una tras otra, estaban cubiertas por la misma caligrafía arañesca.

—Traduje varios capítulos del libro y puedo confirmar que estaba en lo cierto —afirmó, golpeando el escritorio con el dedo—. Es el libro que buscábamos.

—¿Se encuentra ahí la cura para Sacha? —preguntó emocionada—. ¿La encontró?

—No precisamente.

Parte de su entusiasmo se diluyó.

—¿Qué quiere decir con "no precisamente"?

—Los primeros capítulos del libro documentan la lucha de Falkenstein para entender la práctica oscura. Era como lo esperaba —el profesor golpeó la pipa vacía contra su mano, como si estuviera vaciando cenizas invisibles. La acción fue automática y pensativa—. Era un trabajo complejo y peligroso que en varias ocasiones le pudo costar la vida. O más bien su alma, si es que cree en esas cosas.

El hombre sopló en su pipa, inclinándola para examinarla.

—Pego, bueno —dijo, cambiando con su acento la "r" por una "g"—, lo que ahora sé es que Cornelius von Falkenstein entendía cómo funcionaba la práctica oscura. Lo entendía mejor que cualquier persona. Pienso que estuvo al borde de un precipicio muy escarpado y consideró saltar. Creo que fue valiente, y que estaba muy enojado. El enojo es útil, pero en ocasiones… nos ciega ante aquello por lo que vale la pena vivir.

Había preocupación en las arrugas de su frente, en la forma en que sus manos nudosas jugueteaban sin cesar con la pipa vieja y curvada, mientras sus ojos pequeños se fijaban en los de ella.

—Querida, Falkenstein demostró que la práctica oscura puede anularse. Pero será peligroso, muy peligroso.

—¿Peligroso en qué sentido? —inquirió Taylor con los nervios tensos.

Por un momento hubo una pausa.

—Él creía que anular la práctica oscura probablemente provocaría que todos los involucrados murieran.

A Taylor se le secó la boca.

–¿Todos? –pronunció como un murmullo.

–Todos.

El suelo pareció moverse un poco bajo los pies de Taylor. Había pasado por todo esto para salvar a Sacha, y ¿de cualquier forma morirían ambos? No podía ser verdad. Tenía que haber algún modo.

–Pero lo consiguió, ¿no es verdad? –señaló el libro en tono acusador–. Falkenstein anuló una maldición oscura y sobrevivió.

–Una vez –el tono de Zeitinger era sombrío–. Tuvo éxito una vez, después de años de intentarlo. Y no tenemos tiempo para cometer muchos errores.

–Cree que podemos lograrlo, ¿no es así? –preguntó la joven, señalando las notas del profesor–. Cree que es posible.

El hombre dudó.

–Creo que es posible –admitió finalmente–, pero será lo más difícil que haya hecho en su vida. Necesitará ser muy valiente –el profesor la miró fijamente desde lo bajo de sus cejas blancas–. ¿Es usted valiente, señorita Montclair?

No creía serlo. No en absoluto. Pero no tenía otra opción. Si su abuelo estaba en lo correcto y la maldición tenía el potencial para despertar a un demonio que podría matar a sus seres queridos, entonces esto no se trataba de valentía. Era una cuestión de supervivencia.

–Seré valiente –respondió, pero su voz no sonaba muy convincente, incluso para ella misma.

Un destello de simpatía recorrió el rostro arrugado del profesor. El hombre depositó la pipa encima de sus notas.

–Entonces –el anciano se levantó de un modo tan abrupto que su silla resbaló y dio un golpe seco contra la pared–, debemos empezar a enseñarle los métodos de Falkenstein. Creo que estamos preparados para entender de qué manera trabajaba, a fin de entrenarla para lo que se avecina. Pero primero pienso que debe comer para que no desfallezca. Y tengo que hablar con el decano –dijo, consultando su reloj–. Comenzamos en una hora.

Taylor corrió todo el trayecto hacia el dormitorio Newton y subió trotando la escalera de piedra hacia su habitación. Sus pensamientos no paraban.

*Puedo hacer esto. Pero puedo morir. Puedo hacer esto. Pero....*

La batería de su teléfono se había agotado en algún momento de la noche, y en cuanto llegó a su dormitorio lo conectó.

Tomó una toalla y se metió de prisa en la ducha, restregándose el cabello con más violencia de lo que era estrictamente necesario. Cuando salió de debajo del agua, se sintió más tranquila. Podía hacer esto.

Mientras se preparaba, repasó lo que había aprendido la noche anterior, tomándolo como si fuera un experimento científico o un problema de cálculo terriblemente complicado. Si se aproximaba a su misión como haría con un examen, no resultaba tan atemorizante. Podía manejar un examen.

Terminó de vestirse y salió corriendo por la puerta, cuando su teléfono sonó a todo volumen. Su corazón se sobresaltó. Hacía una eternidad que no escuchaba nada de Sacha. Probablemente era él, preguntándole dónde se había metido. Se apresuró a regresar, dejando que la puerta se cerrara sola.

Pero no era un mensaje de Sacha, era de su madre.

Hola, cielo. No tuve oportunidad de hablar contigo anoche. Ten un gran día. ¿Crees poder venir a casa el próximo fin de semana? Prepararé lasaña. Trae tu ropa sucia. Ems también te manda cariños. Xx

Sorpresivamente, las lágrimas desbordaron los ojos de Taylor. Extrañaba tanto a su madre que le dolía. Echaba de menos su habitación, a su mejor amiga y a su hermana fastidiosa.

La peor parte era que su madre pensaba que su hija se encontraba a salvo en este lugar. Se llevó el teléfono a los labios.

–No estoy segura –murmuró, pero nadie la escuchó.

Secándose una lágrima de la mejilla, escribió una respuesta rápida.

> Hola, mamá. Todo está fabuloso. SUPER ocupada. Mucho para estudiar. No estoy segura del fin de semana, preguntaré. ¡Que tengas un gran día! Abrazos a Ems. xo

Cuántas mentiras en unas pocas líneas.

Dejó el teléfono sobre el escritorio y abandonó la habitación antes de que su madre tuviera tiempo de responderle.

El comedor de San Wilfred era uno de los lugares más hermosos de la escuela. Las mesas eran largas hileras de roble pulido, alineadas de forma perfectamente simétrica, además de que cada una estaba rodeada por sillas profundamente talladas.

El blasón rojo y dorado de la escuela había sido dispuesto en los vitrales que se hallaban en el centro de cada una de las altas ventanas que cubrían la pared del fondo. El resto de los muros lucían paneles de roble pulido y exhibían enormes retratos al óleo de dignatarios pasados, quienes sostenían la mirada sin parpadear debajo del elevado y luminoso techo.

El comedor estaba atestado. El eco de las voces estudiantiles ensordeció a Taylor al entrar. Los fragmentos de las conversaciones flotaban a su alrededor.

–Will lo vio; dijo que se veía inhumano.

–No pueden seguir pretendiendo que no es algo grave.

–¿Por qué no nos dicen la verdad?

–¿Se trata de ellos, no es así? De ese guapo chico francés y de la rubia.

En cuanto los estudiantes la vieron parada junto a la mesa del buffet, con una bandeja en la mano, se impuso el silencio y la ruidosa conversación fue remplazada por el siseo de los murmullos.

Con la cabeza baja, la joven se sirvió resueltamente huevos, tocino y pan tostado de la mesa del buffet que se hallaba en un extremo de la sala, además de una humeante taza de té de un enorme jarrón de cobre.

Aquellas miradas próximas eran intimidantes y terribles, pero tenía que alimentarse y aquí era donde tenían la comida.

Armándose de valor, respiró profundamente y volteó hacia el grupo. Aquellos que estaban más cerca de ella de inmediato apartaron la mirada. Otros eran más descarados y abiertamente la observaban.

Cuando ubicó a Alastair sentado con Louisa en un rincón alejado, con las cabezas muy juntas, una sensación de alivio inundó su ser. Al reconocerla, el joven le hizo un gesto para que los acompañara. El chico hizo a un lado los libros y las libretas, y empujó una silla hacia ella. Cuando tomó asiento, le dijo:

–¿Cómo te fue anoche con el profesor?

Taylor mordió un poco de huevo y lo masticó a conciencia. Creía que probablemente era mejor que no les contara todo en ese momento. Con el tiempo se enterarían.

–Dice que encontró algo –mencionó vagamente–. Es peligroso, pero de verdad piensa que la respuesta está en el libro.

–Bien –exclamó Alastair–, eso está muy bien.

Parecía haberla escuchado a medias. De hecho, ambos parecían distraídos. Había una muda tensión flotando en el aire entre ellos. En especial Louisa estaba inusualmente apagada y apenas la volteaba a ver.

–¿Qué pasa? –preguntó Taylor con el ceño fruncido, buscando sus rostros–. ¿Sucedió algo?

Alastair hizo un gesto de "cuéntale" con la mano.

–Mortimer tiene nuevos secuaces –dijo Louisa con evidente reticencia–. Grandes y feos. Y es duro como el infierno luchar contra ellos.

Volteó su rostro hacia Taylor. La luz que se colaba por las ventanas iluminó el vendaje que tenía encima del ojo y el feo magullón morado en un lado de su cara.

El tenedor se le deslizó de la mano y cayó con estrépito sobre la mesa.

–¿Hubo otro ataque? –inquirió, volteando a verlos alternadamente a uno y otro–. ¿Qué sucedió? ¿Por qué nadie me dijo? ¿Se encuentran todos bien...?

Louisa levantó la mano para detener la avalancha de preguntas.

–No ocurrió aquí –respondió, esquivando la mirada acusatoria que Alastair le dirigió–. Anoche salí a buscar a Mortimer. No lo encontré, pero hallé a estas nuevas *cosas* –señaló, gesticulando hacia la pila de libros y papeles que los rodeaban–. Alastair y yo hemos estado tratando de descubrir qué son para saber cómo acabar con ellos –indicó, levantando su taza con un suspiro–. Hasta ahora no hemos tenido mucha suerte.

–¿Qué tan fuerte te lastimaron? –preguntó Taylor, examinando su golpe–. Luces terrible.

–Desearía que la gente dejara de decirme lo terrible que me veo –se quejó Louisa–. Es malo para mi ego.

–La peor parte no son los magullones –comentó Alastair–. La peor parte es que parece no haber modo de combatir a estas criaturas.

Levantó un papel que había en la mesa y le dio la vuelta para que Taylor pudiera ver la imagen borrosa en blanco y negro que contenía. Parecía tomada por el circuito cerrado de televisión. Mostraba a un hombre descomunal, monstruosamente musculoso, con símbolos extraños en la cara y en los brazos. Sus ojos encolerizados miraban por entre una masa hinchada de carne.

Taylor volteó a ver a Louisa.

–¿*Eso* fue lo que te golpeó?

Louisa asintió.

–¿No es muy agraciado, ¿o sí?

–¿Qué le sucedió? –Taylor observó a la enorme criatura. Incluso en la imagen granulosa, aquellos ojos eran como dos fosas de odio y tormento.

–Hemos estado despiertos toda la noche investigándolo –señaló Alastair tomando un sorbo de café–. Parece que alguna vez fue humano, hasta que Mortimer empleó una potente práctica oscura en él.

Inclinándose hacia adelante, el joven golpeteó en la marcas de la piel de la criatura.

–Estos símbolos con que le quemaron la carne se utilizan en una ceremonia de reanimación.

–¿Reanimación?

–Regresar a alguien de la muerte.

–¿Regresar a alguien…? –preguntó boquiabierta–. Pero eso es imposible, ¿no es verdad?

El joven se frotó los ojos con cansancio.

–Nada de esto debería ser posible –comentó–. Pero henos aquí.

–¿Mortimer puede resucitar a la gente? –parecía que Taylor no podía aceptar esta idea repugnante–. Pero eso significa que podría contar con un ejército de estos… zombis.

–Podría pero no creemos que lo haga –Louisa se inclinó hacia adelante–. Si tuviera un ejército, lo enviaría. Solo envió a dos criaturas. Pero ahora solamente queda uno, gracias a Sacha.

–¿Sacha? –Taylor se quedó mirando–. ¿Qué estaba haciendo ahí?

–Fue mi culpa –confesó Louisa evitando mirarla–. Lo llevé conmigo para ir a buscar a Mortimer y…

–¿Hiciste qué?

Taylor no podía creer lo que estaba escuchando. Todo este tiempo creyó que el joven había estado dormido. El pánico la invadió.

–¿Dónde está? ¿Se encuentra herido?

–Está bien –interrumpió Alastair con tono tranquilizador–. Solo Louisa consiguió que la golpearan.

La sorpresa de Taylor se transformó en una confusa indignación.

–No entiendo. ¿Qué estaba haciendo ahí? Mortimer podría habérselo llevado. Era demasiado peligroso.

–Sé que fue algo estúpido, ¿de acuerdo? –agregó Louisa con culpa y un poco a la defensiva–. No sé manejar y necesitaba su motocicleta.

Taylor se quedó boquiabierta, pero Alastair intervino antes de que pudiera seguir protestando.

–Fue una idea terrible. Además de que la razón para haber tenido esa idea verdaderamente idiota es bastante mala. Pero por lo menos ahora sabemos a qué nos enfrentamos.

Dirigiéndole una mirada agradecida, Louisa desvió la conversación lejos de ella.

–Estas cosas tienen ese tremendo encanto gracias a nuestro amigo Mortimer –dijo rápidamente–. Les dio su toque personal. Buscan directamente nuestras habilidades. Si les lanzamos energía, la absorben. Eso nos debilita temporalmente y nos dificulta seguir peleando. Hace que seamos más fáciles de matar.

–¿Cómo funciona eso? –preguntó Taylor–. ¿Hay alguna forma de contrarrestarlo?

Esta vez fue Alastair quien respondió.

–La práctica oscura es el opuesto de nuestras habilidades en todos los sentidos –explicó–. Es el yang de nuestro yin. Busca ser la copia de lo que podemos hacer, pero como una versión corrompida y demoniaca de nosotros. Mortimer diseñó estas cosas con gran eficiencia para conseguirlo. Cuando peleamos contra ellas, las volvemos más poderosas.

–Se hacen más grandes –agregó Louisa en tono amenazante–. Se vuelven físicamente más grandes y aumentan su poder. Estoy segura de ello.

–No entiendo cómo puede ocurrir –dijo el joven, negando con la cabeza.

–No peleaste contra ellos –lo interrumpió Louisa y él la fulminó con la mirada.

–Lo habría hecho si me hubieras llamado.

Taylor tuvo la sensación de que llevaban un rato con esa discusión.

–Si no podemos usar nuestras habilidades –interrumpió antes de que la disputa se convirtiera en pelea–, entonces, ¿cómo los vencemos?

Con la imagen en la mano, Louisa examinó a aquella figura extraña y descomunal.

–Los matas como haces con un humano –señaló sin rastros de simpatía–. Es la única manera. Algo rápido y brutal: ir directamente al corazón.

15

Taylor pasó el resto del día preocupada en la oficina del profesor Zeitinger. Todavía no había hablado con Sacha. Al terminar de desayunar, subió corriendo a la habitación del joven para buscarlo, pero la encontró vacía. Desde entonces, había estado pegada al profesor.

Quería hablar con él y escuchar su versión de la historia. Deseaba asegurarse de que en verdad no estaba herido. Tal vez incluso le preguntaría por qué había hecho algo tan peligroso. Pero no pudo hacerlo.

No hubiera importado, excepto que seguía sin saber por qué se encontraba allí. La mayor parte del día había transcurrido entre los murmullos de Zeitinger y las extensas notas que tomaba con su pequeña e ilegible caligrafía.

Después de un rato, la joven comenzó a buscar rutas de escape.

–Quizás podría salir como un rayo… –sugirió cuando el mediodía llegó y se fue.

Volteando a verla con desaprobación, el profesor negó con la cabeza.

–Estamos cerca –continuaba diciendo, golpeteando el libro con su pipa vacía–. Muy cerca.

Después, el hombre volvía a hundirse en su trabajo. La oficina, que estaba en la parte superior del edificio de historia, era silenciosa. El único sonido era el del bolígrafo rayando el papel. A veces, el profesor hablaba en voz baja cuando descubría algo interesante.

–Ingenioso, Herr Falkenstein –exclamó en una ocasión, en lo que sonaba como un aprecio sincero.

Afuera, Taylor alcanzaba a escuchar los gritos y las risas. De vez en cuando percibía el sonido de unos pies corriendo en el aula que había debajo de ellos. Se sentía aislada.

Estaba dormitando en el sofá cuando el estridente ruido de la silla de Zeitinger deslizándose hacia atrás la despertó con un sobresalto.

–Bien. Vamos a probar un experimento.

Taylor se sentó derecha.

–Estoy lista –comentó, sin molestarse en disimular su alivio–. ¿Qué tengo que hacer?

El profesor le dirigió una mirada severa por encima de sus gafas de lectura.

–Esto será peligroso, señorita Montclair. Todo lo que tenga que ver con este libro lo es. Especialmente para usted. No tome esto a la ligera.

El profesor despejó parte del escritorio con movimientos metódicos, hasta que dejó un espacio libre de papeles y desorden.

–Para mí se trata de un libro de referencias históricas. ¿Para usted? –dijo, deslizando el volumen hacia ella–. A usted le puede abrir las puertas del infierno.

El hombre giró el libro abierto para que la joven lo tuviera de frente.

–Por favor.

Taylor caminó lentamente hacia él, todo su entusiasmo inicial se había perdido.

–¿A qué se refería con eso del infierno? –preguntó, con una duda repentina.

–Esta obra es un medio de comunicación demoniaca –toda la cordialidad que había apaciguado el semblante de Zeitinger se esfumó, hablaba muy en serio–. La investigación de Falkenstein reveló un portal, o un medio de contacto. Pero esto funciona solamente con aquellos con quienes los demonios desean comunicarse –señaló apoyándose en el escritorio–. Anoche me mostraron que quieren hablar con usted.

La joven tragó saliva. El libro permanecía abierto sobre la oscura superficie del escritorio. Las páginas frente a ella tenían el tono deslucido del marfil opaco, el color de los huesos envejecidos. Cada página estaba cubierta de símbolos. Algunos eran signos alquímicos reconocibles, otros eran distintos. Las líneas sinuosas y las oscuras flechas curvadas parecían conocidas y, sin embargo, también peligrosamente fuera de contexto, como un viejo enemigo al que uno se encuentra de forma inesperada.

–¿Qué tengo que hacer? –preguntó, percibiendo la incertidumbre en su propia voz.

–Estos símbolos contienen un mensaje –le explicó el profesor–. Le diré lo que debe decir. El libro mismo la reconocerá. Y sospecho que también lo hará el demonio.

El hombre la hizo memorizar una oración, repitiéndola una y otra vez hasta que pudo pronunciarla a la perfección. Luego el profesor retrocedió, dejándole espacio.

–Cuando esté lista.

Con un gélido temor en la boca del estómago, Taylor se acercó cautelosamente al libro. No quería seguir haciendo esto, pero no tenía otra opción.

Justo como ocurrió la noche anterior, la joven sintió el libro antes de que sus dedos lo tocaran. Tenía una gravedad propia que la atraía irresistiblemente. Una brisa helada agitó su cabello, mientras sus manos se acercaban al papel.

–¡Ahora! –gritó Zeitinger.

La invocación de la joven resonó más fuerte que el ruido del viento:

–Señor Abaddon. Yo, Taylor Montclair, descendiente de Isabelle, humildemente le ruego entrar. Escuchadme.

La joven tocó las páginas frente a ella.

Cualquier rastro de aliento pareció abandonar su cuerpo. La habitación desapareció. Ahora caía de cabeza. Se hundía hacia la nada. No podía ver. Tampoco alcanzaba a sentir nada, excepto el aire que pasaba deprisa. Intentó gritar pero no emitió ningún sonido. Estiró el brazo, pero no había nada de que sostenerse.

Luego… la oscuridad la rodeó y se quedó inmóvil. El tiempo se detuvo. Había un silencio absoluto. Desaparecieron las risas provenientes del otro lado de las ventanas. Zeitinger y su oficina eran cosa del pasado. Se encontraba completamente sola. Ni siquiera alcanzaba a escuchar el sonido de su propia respiración.

No caía ni estaba de pie. No estaba en ningún lugar. No era nada.

Una terrible sensación de soledad la abrumó. De aislamiento y dolor. Una tremenda agonía la desbordó, así como una furia cargada de rencor y deseos homicidas.

Cada emoción negativa que alguna vez experimentó fue magnificada más allá de la capacidad humana. Odiaba. Quería matar. Se dijo a sí misma que estos no eran sus pensamientos. Esto era algo más. Algo demoniaco.

Intentó recordar quién era y cuáles eran sus creencias, pero el mundo real parecía demasiado lejano para ser verdadero. *Esto* era real. Este odio.

Ignoraba cuánto tiempo llevaba ahí –parecía una eternidad–, cuando de pronto algo habló.

–Hija de Isabelle Montclair, ¿te atreves a invocarme? –la voz era grave y hueca. Parecía provenir de todas partes, de todas las cosas. Y sabía quién era ella.

–Lo hago.

Su voz sonaba segura y cargada de furia. La joven no sabía cómo era posible que eso sucediera. Era como si alguien más hablase por medio de ella.

–¿Qué buscas?

–Poder.

Su respuesta surgió sin dudarlo, aunque desconocía por qué lo había dicho. El profesor no le dijo qué responder si la interrogaban. No obstante, era la verdad, tenía hambre de poder, lo ansiaba.

–¿Por qué lo buscas? –preguntó la voz.

Nuevamente, la respuesta ya estaba ahí, aguardando por ella.

–Venganza.

–¿Contra quién? –en la voz del demonio no asomaba ninguna emoción, igual que en la de la propia joven.

–Contra aquellos que desean lastimar a Sacha Winters –adivinó, de algún modo, que ese hecho enfadaría al demonio.

Estaba en lo correcto. Un rugido furioso la ensordeció. Quiso retroceder, pero no había donde ocultarse.

–Sacha Winters es mío. No debes salvarlo.

Ansiaba no responder nada y salir de alguna manera de esta situación. Sin embargo, las palabras salieron.

–Lo voy a salvar –aseguró, pronunciando cada palabra con fría claridad–. Y destruiré a cualquiera que intente hacerle daño. Escucha lo que digo, Abaddon. No será tuyo.

El rugido furioso resonó nuevamente.

–Mentiras –la furia afiló el tono de la voz–. ¿Te atreves a interferir en las artes oscuras, hija de Isabelle? ¿Te atreves a entrar en mi reino y retarme?

El terror recorrió el cuerpo de Taylor. Había ido demasiado lejos. ¿Por qué había dicho esas cosas? ¿Por qué estaba sucediendo todo esto? ¿Por qué no podía detenerse? En este lugar, la parte que había en ella de razón y de tranquilidad fue silenciada. Todo lo que quedaba era la ira.

Entonces, volvió a escuchar su voz, en la que no asomaba el miedo.

–Estás en lo cierto, Abaddon.

No tuvo oportunidad de agregar nada más. Algo salió de la oscuridad y la tomó del brazo, como garras que se clavaban en su piel y músculos. Segundos después, algo desgarró su mano izquierda. El dolor ardía como el fuego.

La joven gritó y forcejeó contra aquello que invisiblemente la sujetaba, pero continuó sin poder moverse. Algo la mantenía inmóvil.

–Dejo mi marca en ti –le dijo la voz–. Recuerda esto: si te atreves a desafiarme, morirás.

Luchó con cada músculo de su cuerpo y no conseguía respirar ni pensar.

Luego alguien la abofeteó, y ella volvió a caer en la oscuridad.

–¡Señorita Montclair!

Era la voz de Zeitinger y su marcado acento alemán.

Había dejado de tener frío. Estaba sobre algo sólido. El aire era cálido. Temblando, se obligó a abrir los ojos.

El sol dorado de la tarde entraba por la ventana. Entrecerró los ojos al sentir la luz. Yacía en el suelo de la oficina del profesor. El rostro preocupado del hombre flotaba sobre ella. Taylor retrocedió hasta apoyar su espalda contra el sofá.

–¿Dónde está? –preguntó, recorriendo con la mirada la habitación –. ¿Dónde quedó esa cosa?

–Se encuentra a salvo –dijo Zeitinger, levantando las manos–. Le prometo que no la encontrará aquí. Cuénteme qué sucedió.

Primero dando traspiés, pero luego con mayor fluidez, la joven le relató todo lo que consiguió recordar. La caída. La oscuridad. La extraña furia. La sensación de haber sido poseída de algún modo. El dolor.

LA CIUDAD SECRETA

Fue entonces cuando se dio cuenta de que la mano izquierda le seguía ardiendo con un dolor punzante. Bajó la mirada y dejó escapar un grito ahogado. Tenía tres cortadas recientes en el dorso de la mano. La sangre le escurría por los dedos. Parecía que algo la había rasguñado.

–Oh, por Dios –murmuró–. Dijo que iba a dejar su marca en mí. Fue real.

–Muy real, me temo.

Mientras permanecía sentada en aquel lugar, mirando fijamente su mano con pasmada incredulidad, Zeitinger desapareció. Cuando regresó un momento después, dobló con rigidez una rodilla y se agachó junto a ella para aplicarle un antiséptico en la mano herida. Luego se la envolvió con un paño limpio que amarró con firmeza a la altura de la muñeca.

Taylor permaneció sentada con aire imperturbable durante todo el procedimiento. Estaba demasiado aturdida para hablar. Distraídamente se percató de que el libro continuaba encima del escritorio, pero alguien lo había cerrado. Le pareció que incluso la cubierta vibraba con maldad.

Al recordar lo que había sentido mientras hablaba con el demonio –la repentina voracidad por obtener poder, la absoluta pérdida de su brújula moral, el espíritu furioso que parecía controlarla– se sintió perdida.

–¿Qué fue exactamente lo que me sucedió, profesor? –dijo con voz baja–. Cuando estaba hablando con ese… demonio, dije cosas en las que no creo. No era… yo.

Zeitinger no pareció sorprendido.

–Es precisamente lo que sospeché. El demonio te conoce. Hay un vínculo –señaló, poniéndose de pie a duras penas–. Por favor –hizo un gesto para que la joven se sentara en el sofá–. Cuénteme de nuevo lo que le dijo. No omita nada.

Repasaron su experiencia una y otra vez, con Zeitinger sentado frente a su escritorio, al principio, tomando notas, y más tarde, simplemente escuchándola, con su pipa medio olvidada en la mano. Taylor estaba sentada en el sofá, abrazando con fuerza una cobija contra su pecho, en un intento por recordar cada matiz de lo ocurrido. Para cuando el profesor quedó satisfecho, el sol se había puesto.

–Sigo sin entender mis propios sentimientos. Lo que dije –comentó, sosteniendo contra su pecho la mano herida.

–Las cosas que sintió, el poder, el enojo, es lo que ahora hay dentro de usted –le dijo el profesor con delicadeza–. Se encuentra dentro de todos nosotros. Somos una mezcla del bien y del mal. El demonio encontró la ira en usted y la atrajo hacia él. Usted se hallaba en su mundo. La oscuridad es lo que mora en ese lugar –comentó, dejando su pipa–. No espere encontrar arcoíris en el infierno, señorita Montclair, no los hallará.

–Me dejó su marca –la joven levantó el brazo–. ¿Qué significa eso?

Zeitinger dudó un instante.

–Quiere decir que la toma muy en serio. Desea que sea fácil identificarla, donde sea que se lo vuelva a encontrar. Y para que otros sepan que es suya.

–No soy… –Taylor trató de interrumpirlo pero él le ganó la palabra.

–Lo que por ahora resulta importante es que el experimento fue un éxito –dijo de golpe–. Sé lo que necesitamos hacer para combatir a Mortimer Price. Ahora necesitamos al chico.

–¿A Sacha? –preguntó frunciendo el ceño.

–Por favor –los anteojos de Zeitinger brillaron–. Encuéntrelo. Pídale que traiga el libro de su familia. Él sabrá a cuál me refiero.

–¿Qué tiene que ver su libro con todo esto? –preguntó, confundida. Pero el profesor respondió con un gesto de impaciencia.

–Traiga al joven y se lo diré a ambos.

Al salir de prisa del edificio un rato después, Taylor se sintió mareada. La mano le latía debajo del vendaje improvisado. Ignoraba qué hora era y qué estaba haciendo Sacha en ese momento. No llevaba su teléfono con ella. A falta de un mejor plan, decidió comenzar por el dormitorio.

Había oscurecido y todas las luces en Newton Hall brillaban. Cuando llegó al piso de Sacha, el corredor estaba callado. La mayoría de las puertas en el pasillo estaban cubiertas de notas y fotografías personales. Algunas tenían pizarrones en los que los amigos podían dejar sus mensajes, a menudo obscenos o insultantes.

Solo la puerta de Sacha estaba completamente vacía. Nada pendía en la madera oscura y añejada, excepto el número de la habitación: 473. Tenían eso en común. Tampoco había nada en la puerta de ella.

La joven llamó con indecisión.

—Sacha, soy yo.

La puerta se abrió con brusquedad. Llevaba puesta una camiseta gris y unos jeans desgastados. Estaba descalzo.

—Taylor, ¿dónde te habías metido? Te estuve llamando a cada rato —se veía sinceramente aliviado de verla.

—Estuve con uno de los profesores, con Zeitinger —con la mirada buscó en el rostro del joven señales de algún daño—. ¿Estás bien? Louisa me contó lo que pasó.

—Estoy bien —respondió con impaciencia—. ¿Por qué no contestabas tu teléfono?

—Se agotó la batería y tuve que dejarlo cargando en mi habitación.

—*Bon sang*, Taylor —la reprendió—. Me asustaste. No vuelvas a hacerlo.

Después del día que había tenido, la preocupación que le mostró la llenó de calidez. Quería contarle todo, acerca del profesor, del libro y del demonio. Pero Zeitinger parecía tener demasiada prisa. Se sentía como si no hubiera tiempo.

—Lo siento. Más tarde voy por mi teléfono. Escucha, tienes que acompañarme —sus palabras se atropellaban al salir a toda prisa—. Zeitinger, el profesor, descubrió algo. Quiere que traigas tu libro. Ya sabes, el que habla de tu familia.

—¿Para qué lo necesita? —respondió con el ceño fruncido.

–No sé. Solamente pidió que lo trajeras –mientras hablaba, levantó las manos haciendo un gesto vago. Al notar el vendaje, Sacha la tomó de la muñeca.

–¿Estás herida? ¿Qué sucedió?

–Es una larga historia. ¿Te la puedo explicar en el camino?

La joven sabía que él deseaba enterarse de todo en ese momento, no obstante, soltó su mano y retrocedió, dejándole espacio para que entrara.

–Dame un segundo. Tengo que ponerme zapatos.

Su habitación era más pequeña que la de ella y también estaba mucho más desordenada. Había ropa regada en el suelo. Los libros y los papeles se apilaban en la cama estrecha, cubriendo el edredón gris oscuro. La laptop abierta brillaba sobre el escritorio abarrotado de objetos. Al verla observar aquel desorden, Sacha se encogió de hombros.

–Mi asistente está de vacaciones.

Su acento hacía que la "s" sonara como "z": aziztente. Era adorable.

–El mío también –le aseguró con aire frívolo–. No se puede conseguir buen personal.

El joven la miró con una sonrisa irónica.

–Sospecho que a tu asistente no se le permite tener vacaciones. Tu habitación siempre está perfecta.

Taylor, que estaba luchando contra el impulso de apilar los papeles en el escritorio, no discutió.

Sacha se sentó en la cama desarreglada y se puso calcetines y calzado deportivo abotinado.

–El libro está aquí –dijo, sacando un delgado y antiguo volumen de la pila que había sobre su cama y se lo entregó.

Mientras él se ataba el calzado, Taylor miró la obra con curiosidad. Él le había contado del libro hacía tiempo; se trataba de una historia manuscrita sobre su familia.

*¿Por qué el profesor querrá esto?*

Sacha se levantó de un salto, tomó la sudadera con capucha colgada detrás de la puerta y se la puso, mientras acompañaba a la joven hacia el pasillo. Cuando ella le devolvió el libro, sus dedos se rosaron. Los ojos del joven brillaron al encontrarse con los de ella. Taylor se ruborizó y apartó la mirada.

Bajaron las escaleras.

–¿Dónde estuviste anoche? Pasé por tu habitación en la noche, pero no estabas –su tono era demasiado casual para ser casual.

El corazón de ella se sobresaltó.

–Me quedé dormida en la oficina del profesor –respondió; Sacha se detuvo abruptamente y le clavó una mirada que no pudo entender. Casi parecía un arranque de celos.

–Entonces, ¿qué fue lo que pasó? Dijiste que me lo ibas a contar. ¿Fue él quien te lastimó? –inquirió, señalando el vendaje.

La joven negó con la cabeza con tal intensidad que sus rizos se alborotaron.

–Encontramos un libro demoniaco –le explicó–. El libro me hirió.

–¿Un *libro* te hirió? –preguntó él, frunciendo el entrecejo.

El escepticismo en su voz hizo que Taylor se riera.

–Bienvenido a la alquimia, donde hasta los libros te pueden matar.

–¿Profesor? –dijo Taylor al abrir la puerta de Zeitinger–. Ya regresamos.

Mientras entraba en la oficina abarrotada, la expresión de Sacha adquirió una mezcla compleja de sorpresa y duda. Si antes pudo sentir celos –lo que era improbable–, estos se evaporaron cuando vio el rostro profundamente arrugado del profesor y el halo de cabello canoso, similar al algodón de azúcar. No obstante, el joven continuaba parado en la puerta, claramente indeciso sobre toda esta situación.

Lo había sorprendido el relato de Taylor acerca del demonio.

–¿Fue tan malo? –le preguntó, examinando su rostro.

–Fue peor.

Se detuvieron bajo las sombras del patio interior para que Taylor pudiera contarle todo lo que él se había perdido. Se esforzó por encontrar las palabras adecuadas para explicarle lo aterrador que había sido el incidente.

–Era el infierno, Sacha. Como… pienso que el infierno es real.

Sus miradas quedaron enganchadas.

–¿Y contra eso debemos pelear? –la soberbia de Sacha se evaporó.

A Taylor le latió la mano, como un recordatorio del poder absoluto y del odio que debían enfrentar. Conteniendo la repentina sensación de desesperanza que no se atrevía a compartir con nadie, afirmó con la cabeza.

–Es a quien tenemos que *vencer*.

Cuando llegaron al edificio de historia, su humor era sombrío.

–Vaya –exclamó Zeitinger al mirar a Sacha por encima de sus lentes de lectura. Lo ojos del hombre resplandecían bajo la luz de la lámpara–. ¿Es usted Sacha Winters?

–Sí.

El anciano lo examinó con atención.

–Soy el profesor Wolfgang Zeitinger. Conocí a su padre.

Taylor sintió la tensión del joven.

–Creo que era un buen hombre –continuó Zeitinger.

La expresión de Sacha era una mezcla compleja de confusión y tristeza.

–Sí –dijo tras una pausa–, lo era.

–Ahora debemos buscar terminar el trabajo que inició –el profesor extendió su mano nudosa, con la palma hacia arriba–. ¿Puedo ver el libro?

Como el joven dudó un largo rato, Taylor temió que fuera a rehusarse. Sin embargo, al final sacó el volumen maltrecho del pliegue de su codo y se lo entregó.

El profesor lo colocó junto a *El libro de la resolución*. Cuando lo abrió, lo hizo con sumo cuidado, teniendo respeto de la fragilidad de aquellas viejas páginas.

—Entiendo que este libro contiene un recuento de la maldición. Por favor, ¿podría indicarme la página correcta?

Al rodear el escritorio para quedar parado junto al hombro del profesor, Sacha le preguntó:

—¿Lee francés?

El profesor le clavó la mirada por debajo de sus espesas cejas blancas.

—*Bien sûr.*

—*Alors* —el joven hojeó el libro y se detuvo como a las cuarenta páginas. El texto estaba escrito a mano con una borrosa tinta negra.

—Aquí comienza.

El profesor leyó rápidamente, con la mirada recorriendo a gran velocidad la escritura enmarañada.

Taylor sabía que el libro fue escrito en el siglo XVII por uno de los ancestros de Sacha, y la historia de la maldición era también el relato de su propia antepasada, una alquimista que se involucró con la práctica oscura. Fue quemada como bruja. Su nombre era Isabelle Montclair y fue la mujer que primero pronunció la maldición que estaba por matar a Sacha cuando cumpliera dieciocho años.

El libro demostraba que su familia y la del joven habían estado relacionadas por la muerte y la sangre durante cerca de cuatro siglos. Había doce primogénitos en la familia de él que murieron a consecuencia de esto. Al terminar el pasaje, el profesor tomó su pipa vacía.

—Bueno —dijo—, tenemos lo que necesitamos.

Los jóvenes intercambiaron una mirada de desconcierto.

—¿Qué quiere decir? —preguntó Taylor.

Con la boquilla de su pipa sin encender, Zeitinger señaló la primera línea. Taylor se acercó para ver lo que había señalado.

—Carcassonne 1763 —el profesor volteó a mirarlos.

—Allá se deben dirigir para acabar con esta práctica oscura que los amenaza a ambos —indicó—. Tienen que ir a Carcassonne y combatir al demonio.

**16**

−¿Dónde queda Carcassonne? −Taylor miró a Sacha y luego al profesor.

−En el sur de Francia −el joven volteó a ver al profesor, buscando en su rostro algunas pistas−. No entiendo. ¿Por qué debemos ir allá?

Zeitiniger hizo a un lado el libro de su padre y, con cuidado, usando las puntas de dos bolígrafos, movió el otro volumen al centro del escritorio. Se encontraba abierto en una página del medio, que estaba repleta de símbolos extraños; los triángulos incompletos, los soles rotos, las líneas torcidas y curvas tapizaban las gruesas páginas amarillas.

−Este libro fue escrito por un alquimista que vivió

antes de que comenzara el problema que atormenta a su familia –comentó el profesor de prisa, con su acento espeso debido al entusiasmo–. Este hombre consiguió lo que ahora tratan de lograr: rompió una vieja y poderosa maldición oscura. Enfrentó al demonio –dijo, llevando la mirada hacia la mano que Taylor tenía vendada–. Hay reglas para terminar con la práctica oscura. Isabelle Montclair lanzó la maldición, así que la señorita Montclair, como su descendiente directa, debe ejecutar el rito. Además, el ritual debe tener lugar en el sitio exacto donde se pronunció la maldición, justo en el día en que esta debería cumplirse, si no ocurre otra cosa.

A Sacha no le gustaba lo que estaba escuchando. Taylor le había contado acerca de su encuentro con el demonio y de la impotencia que sintió. La había lastimado con gran facilidad. Ambos comprendieron que las lesiones en su mano servían como advertencia.

Taylor habló antes de que él lo consiguiera.

–¿Cómo, profesor? El demonio no va a hacer simplemente lo que le digamos.

–Con sangre –precisó Zeitinger, palmeando el libro que tenía frente a él–. Dice que "La sangre abrirá la puerta al reino".

Al notar las expresiones de los jóvenes, el profesor bajó la frente.

–¿Acaso no entienden? No hablamos de ciencia alquímica. Ahora estamos fuera de nuestro propio mundo. La energía oscura es una práctica sangrienta. No se puede anular la demonología con alquimia. La sangre llama a la sangre. Esta ceremonia que conducirá es demoniaca.

Sacha se quedó sin aliento. Ya sospechaba esto en muchos niveles. Pero escucharlo de este modo, solo empeoró su impresión.

Junto a él, Taylor se había quedado inmóvil; había perdido algo de color en las mejillas.

–¿Cómo podemos conducir una ceremonia demoniaca? –se obligó a preguntar Sacha–. Parece imposible. Ni siquiera creemos en…

–Yo sí creo –lo interrumpió Taylor. Levantó la mano para que el joven pudiera ver el vendaje blanco que la envolvía–. Y tú también. ¿Cómo podrías negarlo después de todo lo que ha pasado?

Tenía razón. Pero era tan difícil de aceptar. Sacha guardó silencio.

–Profesor, ¿cómo podemos prepararnos para esta ceremonia? –preguntó Taylor–. El demonio es tan poderoso.

–Les diré todo lo que necesitan saber –señaló Zeitinger. El hombre observó a los dos jóvenes por encima del armazón de sus lentes, con una mirada de acero–. Está lista. Sabe que lo está. Hay oscuridad en usted. En ambos. Tienen la opción de seguir siendo parte de nosotros o de seguir el camino que sus antepasados siguieron hacia la oscuridad –sentenció el profesor–. En Carcassonne tendrán que elegir: la oscuridad o la luz.

Al pronunciar la última palabra, el hombre levantó la pipa. La cazoleta, que Sacha supuso vacía, resplandeció. Un aromático hilillo de humo subió trazando espirales. El profesor se recargó de nuevo en su silla y aspiró la pipa.

Para el joven había algo inevitable en este momento. Una parte de él siempre había sospechado que lo que Zeitinger les dijo era verdad. Era casi un alivio que hubiera confirmado sus sospechas.

A Taylor, por su parte, parecía que el profesor la hubiera abofeteado. Permanecía de pie, inmóvil, observándolo con una mirada muy brillante.

Para Sacha no era difícil de creer lo que Zeitinger había dicho de él, pero ella era diferente. No había un solo hueso de maldad en su cuerpo. Era ridículo siquiera sugerir que hubiera oscuridad en ella.

–¿Somos… malos? –preguntó la joven en voz baja–. ¿Es eso lo que está diciendo?

–No, querida –respondió el profesor amablemente–. Me malinterpreta. Ambos mundos están a su disposición. En muchos sentidos, lo mismo es verdad para todos nosotros, pero para ustedes es distinto. Para ambos, los dos mundos se encuentran muy cerca. Debido a su historia, debido a quienes son, la elección es más dura.

El hombre miró fijamente a Sacha, incluyéndolo en este juicio.

–Cuando llegue el momento, tendrán que elegir.

Más tarde en la noche, Taylor y Sacha regresaron caminando a los dormitorios envueltos en un pesado silencio. Había mucho en qué pensar.

Una y otra vez, el joven repasaba mentalmente las palabras del profesor. *Hay oscuridad en usted. En ambos.*

Taylor no dejaba de abrazarse mientras recorrían el pequeño vestíbulo de Newton Hall y luego al ascender las escaleras de piedra. Olía, como de costumbre, a la cera con que pulían los suelos y a polvo.

Cuando llegaron al primer piso, Taylor se detuvo de forma tan abrupta que Sacha chocó con ella. Por un momento, quedaron enredados.

–Lo siento –se disculpó el joven, intentando no prestar atención a la fragancia de limón en el cabello de su acompañante, a la suavidad de su piel.

Hubo un incómodo arrastrar de pies cuando se separaron. Taylor se estiró para tomar la manija y él se dio vuelta hacia las escaleras para dirigirse a su propia habitación. La voz de ella lo detuvo.

–¿Quieres pasar? –le preguntó, como si acabara de ocurrírsele aquel pensamiento–. A mi pieza, quiero decir.

La joven se había sonrojado y lucía inquieta, nerviosa. Sacha asintió con aire casual, pero interiormente sintió un enorme alivio. Lo último que deseaba en este momento era estar solo.

La habitación de Taylor estaba mucho más ordenada que la suya, y era considerablemente más espaciosa; había tres ventanas en arco alineadas en una de las paredes, dos de las cuales eran muy delgadas, pero la del medio era mayor y daba al patio interior. Además del vestidor, el escritorio y un anaquel de libros prácticamente vacío, no había nada más en el dormitorio. Se trataba de un espacio desocupado en el que en realidad nadie vivía. Tenía una sensación similar, pues en su habitación sucedía lo mismo.

Ninguno de los dos había tenido oportunidad de echar raíces, aunque el estante vacío lo incomodaba. Si había una estudiante cuyos anaqueles siempre deberían desbordarse, esa era Taylor.

–¿Quieres beber algo? –preguntó–. Tengo... nada.

La sonrisa desesperada que le dirigió se quedó prendida en el corazón del joven.

–Está bien –respondió, dejándose caer en la cama–. No tengo sed.

Cuando Taylor se sentó junto a él, Sacha ocultó su sorpresa. Cada vez que podía, mantenía cierta distancia entre ellos –solo un poco–, pero con la suficiente frecuencia para que él lo notara. Si había cuatro sillas alrededor de la mesa y una a su lado, Taylor se sentaba frente a él.

–Con que vamos a Carcassonne –comentó ella.

Su pronunciación inglesa del nombre del pueblo era abrumadoramente encantadora.

–Así es –replicó el joven, encogiéndose de hombros–. ¿Cómo lo llaman en Estados Unidos? Un *road trip*, un viaje en carretera.

–Sí –agregó fríamente–, *road trip*. Será genial.

De pronto, sin previo aviso, comenzó a llorar. No mucho, apenas algunos callados sollozos, de mala gana, como si fuera lo último que quisiera hacer en ese instante.

Sacha no sabía qué hacer.

–Taylor, ¿qué sucede?

Se estiró para tocarla, pero luego alejó la mano.

–Disculpa –respondió la joven, secándose las lágrimas de las mejillas con la mano que llevaba vendada–. Es ridículo. Ni siquiera estoy triste. En realidad no lo estoy. Solo estoy asustada. Y lo que dijo el profesor... no era lo que esperaba.

Sacha adoraba su acento. Amaba el modo en que cada palabra sonaba con gran precisión y claridad. Además de su forma curiosa de presentar las situaciones. Pensaba que jamás había escuchado algo con más magia que el sonido de Taylor hablando. ¿Por qué nunca se lo había dicho? ¿A qué le temía?

–Ey –se acercó a ella, pero aún sin tocarla–. Lo que dijo… puede estar equivocado, ¿sabes? Es un libro muy viejo y no podemos creer en todo lo que hay en él.

–Lo sé –comentó, inhalando profundamente–. Es solo que me afectó. Me refiero a que podríamos volvernos siniestros como… como Mortimer. Que quizás eso sea lo que somos –la joven volteó a verlo, casi como una súplica–. No lo crees, ¿o sí?

Las lágrimas se aferraban a sus pestañas como pequeña joyas.

Cierta nostalgia palpitó en el pecho de Sacha. Lentamente estiró su mano hacia la mano sana de ella, y la tomó con cuidado. Por alguna razón creyó que la joven la apartaría de un tirón, pero no lo hizo.

–No lo creo –respondió sin ser exactamente sincero–. Ni por un segundo. Por lo menos tú no. Eres la persona menos malvada que haya conocido.

Taylor sonrió agradecida. Se aferró a la mano de su acompañante mientras la seriedad regresaba a sus ojos.

–Me dijo otras cosas, Sacha –le confesó–, antes de que llegaras.

El gesto del joven se tornó sombrío.

–¿Qué cosas?

–Me dijo que había la posibilidad… una gran posibilidad, de que ambos muramos intentando deshacer la maldición.

Tenía miedo, lo notaba en su voz y sabía que él también debía tener miedo. Sin embargo, no sentía nada. Por lo menos no en relación con él. Había muerto tantas veces, y la amenaza de una muerte real y permanente se alzaba sobre él desde hacía tanto tiempo que había dejado de temerle. Ser amenazado de muerte ahora no era peor que ser amenazado con un castigo después de clases. Era solamente una molestia.

Pero no quería que Taylor muriera. Ella, con su cabello rubio y sus ojos verdes; su rostro en forma de corazón y su enorme inteligencia. Aquella Taylor que podría cambiar el mundo si la historia no acababa primero con ella.

No podía morir. Él no permitiría que sucediera.

–No morirás –aseguró el joven, sin emoción. Era la sencilla expresión de un hecho rotundo.

–¿Cómo lo sabes? –preguntó, mirándolo de reojo con desconfianza.

–Simplemente lo sé. Y yo tampoco moriré. Ninguno de los dos morirá. Somos demasiado bellos para morir. Y demasiado listos.

Lo miró fijamente por un instante como si fuera a rebatirlo, pero se dio por vencida y soltó una risa de impotencia que a él se le clavó en el pecho.

–Sacha, hablo en serio.

–Todo es serio –respondió con impaciencia, encogiéndose de hombros–. Desde que alcanzo a recordar, la vida ha sido seria. Pero tú no vas a morir, Taylor –tomó la otra mano de la joven con cuidado, sintiendo la suavidad del vendaje al voltear a verla–. Eres la mejor alquimista que ellos hayan conocido. Eres fuera de este mundo. Eso fue lo que Louisa me dijo. Y eres poderosa, que fue lo que Jones comentó. Estarás bien –su voz adquirió un tono más apasionado; uno que difícilmente reconocía–. Iremos a Carcassonne. Haremos lo que tengamos que hacer, sea lo que sea. Después vas a regresar aquí con todos tus libros y yo recorreré el mundo con mi motocicleta, metiéndome en problemas. *Viviremos*. Y seremos libres. Créelo, va a suceder.

La joven sostuvo las manos del francés, sus miradas se encontraron.

–Quiero creerlo, Sacha. Más que nada en el mundo.

Él pasó sus pulgares por las palmas de aquellas manos pequeñas y tibias. Su piel era tersa como el terciopelo. Ella suspiró sorprendida.

El joven alcanzaba a sentir el calor que su piel irradiaba. Percibió la dulce fragancia de su aroma: suave y embriagador.

–Taylor, debes creerlo –susurró, inclinándose hacia ella.

–Sacha –respondió, acercando sus labios hacia él–, yo…

La joven no alcanzó a terminar la oración.

Con un tremendo estallido, algo enorme explotó a través de la mayor de las tres ventanas. El vidrió estalló dentro de la habitación en pequeñas dagas de cristal.

Impulsado por el puro instinto, Sacha se arrojó encima de Taylor para cubrirla con su cuerpo cuando los vidrios salpicaron la cama. Las esquirlas traspasaron la delgada tela de su camiseta, penetrando su espalda y enviando ardientes ráfagas de dolor por su cuerpo.

Antes de que pudiera levantarse de la cama para ir hacia la puerta, algo lo tomó del dorso de la camiseta y lo elevó por los aires como si fuera un juguete. Ocurrió tan rápido que Sacha nunca tuvo oportunidad de reaccionar. Escuchó los gritos de Taylor. Sintió cómo sus dedos se apartaban de los suyos. Luego la camiseta se enredó alrededor de su cuello, estrangulándolo.

Pateando con todas sus fuerzas, se retorció en aquel agarre invisible, luchando por liberarse, cuando de súbito distinguió a la enorme cosa que lo apresaba: la piel abrasada con sus espantosas protuberancias, la mirada inyectada de dolor y furia. Era la criatura del túnel.

–Taylor –gritó con lo último que le quedaba de aliento–, corre.

17

Taylor no quería gritar. La rapidez del ataque la tomó desprevenida. Ni siquiera tuvo tiempo de sostener a Sacha antes de que saliera volando. La joven se levantó de un salto.

–Suéltalo –le gritó al gigante desde el otro lado de la habitación, pues alguna vez debió ser un hombre antes de verse transformado.

La criatura la ignoró y se abrió paso torpemente por la pieza; pateó la silla fuera de su camino con tal fuerza que el mueble se estrelló contra el suelo, provocando que las astillas salieran volando.

El monstruo no parecía ser muy ágil: tropezaba y chocaba contra los muebles como si no tuviera buena visión o sus reflejos fueran lentos. Era tan grande que debía agacharse para no golpear el techo. No dejaba de estrellarse contra las lámparas, ocasionando un violento movimiento de luces y sombras por toda la habitación.

El rostro de Sacha comenzaba a ponerse morado. Taylor se obligó a pensar rápidamente. No había tiempo para pedir ayuda. ¿Qué era lo que Louisa y Alastair le habían dicho? Le dijeron que los poderes alquímicos no lo dañaban. Pero como no había ningún arma a mano, debía intentarlo.

Las moléculas de energía la rodeaban; había hebras doradas de electricidad en las paredes y minúsculas partículas de luz bailando en el aire.

En el centro del lugar, la energía que la criatura emanaba era de una naturaleza completamente distinta. Taylor percibió el poder oscuro en el monstruo, aunque había algo más en él. Había un residuo alquímico dorado, cargado de dolor y tormento. Era un tipo repugnante de vacío que no lograba identificar. Pero no había tiempo para pensar en lo que eso podría significar. Apresando la mayor parte de energía eléctrica molecular que pudo encontrar, la joven lo lanzó contra la criatura.

–Suéltalo –repitió. Esta vez su voz reflejaba una orden. Proyectó la energía contra el monstruo con una fuerza descomunal.

No ocurrió nada.

La criatura se detuvo cerca de la ventana, con los hombros encogidos y una expresión aturdida en el rostro. Su mirada estaba ausente. Justo como Louisa había descrito, el engendro estaba absorbiendo la energía que la joven le lanzó. La absorbía. Se nutría de ella.

La criatura tenía a Sacha colgado y lo asfixiaba. El joven se aferró al cuello de la camiseta movido por la desesperación, en un intento por liberarse. Sin embargo, antes de conseguirlo, el delgado algodón de la prenda no resistió y se desgarró a la mitad, soltándolo.

Cayó de rodillas con un golpe seco. Su cara tenía un tono azulado. Con hondos y silbantes jadeos, tomó aire. Taylor corrió a su lado.

La criatura avanzó atropelladamente hacia la ventana, en apariencia, momentáneamente inconsciente de que Sacha había escapado.

Con el corazón agitado, Taylor tomó la mano del joven y de un jalón lo ayudó a ponerse de pie. La camiseta negra estaba rota del cuello a la cintura. Los restos de la prenda se agitaron holgadamente alrededor de su torso esbelto cuando la pareja corrió dando traspiés hacia la puerta.

Detrás de ellos, la criatura, aparentemente, acababa de percatarse de lo que había ocurrido y soltó un rugido de frustración. Taylor no se atrevió a voltear cuando escuchó el estruendo de la criatura persiguiéndolos, con unos pasos tan pesados que las paredes se sacudían.

—Es rápido —dijo Sacha sin aliento y con la voz ronca.

Taylor no respondió. Abrió la puerta de un tirón y salieron fuera de la habitación hacia el pasillo. La joven azotó la puerta a sus espaldas y, girándose, buscó algo con que bloquearla.

—No te molestes —dijo el francés con voz áspera—. Hará…

En ese momento, la criatura arrancó la puerta de sus bisagras y la arrojó a un lado con un aullido furioso.

—…lo que quiera con ella —terminó de decir.

Taylor contempló aterrada a la criatura, que volteó hacia ellos con un gesto de profundo odio que ensombrecía sus rasgos deformes.

—¿Qué hacemos? —preguntó la joven.

—Correr —Sacha la tomó de la mano y la jaló hacia el hueco de la escalera.

La pareja se derrapó hacia los escalones en perfecta sincronía y bajó a batacazos hacia la planta baja. En segundos, atravesaron el vestíbulo poco iluminado y salieron al patio interior. Una vez ahí, hicieron una pausa, inseguros de qué hacer a continuación.

—Debemos pedir ayuda —dijo Taylor, buscando su teléfono—. Podría lastimar a alguien.

—Hazlo rápido —urgió Sacha, listo para correr.

La llamada pareció tardar una eternidad en salir. La joven esperó, concentrada con firme intensidad en la puerta del dormitorio Newton. Finalmente, en algún lugar de las instalaciones sonó un teléfono. Una vez. Dos. Tres veces.

–¿Taylor? –se escuchó la voz de Louisa del otro lado de la línea–. ¿Qué pasa?

–Lou… –gritó Taylor; en seguida, la puerta del edificio salió volando con un estallido y la criatura salió apretadamente por la abertura, con un aullido de queja.

La joven no tuvo tiempo de decir otra palabra.

–Vamos –Sacha la tomó de la mano y la jaló con tal fuerza que estuvo a punto de tirar el teléfono.

Atravesaron a toda velocidad el patio; el césped de terciopelo fresco bajo sus pisadas.

–¿A dónde vamos? –gritó Taylor.

–No tengo idea –respondió Sacha, echando un vistazo sobre su hombro, en busca de la criatura en la oscuridad–. Pero no a la biblioteca. No quiero volver a quedar atrapado en otra biblioteca con este monstruo.

Taylor no se atrevió a mirar atrás, pero alcanzaba a escuchar las retumbantes pisadas que los perseguían. Frente a ellos, la robusta y antigua puerta que conducía al comedor saltaba a la vista. El lugar nunca lo cerraban con llave. Los guardias nocturnos lo usaban como una especie de sala de descanso. La joven lo señaló.

–Ahí dentro.

Sacha no discutió. Entraron frenéticamente por las puertas y cerraron tras ellos el grueso cerrojo de latón. Al terminar, retrocedieron, observando la cerradura con cautela. Segundos más tarde, algo la golpeó desde el otro lado. Las puertas se sacudieron por el impacto, pero soportaron. El joven contempló las fuertes bisagras con recelo.

–Las va a derrumbar –advirtió–. Estos monstruos no se rinden. Necesitamos estar preparados.

La criatura volvió a estrellarse contra los portones. El polvo de yeso caía del techo y al otro lado de la sala se estremecían los vitrales medievales.

Taylor alcanzó a escuchar el rugido de frustración que las gruesas planchas de madera amortiguaron.

–Voy por un arma –anunció Sacha, y fue corriendo hacia la cocina.

–Consígueme una –parada detrás de una pesada silla de madera, que debía haber sobrevivido siglos en esta gloriosa sala, Taylor sacó el teléfono de su bolsillo y presionó el botón de llamada.

La criatura embistió de nuevo los portones. Al terrible golpe seco lo siguió una prolongada y atroz descarga de violencia, provocada por aquellos enormes puños que impactaban la madera. Los retratos que colgaban en la pared temblaron. Los vasos de cristal vibraron dentro del armario, emitiendo un repiqueteo alarmante y sobrenatural.

–¿Dónde están? –gritó Louisa, que ya venía corriendo.

–Las criaturas del túnel están aquí –dijo Taylor rápidamente.

–Lo sé. ¿Están en los dormitorios? Voy hacia allá.

–Ya no estamos ahí. Estamos en el comedor. La cosa está afuera –el monstruo volvió a azotar la puerta, y la joven agregó–. Pero está a punto de entrar.

–¿En el *comedor*?

Taylor escuchó que los pasos de Louisa se detuvieron.

–¡Alastair! –gritó–. Están en el comedor. Tiene a Taylor y a Sacha.

A la distancia, escuchó los insultos de Alastair. De nuevo se oyeron los pasos de Louisa, esta vez con un ritmo más rápido que antes.

–Vamos en camino –dijo, tras lo cual la llamada se cortó.

La criatura comenzó a golpear la puerta sin descanso, cada vez con mayor intensidad. El edificio temblaba por la fuerza bruta del monstruo. El ruido era desesperante. Retumbaba como si el engendro fuera a derribar el edificio por completo.

Sacha llegó a su lado. Sus ojos brillaban en medio de la oscuridad de la sala. En una mano sostenía un cuchillo para carne y, en la otra, un cuchillo largo y delgado cuya hoja tenía un aspecto amenazante. Dándolo vuelta con pericia, el joven le entregó el segundo a Taylor, acercándoselo primero por el mango.

–Tómalo. Por si acaso –le dijo.

El mango tallado parecía de marfil, aunque probablemente solo era de hueso. Era frío al tacto. El filo era mortal. La joven lo colocó en la mesa a su lado.

–Ya viene Louisa. No los necesitaremos.

La puerta se estremeció ante la arremetida del monstruo. La vieja cerradura comenzó a ceder.

–Espero que sea rápida –dijo Sacha, sin soltar el cuchillo.

El engendro embistió otra vez. El ataque fue tan ruidoso, tan feroz, que Taylor lo sintió retumbar en el pecho y en su cerebro.

*Pumpumpumpumpumpumpum*

De pronto, la puerta se cuarteó.

–Está entrando –gritó Sacha por encima de aquel estruendo–. Prepárate.

Con la mirada fija en el portón, Taylor puso la mano en el cuchillo. El corazón le martilleaba el pecho. Louisa se encontraba en los dormitorios, en el extremo opuesto. No alcanzaría a llegar aquí a tiempo. Sin sus poderes alquímicos, ¿cómo se supone que salvaría a Sacha –o a ella misma–? Sin ellos no era nada.

De pronto, algo le pasó por la cabeza. Algo que Alastair comentó más temprano ese día. Al bajar la vista al arma, frunció el entrecejo y luego miró otra vez la puerta. Comenzó a ocurrírsele un plan.

Mientras la madera se vencía cada vez más, ella buscó la mano de Sacha. Él la volteó a ver sorprendido, aunque sus dedos estrecharon los de ella por instinto.

–Ayúdame, quiero probar algo –dijo.

–Tu energía lo fortalece –le recordó–. No puedes pelear contra él de ese modo.

–Lo sé, pero tengo una idea.

Antes de que el joven alcanzara a responder, la criatura se lanzó contra la puerta con una fuerza demoledora. El portón se estremeció y, con un rechinido de metal rasgado, la cerradura comenzó a aflojarse.

Taylor respiró profundamente. Levantando la mano, concentró la energía que había alrededor, de las moléculas de agua, del aire, de la luz y la electricidad. Atraída por la antigua conexión entre ella y Sacha, la energía fluyó a través de la joven, precipitándose por sus venas como alcohol.

El miedo la abandonó. No le temía a nada.

Con la mirada fija en la puerta, la joven proyectó las moléculas de energía dorada hacia el portón.

*Ábrete.*

La cerradura doblada se enderezó y se destrabó con un crujido. Las pesadas puertas dobles se abrieron de golpe.

La criatura se quedó parada en la entrada, con el odio ardiendo en sus ojos. Con un gruñido se lanzó contra ellos.

De pie junto a Taylor, Sacha se encogió. Ella tomó con fuerza sus dedos con la mano sana. Levantó la otra, con la palma vendada hacia arriba.

*Cuchillo.*

La delgada arma plateada se elevó de donde yacía junto a ella sobre la mesa y, por un instante, planeó en el aire con un destello.

Taylor volteó la mano y la apunto hacia la criatura, que se movía pesadamente hacia ellos.

*Ahí.*

El cuchillo salió volando por la sala como una bala y penetró aquel enorme pecho sin emitir un sonido.

La criatura se detuvo, bajó la vista hacia el cuchillo con un gruñido casi humano de sorpresa. Su entrecejo deforme se frunció. Cuando levantó la mirada hacia Taylor, la joven creyó percibir dolor en su expresión.

Repentinamente, la tristeza la embargó. En lo que sea que se haya convertido, la criatura no nació de esta forma. No había elegido este modo de existencia.

No obstante, la joven no tenía elección. Debía terminar con él para seguir con vida.

Manteniendo la mirada en el monstruo estupefacto, la joven levantó la palma de la mano una vez más.

*Cuchillo.*

El utensilio se liberó de los dedos de Sacha y el joven suspiró sorprendido. El arma planeó frente a él, con su brillo plateado y su hoja afilada.

Nuevamente, Taylor apuntó hacia el blanco.

*Ahí.*

La criatura no intentó huir. El segundo cuchillo se hundió a un costado del primero.

La sangre negra brotó a chorros de la herida en el pecho. El engendro cayó pesadamente de rodillas.

La criatura observó a Taylor con una mirada de hondo sufrimiento y levantó sus brazos carnosos. Parecía querer decirle algo, pero no podía hablar. En lugar de eso, pronunció un ruido inarticulado que sonaba como una súplica.

–Lo siento –susurró la joven.

Los ojos de la criatura se pusieron vidriosos. Lenta e inevitablemente se desplomó hacia adelante; azotó contra el piso de roble pulido con tal estruendo que las sillas saltaron.

No se movió más.

## 18

A la mañana siguiente, el sol había iluminado el cielo con un tono dorado brillante para cuando Taylor y Sacha se dirigieron hacia el edificio administrativo. Cada uno llevaba una pequeña mochila.

Taylor sentía los pies ligeros y extraños, cada paso era como un paseo lunar hacia lo desconocido. Ninguno de los dos había dormido. Habían pasado la noche junto a los demás, planeando.

No podían quedarse en Oxford, eso quedaba claro. Su presencia ponía a todos en peligro. Mortimer nunca se iba a rendir. La noche anterior envió a uno de sus zombis a matarlos. ¿Y mañana? Tal vez mandaría otros veinte. O cien de ellos.

Louisa y Alastair llegaron al comedor unos segundos después de que la criatura muriera. Entraron derrapándose a la sala, con los puños en alto y la cara enrojecida por la carrera; contemplaron asombrados a Taylor, quien estaba arrodillada junto al cuerpo que yacía boca abajo.

—¿Cómo demonios lo hiciste? —habló primero Alastair.

—Con cuchillos —limpiándose una lágrima de la mejilla, se puso de pie—. Me dijeron que anoche Sacha mató a uno apuñalándolo en el pecho. Así que probé hacer lo mismo. Y funcionó —respiró trémulamente—. De verdad creo que alguna vez fue humano.

—Peor que eso —Louisa se acuclilló y señaló los tatuajes descoloridos en uno de los brazos de la criatura—. Era uno de nosotros.

Extendió su brazo junto al del engendro para que Taylor y Sacha pudieran ver que los tatuajes coincidían. Sus bíceps bien tonificados se veían pequeños al lado de la enorme corpulencia de la criatura.

—Creemos que Mortimer debió haber extraído los cuerpos de algunos alquimistas muertos —explicó Louisa—. Solamente Dios sabe de dónde: de la morgue, de algún cementerio, de los hospitales. Pudo haberlo hecho durante años —su voz expresaba amargura—. Necesitaba tiempo para que se desarrollaran.

Su teléfono zumbó con rabiosa insistencia. Lo sacó de un jalón de su bolsillo.

—¿Qué sucede? —escuchó por un momento—. Bien. Está muerto. Lo apuñalaron en el pecho. Ya *sé* —miró parpadeando a Taylor y a Sacha—. Llego ahí enseguida.

La joven guardó su teléfono.

—¿Qué pasa? —preguntó Sacha.

—Los demás están registrando los alrededores por si hubiera más de estas cosas merodeando alrededor; aunque parece que quizás este sea el único —señaló el enorme cadáver—. No hay señales de otro.

—Entonces, ¿se terminó? —preguntó Taylor, esperanzada.

—Tal vez por esta noche —Louisa volteó hacia la puerta—. Jones quiere vernos a todos en su oficina. Alastair y yo tenemos que ayudar a terminar la búsqueda. ¿Estarán bien ustedes dos?

Sacha volteó a ver a Taylor.

—Estaremos bien —le prometió.

Una vez que Louisa se fue, la joven bajó la vista hacia el enorme cuerpo.

—¿Qué debemos hacer con él?

—Ellos se encargarán —el joven se dirigió hacia la entrada abierta, pasando con cuidado encima de los escombros—. Salgamos de aquí. Tenemos que hablar.

Nunca antes le había visto un gesto de tal seriedad.

Se quedaron conversando en el patio interior durante un rato. Solo les tomó unos pocos minutos animarse a partir. Cuando llegaron a la oficina del decano, su decisión había sido tomada.

A Jones no le entusiasmaba la idea.

—No debemos apresurarnos —les advirtió cuando la pareja le explicó su decisión—. Necesitamos formular un plan. Tienen que ser pacientes.

—No podemos serlo —respondió Taylor—. Faltan cuatro días para el cumpleaños de Sacha. Tenemos que irnos.

—¿De verdad creen que estarán más seguros al descubierto de lo que están aquí? —argumentó el decano—. Esta noche, cuando los atacaron, una docena de personas corrieron a salvarlos. ¿Quién los ayudará en Francia?

—Pero al final —le recordó Taylor—, fuimos nosotros quienes nos salvamos.

Y así continuaron, una y otra vez. Louisa se sentó en silencio en una silla y los escuchó discutir en círculos. Hasta que, finalmente, fue suficiente.

—Tienen razón —le dijo al decano—. Tienen que irse ahora. Pero no deben marcharse solos. Yo los acompañaré.

Todos voltearon a verla. Lucía cansada pero decidida, con su rostro ovalado aún brilloso de correr y unas oscuras ojeras debajo de sus ojos exhaustos.

–Louisa, eres fuerte, pero no eres un ejército –le respondió el decano con sorprendente dulzura–. No puedes salvar a todo el mundo.

–Sé que no los puedo salvar a todos –explotó–, pero a ellos sí –afirmó, viendo a Taylor y a Sacha–. Alastair también vendrá. Podemos viajar por separado y estar en contacto. Haremos que Mortimer piense que van solos. Si cree que los tiene en su poder, podrán llegar más lejos.

Una vez que Louisa tomaba una decisión, cualquier discusión terminaba bastante pronto. Dándose por vencido ante lo inevitable, Jones mandó llamar a Zeitinger. La expresión del profesor alemán no reflejaba ninguna sorpresa de que lo hubieran citado en mitad de la noche, pues apareció con gran agitación en la oficina del decano, trayendo consigo un arsenal de libros y papeles. Ignoró a los presentes y fue directamente hacia Taylor.

–¿Se van ahora debido al ataque?

–Sí.

–Bien –respondió con firmeza–. Es lo correcto.

–¿Qué tanto avanzó con su investigación? –inquirió el decano, quitándose la corbata. Su chaqueta estaba colgando en el respaldo de la silla y tenía la camisa arremangada a la altura de los codos. Sobre su escritorio se extendía un mapa carretero de Francia , en el cual había estado trazando una ruta junto con Louisa, justo cuando Zeitinger entró.

–Creo que tenemos la información que necesitamos –señaló el profesor–. Hay partes complicadas del libro. Las instrucciones de Falkenstein no siempre son lógicas, pero las bases son claras.

Dejó caer una libreta encima del mapa y señaló una línea de símbolos. Los presentes se reunieron alrededor del hombre para ver. A Taylor le resultaron frustrantemente incomprensibles: triángulos, círculos, líneas garabateadas. Pero Zeitinger parecía satisfecho.

–De acuerdo con Falkenstein –indicó el profesor–, lo más importante es que la ceremonia se lleve a cabo en el lugar exacto donde se lanzó la maldición –precisó con el dedo en su libreta–. En el sitio exacto.

–Profesor, la maldición sucedió hace trescientos años –dijo Sacha, poco convencido–. ¿Cómo vamos a descubrir el lugar exacto donde ocurrió?

El hombre le sonrió satisfecho.

–No tienen que hacerlo. Ya lo hice.

Sacó una hoja de entre la pila de papeles y le dio la vuelta. Era un mapa turístico de Carcassonne. El esquema de colores vívidos lucía incongruente en medio de aquella habitación apagada.

–Este fue el único mapa de Carcassonne que pude encontrar –explicó Zeitinger–. Parece que no hacen mapas de este pueblo con colores normales. Ahora, los lugares de ejecución a menudo se escogían usando métodos paganos. Muchos se situaban intencionalmente en terrenos que se consideraba que tenían poderes místicos. Más tarde se construyeron iglesias en estos mismos sitios. La Iglesia quería suprimir por completo estas antiguas creencias, ¿y qué mejor forma de hacerlo que edificar un templo para el nuevo dios encima del anterior?

Sin esperar respuesta, el profesor sacó una hoja de papel.

–Es la descripción de la ejecución que se encuentra en el libro de la familia de Sacha. Indica que el lugar de la hoguera estaba en el centro de Carcassonne. Este libro… –tomó un volumen encuadernado en piel de la pila que trajo consigo y lo sostuvo en su mano sin abrirlo–…describe la misma ubicación; así que la quema en esa época se efectuaba en la plaza que había en lo alto de la colina, en el centro del pueblo, dentro de los muros de la antigua ciudadela –dijo, presionando su dedo contra un punto en el mapa de Carcassonne–. Sin duda, este es el lugar al que deben ir.

Cuando levantó la mano, Taylor vio la cruz que señalaba el sitio. Se agachó para leer las palabras escritas a un costado.

–La basílica de Saint-Nazaire.

–Una iglesia –dijo el profesor, asintiendo con la cabeza–. Alguna vez fue muy pequeña. Pero luego la ampliaron en el siglo XVIII y después en el XIX. Encima de los antiguos patíbulos.

–No puedo creer que hayan construido una iglesia sobre un campo de ejecuciones –Sacha sonaba escandalizado.

–Primero santificaban el terreno –le comentó Zeitinger–. Lo reclamaban para Dios. Es una especie de purificación. Sin sentido, por supuesto. No se puede anular la práctica oscura con rezos. Pero eso le basta a los sacerdotes.

–¿Y la ceremonia? –preguntó Taylor, mirándolo–. Una vez que encontremos el lugar y entremos en la iglesia, ¿qué debemos hacer?

En ese momento, la expresión del profesor se tornó sombría.

–Sí. Debemos discutir ese asunto –miró alrededor de la habitación antes de observar a Taylor–. Tenemos que hablar en privado, usted y yo. Dejemos que los demás sigan con el planeamiento.

Luego de que nadie se opusiera, el hombre condujo a la joven fuera de la oficina del decano y recorrieron el pasillo hacia una pequeña oficina. El lugar era limpio y moderno, como un cubo impersonal. Taylor se descubrió imaginando quién podría estar ahí a diario, rodeado de tanto vacío.

–No quería que los demás escucharan lo que debo decirle –el profesor revisó sus papeles hasta que halló el que quería y miró a la joven con solemnidad–. La ceremonia es muy difícil y extremadamente peligrosa. Lamento decirle que no estoy convencido de que pueda sobrevivir. ¿Está segura de que desea continuar adelante con este asunto?

El corazón se le paralizó. No quería morir. Pero en la noche vio a aquella criatura y la mató con sus propias manos. Y había visto a los portadores y a aquel hombre cuyo poder oscuro era inimaginable. No había vuelta atrás.

–Estoy segura –respondió con determinación.

El hombre afirmó con la cabeza, como si esto fuera exactamente lo que esperaba.

–Bueno, entonces… –aclaró su garganta y observó la página que tenía en la mano–…deberá empezar con la sangre.

En el transcurso de algunos minutos, que a Taylor le parecieron horas, el profesor le explicó la ceremonia oscura que tendría que oficiar. Sus palabras enlistaban una serie de atrocidades:

*"Haga un corte lo suficientemente profundo como para obtener sangre en abundancia..."*

*"Debe invocar al demonio..."*

*"La lastimó antes y lo hará otra vez..."*

*"Intentará tentarla..."*

*"Recuerde, los demonios mienten..."*

Al concluir, el profesor buscó la mirada de la joven.

–Hay algo más que debe entender –habló con un tono de disculpa, como un doctor que comunica una mala noticia–. El oficiar una ceremonia oscura dejará marcas en su espíritu. Algunas veces estas huellas se extienden; otras, toman el control. Pueden actuar como un ejército oscuro dispuesto a la conquista. Esto pudo ser lo que le ocurrió a Mortimer Pierce. Se aventuró en las prácticas oscuras y ellas se *apoderaron* de él.

A la joven le tomó un momento darse cuenta de lo que el hombre le estaba diciendo.

–¿Está sugiriendo que es posible que termine como él? –susurró–. ¿Que podría perder mi alma?

–Es una de las posibilidades –admitió Zeitinger con pesar–. Hay muchas más. Morir. Sobrevivir. Tal vez pueda defenderse de esas oscuras huellas. Le mencioné antes que hay oscuridad en usted. Pero en sí, usted no es la oscuridad. Lo cierto es que sabemos muy poco acerca de la realidad de este reino. Hay tantas cosas que se han perdido con el tiempo. Este será un experimento muy peligroso.

A Taylor le cansaba que le repitieran acerca de lo poco que sabían al respecto. Cuando algo sale terriblemente mal, lo último que uno quiere escuchar es a los expertos más reconocidos en el mundo diciendo: "Oh, acerca de eso, en realidad aún no lo comprendemos".

Se obligó a conservar la calma.

—Pero, ¿hay algo que pueda hacer para protegerme?

—Siga las instrucciones al pie de la letra. Esa es la clave. No permita que el demonio la tiente. Intentará persuadirla de que está de su lado, o de que usted está del suyo. Es convincente en extremo. Considere lo normal que luce Mortimer, lo accesible que aparenta ser si no lo conoce. Recuerde, sin importar lo que ocurra, Pierce no es lo que parece. No es quien alguna vez fue; de ninguna manera es parte de nosotros. Esa parte del pasado ha muerto. No queda un rastro de humanidad en Mortimer Pierce. Es un monstruo. Nunca lo olvide. No importa lo que pase.

Cuando terminó, Zeitinger colocó su mano arrugada en la de la joven; la piel del hombre se sentía tibia y seca.

—No debe olvidar ni un solo paso. Debe llevar a cabo todo con precisión o todo estará perdido. ¿Lo entiende?

Su boca se había secado. Tragó saliva con dificultad.

—Sí —respondió.

El profesor le acercó un pedazo de papel.

—Lo anoté todo. Por favor, memorice mis palabras. Esté preparada.

La joven tomó el papel de su mano prácticamente sin mirarlo, antes de doblarlo y meterlo en su bolsillo. Había escuchado suficiente por el momento.

—Le deseo buena suerte, señorita Montclair —dijo el profesor en tono pesimista—. Lo que ahora está por hacer es algo de lo más difícil. Es una joven muy valiente.

Taylor caminó aturdida por el pasillo en penumbra, y pasó junto a los retratos de los antiguos decanos. No le podía contar a Sacha lo que Zeitinger acababa de decirle, pues jamás le permitiría llevar a cabo la ceremonia si se enteraba de las implicaciones que tendría para ella. El peligro.

Debía conservar el secreto.

Cuando la joven llegó a la oficina del decano, los demás seguían planeando el itinerario. Sacha tenía la mirada fija en el mapa que se extendía a lo largo del lustroso escritorio de madera.

–Deben tomar las carreteras secundarias –comentó el decano, trazando la ruta en el mapa–. Eviten las autopistas. Mortimer los estará esperando. Sabe que se dirigen a Carcassonne, pero hay muchas vías que atraviesan Francia y no puede vigilarlas todas. Diríjanse al sur por las montañas. Eviten las ciudades. Vayan por los pueblos pequeños.

Discutieron el recorrido durante horas y solo se detuvieron cuando el sol salió y Louisa insistió en que era momento de partir.

A Taylor le tomó cerca de cinco minutos empacar una pequeña mochila con un cambio de ropa y un puñado de artículos de aseo personal. No sabía qué llevar ni qué dejar. ¿Qué debe llevar uno al apocalipsis? Sin duda, no se necesitará rímel.

Cuando tomó el cepillo para el cabello, alcanzó a verse en el espejo ubicado encima de la cómoda. Lucía pálida, aunque fuera de eso perfectamente normal, y eso de algún modo le pareció ridículo. ¿Por qué no tenía el pánico escrito en el rostro? ¿Cómo podía seguir pareciéndose a ella misma cuando todo cuanto la rodeaba había cambiado?

Obligándose a apartar la mirada, abrió de un jalón el cajón de la cómoda y tomó algo de ropa adecuada para el viaje: pantalones negros, una blusa de manga corta y calzado con el que pudiera correr.

Unos minutos más tarde se encontró con Sacha al pie de la escalera de los dormitorios. Cuando vio lo que ella llevaba puesto, le dijo:

–Espera aquí.

El joven corrió de regreso a su habitación y volvió un minuto después con una chaqueta de cuero desgastada.

–Hace frío en una motocicleta –le dijo, sosteniéndola para que se la pusiera–, incluso en un día caluroso.

Las mangas eran tan largas que Taylor tuvo que enrollarlas. Sin embargo, la piel se sentía suave y tibia. Y llevaba impregnado el olor de Sacha, parecido al jabón y al aire fresco. Era reconfortante.

El decano los esperaba en el silencioso vestíbulo, junto con Alastair y Louisa; cada uno sostenía un vaso grande con café y una bolsa con bollos. El estómago de Taylor estaba demasiado estropeado como para aceptar alimento.

–Sé que no debo mencionarles lo peligroso de este asunto –les dijo Jones–. O lo agradecido que estoy con ustedes por lo que están haciendo.

–Un momento, por favor –la voz con acento alemán provino de la puerta principal, desde donde Zeitinger se apresuraba a llegar hasta ellos–. Tengo algo para la señorita Montclair.

El decano frunció el ceño, pero aguardó junto con los demás a que el hombre de cabello canoso se acercara, sin aliento. Taylor alcanzó a ver que llevaba algo en las manos.

–Fue muy difícil encontrar esto –le confesó el profesor–. Creo que estaba escondido, pero lo necesitará.

El hombre puso en sus manos una caja estrecha y alargada. Era de un azul descolorido y estaba cubierta de suave terciopelo, como un alhajero, aunque era extrañamente pesado.

–Use esto para la ceremonia.

Taylor hizo un movimiento para abrirla pero el profesor negó con la cabeza, poniendo su mano sobre la de ella.

–No ahora, señorita Montclair –comentó en voz baja–. Quizás sea mejor que la abra en privado.

Intrigada, accedió a hacerlo, deslizando la caja en su mochila. Aunque el mantenerla en secreto la ponía nerviosa. Sentía su presencia como un peso. Lo que sea que contuviera el estuche de terciopelo la asustaba.

–Le deseo muy buena suerte, querida –le dijo el profesor tomando su mano.

El tono en la voz del hombre le anunciaba lo que la joven ya sabía: que iba a necesitar lo que había dentro.

Observándola por encima del hombro de Zeitinger, Louisa llamó la atención de Taylor con un gesto de impaciencia.

–Vámonos –sin esperar a que los otros estuvieran de acuerdo, se echó la mochila al hombro y, con el café en una mano, se dirigió hacia el estacionamiento–. Tenemos que acabar con un demonio.

Taylor se apresuró a alcanzar al grupo y juntos caminaron hacia donde estaban estacionadas la camioneta y la motocicleta, una al lado de la otra, en el estrecho pasaje detrás del edificio administrativo.

–Deberías decir "matar" –sugirió Alastair, caminando a grandes zancadas a un costado de Louisa–. Tenemos que *matar* a un demonio.

–¿Ese es el término correcto? –preguntó, encogiéndose de hombros–. Me declaro culpable.

–Ya sé que te he dicho esto antes, pero deberías estudiar más, Louisa –mencionó el joven con un tono de superioridad.

–Púdrete, Alastair.

Sacha soltó una carcajada.

Taylor sabía que las bromas eran un teatro y que en realidad estaban tan nerviosos como ella, pero le alegraba que lo hicieran. Por lo menos alguien actuaba con normalidad.

Porque lo normal ahora parecía muy lejano.

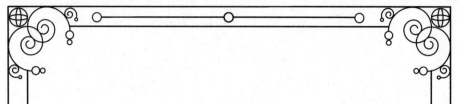

Sacha conducía muy rápido, pero no quería disminuir la velocidad. La motocicleta rugía debajo de ellos, y las manos de Taylor sentían la tibieza de su compañero al rodear su cintura. Una carretera francesa se extendía, larga y recta, frente a ellos.

El joven se había liberado del colegio. De Oxford. Era libre, por el momento, de Mortimer.

Llevaban horas de trayecto en la carretera. Tomaron el transbordador sin ningún incidente y desde entonces habían estado conduciendo por caminos secundarios, sin ninguna señal de la energía oscura cerca. Louisa y Alastair seguían una ruta distinta. Taylor observaba para asegurarse de que todo estuviera bien.

Hasta el momento, el plan estaba funcionando a la perfección. El único problema residía en una debilidad humana muy elemental: Sacha estaba exhausto. El camino continuaba nublándose ante sus ojos y encontraba cada vez más difícil sostener el manubrio.

No había dormido la noche anterior y ahora estaba entrada la tarde.

–¿Estás bien? –le gritó Taylor para que el viento no se llevara su voz .

Con los ojos fijos en el camino, Sacha asintió. Se encontraba bien. Perfectamente bien. Tenía que estarlo.

Pasaron otra señal de tránsito indicando París. Estaba a ciento setenta y cinco kilómetros; no faltaba nada. Podría llegar a casa en un par de horas, sentarse en el sillón con su mamá y con Laura, contarles de los profesores en San Wilfred y hacer que todo sonara simpático.

París era como un faro que lo llamaba. ¿Qué tal si moría? ¿Y si nunca volvía a ver a su familia?

Los márgenes de la carretera se tornaron borrosos una vez más y tuvo que parpadear para aclararse la vista.

Tenía que dejar de pensar, pero es que estaba tan *cansado*.

Perdido en sus pensamientos tortuosos, a duras penas se dio cuenta de que habían entrado a un pequeño pueblo, hasta que la luz roja de un semáforo surgió ante él y lo obligó a accionar los frenos de golpe, para apenas conseguir esquivar el auto que pasaba frente a ellos.

Taylor se estrelló contra él. Sacha bajó el pie para equilibrar la motocicleta, que amenazaba con volcarse.

–Perdón –dijo, volteando a ver a su pasajera.

Los ojos verdes cargados de preocupación lo miraron a través del visor.

–Estás verdaderamente cansado, Sacha.

–Sí, lo estoy –admitió a regañadientes–. Quizás debamos descansar.

El casco de la joven se movió de arriba abajo en completo acuerdo.

–¿Qué opinas? –preguntó Sacha haciendo un gesto hacia el pueblo–. ¿Es seguro?

El semáforo solitario pendía sobre un cruce de lo que parecía un típico pueblo francés. Todas las casas estaban construidas con la misma piedra de un amarillo pálido. Las rosas brillantes colgaban de los viejos muros. Una iglesia con un alto campanario estaba situada justo en medio.

La joven se quitó el casco, dejando caer un lío de rizos rubios alrededor de sus hombros. Tenía las mejillas rosadas. Un brillo aterciopelado de sudor le cubría el puente de la nariz.

Ambos miraron alrededor de la diminuta plaza local, con sus árboles agitándose bajo la brisa de verano.

—Me parece seguro —respondió después de un segundo—. No hay tipos malos.

Sacha estacionó la motocicleta en un carril angosto en el borde de la plaza. Cuando apagó el motor, el silencio fue ensordecedor. Sin embargo, conforme sus oídos se acostumbraban, el joven alcanzó a escuchar la brisa que soplaba a través de los árboles y a las aves que trinaban sobre sus cabezas. Las risas de los niños llegaban flotando del jardín de algún vecino.

Cuando su estómago rugió, ambos alcanzaron a oírlo. No habían comido desde que abandonaron el transbordador varias horas atrás.

—Muero de hambre —dijo Sacha.

—Yo también —Taylor estiró sus músculos tensos—. Creo que vi una panadería en la avenida principal. Veamos si está abierta.

Ambos se mantuvieron en alerta máxima al atravesar la tranquila plaza, pero todo parecía estar agradablemente dentro de la normalidad.

Una anciana que paseaba a su pequeño perro con una larga correa, los saludó cortésmente con la cabeza al pasar junto a ellos. Un hombre corpulento ni siquiera volteó a verlos mientras transitaba ruidosamente por el pueblo sobre un enorme tractor verde.

*Es solo un pueblo soporífero*, se dijo Sacha. Sin embargo, no podía dejar de voltear por encima de su hombro.

La diminuta panadería se encontraba cerca de la iglesia, en un pequeño edificio de piedra pintado de amarillo y blanco. La campana que se hallaba encima de la puerta emitió un alegre tintineo cuando los jóvenes entraron.

La mujer que estaba detrás del mostrador bajó el periódico que tenía en las manos y volteó a verlos. Llevaba puesto un delantal sobre sus jeans, y su rostro avejentado se arrugó al sonreírles. Su cabello largo hasta los hombros tenía un increíble tono rojizo.

Ordenaron emparedados y bebidas frías, luego aguardaron a que la mujer empacara la comida en bolsas, mientras parloteaba vivamente en un rápido francés. Sacha se descubrió mirando con ansias los panes y pasteles: las nubes de nata azucarada y los glaseados brillosos. Hasta ese momento no se había dado cuenta de lo hambriento que estaba. Se hubiera podido comer todo lo que veía.

Taylor se inclinó para ver los panes a través de la vitrina.

–¿Cuál es tu favorito?

Sin dudarlo, el joven señaló un pequeño pan cubierto de un glaseado verde pálido, y espolvoreado en un extremo de chocolate.

–Ese de ahí.

–¿De verdad? –dijo Taylor, examinando con desconfianza la masa verde.

–Es delicioso –insistió el joven–. Tiene una natilla cremosa adentro que, ¡oh, Dios mío!, es increíble.

Con solo hablar de él se le hacía agua la boca. Sacha volteó a ver a la panadera que los estaba mirando con una expresión risueña.

–Dos *salambos*, por favor –pidió en francés, señalando el pan verde–. Y algo más, en caso de que no le guste.

–¿Nunca ha probado el *salambo*? –la mujer chasqueó la lengua y empacó los dos panecillos en una caja de cartón–. ¿Cómo es posible?

Sacha podría haberle respondido que no hay *salambos* en Inglaterra, pero no tenía ganas de compartir ninguna información con extraños, sin importar lo inofensivos que parecieran, por lo que en lugar de eso distrajo a la mujer ordenando más.

Junto con los panecillos, compró unos empalagosos palos de nata y chocolate, algunos pasteles y un par de minitartas de limón. Le explicó a Taylor con cierta actitud defensiva:

–Quién sabe cuándo tendremos oportunidad de comer otra vez. Todo cierra más temprano en provincia.

Los jóvenes pagaron y salieron. Sacha sabía que debían irse, tenían que mantenerse en movimiento, pues ese era el plan más seguro, además de que para ese momento Louisa y Alastair probablemente los adelantaban miles de kilómetros. Pero no podía con ello. Le dolía cada músculo del cuerpo.

–Descansemos un segundo –al ver un banco en una esquina alejada de la pequeña plaza vacía, la señaló haciendo un gesto en línea recta.

Taylor no se opuso. Las ojeras debajo de sus ojos delataban su propio agotamiento.

El banco estaba tibio y se sentaron en él con alivio. El sol del atardecer esparcía gotitas doradas de luz a través de las ramas. Un gato escuálido y atigrado se acicalaba plácidamente en un charco de luz.

–¿Estás tan cansado como yo? –preguntó Taylor, frotándose los ojos.

–Cansadérrimo –respondió, y luego hizo una pausa para considerar lo que había dicho–. ¿Existe esa palabra?

–Ahora ya existe –bostezó–. Podría dormirme aquí mismo.

Sacha contemplaba al gato, que acababa de estirarse y de cerrar los ojos.

–Creo que yo ya estoy dormido.

Sacudiéndose, Taylor tomó la caja de panes.

–Quizás la comida ayude. ¿Me darías un palito de nata?

–No –replicó él con firmeza, sacando uno de los panecillos verdes–. Primero debes probar este. Es maravilloso.

–¿Tengo que hacerlo? –preguntó, haciendo una mueca.

–Sí.

Cuando ella lo miró con gesto trágico, él puso los ojos en blanco.

–Mira, si terminas odiándolo puedes... escupirlo. El gato se lo puede comer.

El joven sostuvo el panecillo. Con evidente renuencia, la joven se inclinó hacia adelante para dar un mordisco desconfiado. Los ojos de Taylor se abrieron.

–Oh, Dios mío. Está delicioso. Para nada sabe como se ve.

Con una sonrisa, Sacha se comió la mitad del pan de una mordida y habló con la boca llena.

–Te lo dije.

Taylor buscó el panecillo restante.

–Solo una mordida más...

El rugido del motor de un automóvil que entraba al pueblo ahogó la última parte de su oración. Ambos se agacharon. El elegante auto negro entró a toda velocidad por la pequeña avenida principal y rechinó los neumáticos al frenar en el borde de la plaza.

Sacha maldijo. ¿Qué habían estado pensando? Había sido una estupidez detenerse. Una idiotez.

Buscó urgentemente una ruta de escape, pero estaban muy lejos de la motocicleta. Tenían que atravesar la plaza y no había forma de hacerlo sin ser vistos.

Las puertas del vehículo se abrieron de golpe. Instintivamente, el joven buscó a Taylor, sin saber bien cómo reaccionar; cómo protegerla. Pero ella ya estaba en pie, con la mirada puesta en el automóvil y el sonido de la energía crujiendo a su alrededor, lista para el combate.

En ese momento, la puerta de la panadería se abrió con un tintineo y la mujer que los había atendido hacía un momento estalló en fuertes quejas. Un hombre de mediana edad, parcialmente calvo y con barriga, salió del auto y comenzó a gritar con la misma furia. Ambos discutieron brevemente –acerca de su lentitud, de cómo era muy tarde para recoger el pedido de azúcar que ella necesitaba para el día siguiente y sobre por qué él era tan irresponsable–, hasta que el hombre se volvió a subir al vehículo y se marchó estrepitosamente, rechinando los neumáticos.

Aún hablando entre dientes, la mujer se dio medio vuelta y se dirigió al interior del negocio, cerrando la puerta con un enfurecido golpe seco.

Con el corazón aún acelerado, Sacha se dejó caer en el banco.

–*Putain* –insultó–. Eso me asustó.

A Taylor se le fueron los colores del rostro. Claramente temblorosa, se desplomó en el banco y volteó a ver al joven.

–Pude haberlo matado, Sacha.

Su voz sonaba agitada. Seguía observando sus manos como si no las reconociera.

Él no estaba seguro de qué decir. ¿Cómo podía decirle que, en ese breve e intenso momento, quería que matara a aquel hombre?

Sin hablar, el joven tomó la mano de su acompañante, que tenía los dedos pegajosos por el panecillo que ahora yacía en la tierra bajo sus pies.

–Odio esto –dijo ella en voz baja.

–Yo también.

–¿Qué vamos a hacer? –preguntó, levantando la vista hacia su acompañante.

–Vamos a ir a Carcassonne –le respondió– y vamos a hacer que esto se detenga.

Los dedos de la joven sujetaron los de él. Después, con un suspiro de cansada resignación, lo soltó y se levantó.

–Será mejor que nos vayamos.

Aquel momento lo había cambiado todo. Mientras caminaban de regreso a la motocicleta, Sacha sintió peligro por doquier: en la oscura y larga sombra de la iglesia; en el volumen de la música que salía de las ventanas de un auto que pasaba por ahí.

¿Por qué se detuvieron en este lugar? No había refugio en este pueblo. Cuando llegaron a la motocicleta, el joven metió la caja con los panecillos en su mochila y le lanzó a Taylor su casco. Ella se lo colocó en silencio. Sabía que estaba tan ansiosa por salir de aquí como él, ¿pero hacia dónde? La casa de seguridad más cercana se encontraba por lo menos a doscientos kilómetros de distancia. Jamás conseguirían llegar tan lejos esa noche. Él estaba demasiado cansado.

—Creo que deberíamos buscar un lugar donde dormir –le dijo, mientras ella subía detrás de él a la motocicleta.

Para su sorpresa, la joven accedió de inmediato.

—Buena idea. ¿Dónde?

Sacó un mapa de su bolsillo y lo desdobló en su regazo. Taylor se inclinó sobre el hombro de Sacha para ver.

—Estamos aquí –dijo, señalando un punto–. Debe haber un lugar cerca…

Revisó con la punta del dedo la ruta que habían planeado y se detuvo al llegar a una vasta extensión de bosque verde.

—Este bosque nacional está como a una hora de camino. Allá podríamos encontrar algún lugar para quedarnos.

—No habría gente por allá en la noche –dijo Taylor con aire pensativo–. Ni habría razón para sospechar que estaremos ahí.

No era una solución ideal, pero tendrían que arreglárselas con eso. Sacha se decidió.

—Avísale a Louisa que eso es lo que haremos –dijo, doblando el mapa y guardándolo.

Taylor sacó el teléfono de su bolsillo y presionó el botón de marcar.

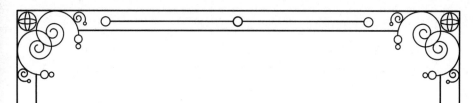

**20**

–Es una mala idea –murmuró Alastair.

–No te contradigo –dijo Louisa, guardando su teléfono–. Pero no los culpo. Están agotados. No han descansado nada en más de veinticuatro horas.

–Si continuaran unas cuantas horas más, podrían llegar a una casa de seguridad –no había enojo en la voz de Alastair, pero en su gesto había preocupación.

En secreto, Louisa se sentía tan inquieta como él. Estaban tan cerca.

–El lugar que eligieron está bien pensado –pronunció estas palabras tanto para ella como para él–. Se pueden perder ahí unas cuantas horas, dormir un poco y salir antes de que amanezca.

–Pero no podremos estar con ellos –le recordó él innecesariamente–. Y ambos sospechamos que Mortimer nos sigue.

Intercambiaron miradas.

–¿Por qué no se lo dijiste a Taylor?

Louisa miró por la ventana hacia el bosque espeso.

–¿Qué caso tiene? Si él aparece en algún punto cerca de ellos, ella lo sabrá. No quiero que se asusten más de lo que ya están.

La joven se preguntó si había tomado la decisión correcta. Durante todo el día había percibido señales débiles de energía oscura. Había comenzado a sentirlas cerca de sesenta kilómetros después de que pasaron Calais y desde entonces las había notado de forma intermitente.

Era imposible rastrearlas, pues siempre estaban fuera de su alcance. Pero persistía la sensación de que los estaban siguiendo. Habían realizado todas las acciones evasivas que conocían y, sin embargo, ambos percibían la energía periódicamente.

–Es como si nos estuviera siguiendo a una gran distancia –especuló Alastair después de la segunda vez que lo detectaron–. O se encuentra cerca y de algún modo se protege.

–Eso significa que nos sigue a nosotros pero no a ellos –afirmó Louisa–. Que es lo que queríamos, ¿cierto?

–Vamos ganando –murmuró el joven.

Se veía tan cansado. Unas profundas ojeras enmarcaban sus ojos y su cabello de un rubio oscuro estaba todo desordenado.

Se había encargado todo este tiempo de conducir porque Louisa nunca había aprendido a hacerlo; antes no le había parecido importante. Era una chica de ciudad y siempre lo sería. Siempre que hubiera transporte público, el manejar se lo dejaba a las otras personas.

Ella también debía estar cansada porque, por alguna razón, la situación le traía recuerdos de sus padres adoptivos, que metían a los hijos en el destartalado auto familiar, y ella no había pensado en eso durante años.

En su memoria, ella era la última en entrar, como de costumbre. A la que siempre olvidaban. La que siempre estorbaba.

—Puede apretujarse ahí —decía su madre adoptiva, frunciendo el ceño mientras Louisa intentaba torcerse para caber entre el asiento del bebé y su hermanastro, quien se le quedaba viendo si lo tocaba.

Escuchaba a sus padrastros murmurar entre ellos acerca de la falta de espacio y dinero, y "ahora que el bebé llegó, quizás tengamos que considerar si hay algún otro lugar al que ella se pueda ir".

Lo decían como si ella no tuviera oídos. Como si ellos no tuvieran corazón.

El caso es que a ninguno de ellos les importaba, ¿no es verdad? No, a ninguno.

—Este parece ser el lugar.

Las palabras de Alastair la sacaron de una sacudida de sus recuerdos.

Parpadeando con fuerza, negó con la cabeza intentando despejarla. El joven estaba doblando para salir de la autopista y tomar un camino estrecho que conducía hacia un bosque espeso. El único indicio de que estaban entrando a un parque nacional fue una pequeña señal que incluía una lista de actividades prohibidas.

—Creo que ahí dice que si encendemos una fogata nos meterán a la cárcel —observó la joven.

—Primero tendrían que atraparnos. Y esta camioneta es rápida como el viento.

Los caminos dentro del parque ascendían abruptamente a través de las colinas arboladas. A pesar de que aún había bastante luz en las planicies, en el bosque estaba oscuro como si fuera de noche, así que Alastair encendió los faros delanteros.

El ambiente era lúgubre bajo la sombra de los árboles. Serpentearon cuesta arriba, ascendiendo y ascendiendo, hasta alcanzar la cima, donde por poco tiempo hubo luz otra vez.

Louisa buscó por todos lados el rastro de la motocicleta negra, pero había numerosos caminos secundarios que conducían hacia el bosque; Sacha y Taylor podrían haber tomado cualquiera de ellos.

Cuando la joven sacó su teléfono para llamar y averiguar dónde se habían estacionado, no aparecía ninguna barra en la esquina de la pantalla.

–Maldita sea, no hay señal.

Alastair condujo la camioneta alrededor de una empinada y cerrada curva. Tenía la mirada fija en el trayecto cada vez más accidentado que se abría frente a ellos.

–¿Qué hacemos? ¿Sigo manejando?

Louisa se mordió el labio al considerar las opciones. Este era un buen lugar para pasar la noche, sin embargo, no se había percatado de las implicaciones tecnológicas. Estarían desconectados uno del otro hasta el otro día.

La joven continuó buscando en la espesura del bosque algún rastro de la característica energía alquímica de Taylor; no obstante, era imposible encontrarla. No llegaba lejos; ni siquiera con el alcance de su fuerza. El lado positivo es que tampoco había indicios de energía oscura. Hasta donde alcanzaba a percibir, se encontraban solos.

Alastair se deshizo en insultos cuando el camino comenzó a zigzaguear de nuevo. No había barandilla protectora y un costado de la ladera se precipitaba hacia la oscuridad por una pendiente muy escarpada.

–Estos no son caminos –murmuró, entrecerrando los ojos para ver entre las sombras–, son pasos de cabras.

Ambos estaban demasiado cansados para estar metidos en estos líos. No era seguro.

–Debemos estacionarnos –sugirió Louisa.

–Genial. ¿Dónde? –Alastair miró alrededor como si un lugar para estacionar fuera a aparecer ante ellos.

–Debe haber un estacionamiento en algún lugar.

–Lou… –la miró de soslayo, haciendo resonar los cambios al meter una velocidad inferior–, te das cuenta de que estamos en medio del bosque, ¿no es así?

–Estoy buscando un buen lugar –dijo serenamente–. ¿Me dejas hacerlo?

–¿Qué tal ahí? –señaló con el dedo.

Habían llegado a la cima de una colina; un área abierta y llana se extendía justo a un costado del camino.

–Creo que puedo meter la camioneta ahí sin que nos atoremos.

El sitio no estaba particularmente protegido, pero en realidad tampoco se estaban ocultando. Louisa dudaba seriamente que las autoridades francesas anduvieran en los parques buscando de noche camionetas errantes. Además, el lugar tenía una buena vista del valle que se extendía abajo; si alguien subía, los jóvenes alcanzarían a verlo antes de que llegara a la cumbre.

–Por mí está bien –señaló–. No hay un alma aquí arriba que se vaya a quejar.

Salieron atropelladamente del camino hacia el punto que se encontraba cerca de un grupo de árboles. Alastair apagó el motor y se apoyó en su asiento dando un suspiro de alivio.

–Gracias a Dios que acabó –levantó la mirada hacia los últimos rayos de sol que teñían el cielo de tonos ámbar y rojizos–. ¿Y ahora qué?

Louisa sostuvo su teléfono lo más alto que pudo. Seguía sin encontrar señal.

–Dame un segundo –bajó la ventanilla y salió trepando al techo del vehículo tras un fuerte impulso.

–Lou… –Alastair se asomó por la ventana para verla–. ¿Qué diablos haces?

–Solo… dame un segundo, ¿quieres?

La joven levantó el teléfono por encima de su cabeza y lo balanceó a izquierda y derecha. En vano.

Cuando quedó claro que no había nada más que pudiera hacer, se quedó parada un momento encima de la camioneta y examinó el valle. Estaba perfectamente tranquilo. El único movimiento provenía de un halcón que volaba lentamente en círculos, con el claro cielo azul de fondo.

Louisa aterrizó en el suelo con un ágil movimiento atlético. Alastair la observó con un gesto desconcertado.

—Ahora —dijo la joven—, esperamos.

**21**

El sitio que Sacha y Taylor eligieron se situaba al borde de un lago, bastante alejado del camino, y quedaba oculto al fondo de un accidentado camino sin pavimentar. No podían estar mejor escondidos.

De hecho, lo hubieran pasado por alto si Taylor no hubiera visto el pequeño letrero alumbrado por el faro delantero. Lo único que decía era: "Lac Le Bac", y una flecha señalaba hacia un espeso muro de coníferas.

–¿Qué tal ahí? –sugirió Taylor.

Sacha redujo la marcha de la motocicleta y luego se encogió de hombros. El lugar parecía bastante apartado.

–Vamos a ver.

Descendió con cautela el sendero empinado. La

moto reaccionaba de un modo distinto en la tierra; era más inestable, menos segura. Taylor se sujetó con fuerza a la cintura del joven, mientras él libraba lentamente la bajada.

El trayecto pareció durar una eternidad pero, de pronto, la pared de ramas se redujo y frente a ellos apareció una amplia extensión de un color azul diamantino. El agua era diáfana como el cristal y la superficie reflejaba el anochecer del cielo como si fuera un espejo. Sacha silbó sorprendido.

—Ese sí que es un lago.

Una bandada de aves acuáticas se había asentado cerca de la orilla para pasar la noche. Pero el estruendo del motor las perturbó y las hizo volar con aleteos ansiosos.

Sacha continuó conduciendo lentamente; siguió por el camino accidentado que rodeaba el borde del lago durante un breve tramo, antes de señalar el sendero que llevaba hacia una pequeña caleta resguardada por un grupo de árboles.

—Ahí puedo esconder la motocicleta.

Ya estaba refrescando, así que Taylor se ofreció a encender una fogata en lo que él camuflaba la moto. Mientras él empujaba el vehículo detrás de los árboles y lo cubría con ramas sueltas para que no fuera visible ni un centímetro, ella casi había terminado de juntar madera seca en una pila bien ordenada.

La tierra blanda amortiguó las pisadas de Sacha y ella no lo escuchó acercarse.

Cuando la joven se arrodilló para acomodar las ramas con suma precisión, los risos le cayeron sobre los hombros en completo desorden. Su gesto expresaba tal seriedad —tan absoluta concentración— que, a pesar de estar tan cansado, Sacha no pudo evitar sonreír. Era obvio que Taylor armaría una pila obsesivamente ordenada para encender la fogata. Y también era obvio que tenía un sistema para hacerlo.

Se quedó parado un momento, observándola. ¿Cómo podía mantenerla a salvo? ¿Había algún modo de protegerla de lo que estaba por venir? No era la primera vez que se sentía abrumado por la urgencia de salir corriendo; de querer abandonarla en este lugar apartado de todo y simplemente ir a entregarse a Mortimer. Quería ofrecer su propia vida a cambio de la seguridad de ella.

Pero los alquimistas tenían razón, pues entregar su vida no mantendría a salvo a los demás. Solamente desataría la destrucción. Estaban atrapados.

Algo en el ambiente debió haber cambiado, pues Taylor volteó a verlo. Los ojos de ella exploraron su rostro.

–¿Te encuentras bien?

Suavizando su expresión, el joven se arrodilló junto a ella frente a la metódica pila de leña.

–¿Cómo lo encendemos? No traigo cerillas.

Las estrellas habían comenzado a asomar en el cielo. El sol casi acababa de ocultarse en ese momento. Sus dientes destellaron blancura cuando le sonrió.

–No necesitas cerillas. Me tienes a mí –dijo, levantando las manos sobre la madera seca.

Sacha creyó haber sentido la ráfaga de energía corriendo hacia la joven, como si la tierra se apresurase a responder a su llamado. Pero bien pudo tratarse de su imaginación.

En un instante, la lengua dorada de una llama empezó a lamer la leña, y un hilillo de humo ascendió hacia el cielo. Sosteniendo su cabello para impedir que le cayera en la cara, Taylor se inclinó para soplar la llama, invitándola a avivarse.

La llama bailó y se estremeció antes de asentarse en la leña y comenzar a crecer. Un leve cosquilleo de calor emanó hacia los jóvenes.

–Eso fue muy impresionante –Sacha miró con admiración a Taylor, quien mantenía las manos encima de la fogata para absorber el calor–. Ahora tienes un gran control.

–Me va a ahorrar una fortuna en cerillas –con el rostro iluminado por las llamas, volteó a verlo–. Estoy hambrienta. Ojalá también pudiera crear comida. Podríamos organizar una parrillada.

–No tienes que hacerlo.

El joven se levantó pesadamente, se sacudió la tierra de las rodillas y caminó hacia la motocicleta para sacar la caja de cartón de su mochila. El paquete estaba maltrecho y arrugado en algunas partes.

–Apuesto que te alegra que no haya dejado los panes… –empezó a decir mientras caminaba de regreso a la fogata, pero su voz se apagó.

El fuego ardía intensamente, pero la joven no estaba.

–¿Taylor? –intentó disimular el pánico en su voz, pero sus manos terminaron aplastando la caja de panecillos.

Apenas se había alejado un segundo. ¿Cómo podía haber ocurrido esto?

–¿*Taylor?*, ¿dónde estás? –esta vez, el miedo inundó su voz y no le importó demostrarlo.

–Aquí estoy –la respuesta salió flotando de la penumbra en la orilla del lago. El resplandor de la fogata iluminó a la joven, que se sacudía el agua de las manos–. Tenía que lavarme. Estaba sucia.

Su cara estaba húmeda y se había recogido los rizos en un moño poco apretado. El joven alcanzaba a distinguir las curvas de su figura, delineadas por las llamas.

El alivio hizo que se le ablandara el esqueleto. Ella se encontraba bien. Sacha tuvo que contenerse para no atraerla y tomarla entre sus brazos.

Sin saber lo espectacular que se veía a ojos del joven en ese momento, la joven se frotó las manos en los pantalones para secarlas.

–El agua está helada. Es como hielo. Ojalá tuviéramos jabón. Creo que huelo mal.

Sacha parecía incapaz de pensar en una respuesta adecuada. Desesperado, levantó la caja de panecillos aplastada.

–Traje la cena.

**22**

–Hubiéramos traído más comida –Louisa miró con tristeza la bolsa vacía de galletas digestivas.

–Porque no sabíamos que íbamos a terminar participando en un maldito desafío de supervivencia, ¿o sí? –resopló Alastair–. Se supone que tendríamos que estar en una casa de seguridad en este momento.

–Eres insoportable cuando tienes hambre.

–Tengo frío y me siento desconectado. No me gusta esto, Lou.

–Tampoco me enloquece, lo sabes. Tengo que orinar en el bosque, como un *oso*.

Al encogerse de hombros, el joven dejó en claro que en realidad no le importaba su forma de orinar.

–¿Qué hora es? –preguntó Louisa, a pesar de que su teléfono estaba cerca y hubiera podido revisarlo.

Alastair echó un vistazo a su reloj.

–Pasadas las nueve.

–¿Las nueve? –exclamó ella arqueando las cejas–. ¿Cómo puede ser que no sea más tarde? Parece que llevamos años en este lugar.

–Llevamos dos horas –señaló él, cruzándose de brazos–. Disculpa que mi compañía te resulte tan aburrida.

La joven volteó a verlo con una arruga marcada en el entrecejo, en señal de extrañeza. Nunca discutían. Alastair nunca cruzaba esa línea. Louisa sabía que ambos necesitaban dormir y comer, pero la adrenalina los mantenía despiertos y sus temperamentos se crispaban.

–Creí que te gustaba acampar –le dijo–. Eres el chico de campo de esta camioneta. Deberías estar en tu elemento.

–Mis *abuelos* tienen una granja –respondió con premeditada lentitud–. Yo crecí en Chichester.

La joven no tenía idea de dónde quedaba ese lugar.

–¿No queda eso en el campo?

–Por Dios –exclamó, deslizándose en su asiento y apoyando la barbilla en el pecho, como un niño que hace berrinche–. Es una ciudad en el sur de Inglaterra y tiene una simpática catedral. Te la puedo mostrar en un mapa.

–No necesito verla en un mapa –replicó, sin morder el anzuelo–. Solo me sorprende no saber de dónde eres. ¿Cómo es que no lo sabía?

–Nunca preguntas.

Vino un silencio. Louisa no podía pensar en otra cosa para decir.

Alastair era más cercano a ella que cualquiera. ¿Cómo podía haber olvidado preguntarle dónde había crecido? Sabía que su color favorito era el verde, que le gustaban los perros y caminar. Sabía que sus padres eran alquimistas que habían asistido a San Wilfred de jóvenes. Que tenía una hermana a la cual adoraba y que era apenas un poco menor que Taylor.

Pero toda esa era información que él le había dado; era el tipo de datos que surgen durante una conversación. En realidad nunca le había preguntado nada acerca de su vida.

–Bueno, entonces soy una idiota –exclamó con firmeza–. Cuéntame de tu familia. Quiero saber.

–¿Te encuentras bien, Lou? –preguntó arqueando las cejas–. ¿No te sientes enferma ni nada?

–Estoy bien. Solo intento desidiotizarme –se acomodó en el espacioso asiento delantero de la camioneta, de forma que quedó sentada con las piernas cruzadas frente a él–. Cuéntame.

–Bueno –dijo con cautela–, mi papá es abogado y mi mamá, psicóloga. Fui a la escuela pública hasta los doce años y luego me cambiaron a una privada, porque me la pasaba queriendo leer más libros de los que había en la biblioteca.

–No me sorprende –comentó Louisa con una sonrisa–. Cuéntame más.

–¿Qué más te puedo decir? –expresó, levantando las manos–. Teníamos un perro llamado Pepper, que murió hace tres años.

–¿Cómo es tu casa? –le preguntó para que continuara hablando–. ¿Es vieja o nueva?

–Algo vieja –miró por la ventana, como si la estuviera imaginando–. Es una de esas casas llenas de rincones de los años treinta que nunca se calientan, excepto la cocina. Así que todo el mundo siempre está metido en la cocina. Ya sabes de qué hablo.

A decir verdad, no lo sabía. Louisa había crecido en departamentos y en viviendas deshabitadas, además de los años que vivió con familias adoptivas en distintos lugares en los suburbios de Liverpool, y de una niñez temprana que no podía recordar. Hubiera dado lo que fuera por tener recuerdos de una casa familiar llena de pasillos y de amor.

–Sé a qué te refieres.

Algo en el tono de su voz atrajo la atención de Alastair.

–Lou… –dijo, sosteniendo su mirada–. ¿Qué sucede? ¿Por qué me preguntas todo esto?

–Es solo… –dejó escapar un suspiro. La quietud era sobrenatural y estaba tan oscuro. La noche parecía escurrirse por las ventanas, como agua.

–Es solo que he visto lo que Mortimer puede hacer y temo que hay una posibilidad de que no sobreviva –volteó a verlo–. Y si voy a morir, quiero hacerlo sabiendo más de ti.

Él se estiró y tomó rápidamente su mano, sosteniéndola con firmeza.

–No vas a morir.

–Podría –le rebatió–. Y no quiero morir lamentando no haber hecho lo único que debería. Lo único que no hice porque tenía miedo.

–¿Y qué es?

La voz del joven era callada y su mano se sentía muy cálida.

–Esto –estirándose para cerrar la distancia que los separaba, la chica lo tomó de la camiseta, por la nuca, y lo jaló hasta que sus labios presionaron los de ella. Lo besó apasionadamente, preparada para que él se apartara en cualquier momento y le dijera que no sentía lo mismo por ella.

Pero no se apartó. En lugar de eso, la rodeó con sus brazos y la atrajo hacia él, besándola con la misma intensidad que ella. Separó los labios de Louisa con su lengua, con una especie de deseo que la dejaba sin aliento.

Las manos de Alastair se apoyaban con fuerza en su espalda; con la suficiente fuerza para sujetarla. Con el vigor necesario, sospechaba, para soltarla si eso era lo que ella también necesitaba.

Cuando finalmente hubo una pausa en el beso, el joven dejó escapar un suspiro tembloroso y le acarició el rostro.

–¿Por qué demonios te tomó tanto tiempo?

Louisa negó con la cabeza, mientras sus manos continuaban apoyadas en los hombros anchos de su compañero. ¿Cómo podía explicarle?

–Quizás yo no sepa todo acerca de ti, pero tú sí de mí. Sabes sobre mi familia, ¿no es verdad?

–Aldrich me contó desde un inicio –afirmó el joven luego de titubear un instante–. Le preocupabas desde que llegaste a San Wilfred. Tenía miedo de que te escaparas y terminaras en las calles otra vez.

A Louisa no le sorprendió lo que escuchó. Aldrich fue quien la encontró después de que ella escapó de prisión, donde estuvo presa por haber matado accidentalmente a un hombre que intentó violarla cuando apenas tenía diecisiete años.

Él había acudido a Liverpool para una reunión y la descubrió en una calle cercana a la estación. Siempre había dicho que el poder alquímico de su protegida "brillaba como una estrella".

Al hombre le había costado bastante trabajo convencerla de que él era quien afirmaba ser. De inicio, ella no le creyó. Lo había amenazado, insultado, huido de él. Pero Aldrich no se rendía. Poco a poco la convenció de su identidad y de lo que ella era.

Sin embargo, no pensaba irse sola con él a Oxford. El profesor tuvo que hacer llamar a su asistente, una joven muy amable llamada Joanne, quien hizo todo el recorrido hasta Liverpool solo para volver con ellos.

Louisa viajó en el asiento trasero del antiguo y elegante automóvil de Aldrich. Aferrada a la manija, planeaba escaparse en caso de que los dos se volvieran en su contra. Pero no lo hicieron. El hombre tarareó en el trayecto las piezas de jazz que sonaban en la radio, mientras Joanne se giraba continuamente en su asiento para asegurarle que estaba a salvo.

Inclusive después de que llegaron a Oxford, y de que Louisa se instaló cómodamente en una habitación cálida y seca para ella sola, tuvieron problemas para convencerla de que se quedara esa noche. Al final la venció el cansancio y simplemente se quedó dormida.

A la mañana siguiente, Alastair apareció en el pasillo afuera de su habitación, con una actitud afectada a más no poder, con su más de metro ochenta de estatura, vistiendo jeans rotos y con un vaso descartable de café en la mano y una bolsa de donas.

–Aldrich me pidió que te trajera esto –le dijo–. La comida de la cafetería podría matarte y no queremos que mueras antes de que puedas conocernos.

La joven siempre supo que había sido una trampa. Aldrich no había enviado al estudiante más listo y simpático de su clase por accidente. Esperaba que se cuidaran el uno al otro. Y ahora, cuatro años más tarde, aquí estaban.

Louisa estaba desesperada. Desesperada por no perderlo. Ahora que Aldrich se había ido, él era todo lo que le quedaba.

La joven miró a los ojos a su compañero, cuyo gesto estaba ensombrecido por el cariño y la preocupación.

–No sé cómo amar a las personas –confesó–. Pero creo que te amo –para su sorpresa, las lágrimas se acumulaban en sus ojos y la voz le temblaba–. Alastair, no sé qué hacer.

Las manos de su compañero la estrecharon con fuerza, trayéndola cerca hasta que terminó por atravesar el panel central de la camioneta y quedó sentada en su regazo, con los brazos del joven rodeándola.

–Sí sabes cómo amar –le respondió, presionando ligeramente su frente contra la de ella–. Y lo que no sepas, yo te enseñaré.

De nuevo comenzaron a besarse y, por lo menos durante un rato, Louisa olvidó sentir miedo.

**23**

Taylor y Sacha se sentaron junto a la fogata. No había luna en el cielo y la oscuridad tenía un aspecto sólido, como si solo bastara estirarse para poder tocarla.

El joven disfrutaba la paz. Le recordaba el viñedo de su tía. Los grillos cantaban suavemente y un búho ululaba desde algún lugar del bosque cercano. El aire estaba cargado del placentero aroma del humo de la leña quemada.

Lo mejor de todo era que, por un momento, nadie sabía dónde se encontraban. Se sentían seguros. Después de comer los emparedados y algunos de los panecillos, y de racionar el poco de agua que les quedaba, la pareja se acomodó junto a la fogata.

Taylor se volvió a poner la chaqueta de cuero cuando el frío de la noche se intensificó. La joven levantó la mirada hacia el cielo, dejando al descubierto el pálido arco de su cuello.

–Hay tantas estrellas –su voz apenas sonó más fuerte que un suspiro–. Ni siquiera imaginaba que hubiera tantas estrellas en el universo.

Sacha también levantó la mirada. La luz de los astros escarchaba de plata el cielo oscuro. De pronto, la noche no lucía tan negra después de todo.

Cuando bajó la vista, los ojos de ella continuaban arriba, con una expresión pensativa. Había guardado silencio toda la noche, perdida en sus pensamientos. Se veía tan sola.

–Cuéntame algo de ti –le pidió el joven, rompiendo el silencio–. Algo que no sepa.

Ella volteó a verlo con un gesto desconcertado.

–No hay nada que contar. Soy aburrida. Mi familia es aburrida.

Sacha emitió un sonido de impaciencia.

–La familia de todos es aburrida. No te pedí que me contaras algo interesante. Sólo dije que me contaras *algo*.

Enderezándose, Taylor arrojó más leña al fuego. Las llamas crepitaban y saltaban, provocando que las chispas salieran disparadas rumbo a las estrellas.

Consciente de que su acompañante estaba haciendo tiempo, Sacha aguardó con paciencia.

–Una vez robé algo –dijo por fin–: un labial. Era lo peor que había hecho hasta...

Aunque no terminó la oración, él sabía lo que iba a decir: *Hasta ahora*.

–¿Robaste algo? No lo puedo creer –comentó con un tono ligero–. Nunca harías algo así. No está en tu naturaleza. Reconozco a un ladrón cuando lo veo.

–Sin embargo, lo hice –insistió–. No fue mi idea. Mi amiga, Georgie, me obligó a hacerlo. Estaba obsesionada con que una se retara a sí misma.

Con hacer cosas que no quería. Siempre decía "Sal de tu zona de confort, Tay. Vive un poco" –una sonrisa iluminó su rostro–. Creo que tenía miedo de que terminara atrapada en Woodbury para siempre, sola con mis libros.

–Cuéntame del delito –Sacha cambió de posición, acercándose sutilmente a ella–. ¿Cómo lo cometiste?

–No lo cometí, Sacha. No soy una delincuente –lo observó fijamente, con media sonrisa en la boca–. No fue nada, supongo. Pero a la fecha me sigue molestando. Puedo recordar cada segundo de lo que sucedió. Caminé a la farmacia local. La conocía muy bien; era donde mi mamá compraba todos nuestros remedios y ligas para el cabello. Y ahí tomé un labial –se quedó mirando a lo lejos–. Tomé el primero que vi; ni siquiera sabía de qué color era. Las manos me temblaban con tanta fuerza que apenas podía sostenerlo –bajó la vista hacia sus dedos, como si recordara la sensación–. Luego salí caminando. Nadie siquiera volteó a verme. La perfecta Taylor Montclair nunca robaría. Me sentí terrible por eso, como si hubiera apuñalado por la espalda a la gente que trabajaba ahí. Pero de todos modos lo hice. Para ponerme a prueba.

–¿No te descubrieron?

–Creo que esa fue la peor parte. Me salí con la mía –dijo, abrazando sus rodillas–. Quería devolverlo, pero Georgie me dijo que eso me llevaría de regreso a mi zona de confort; así que tenía que tomarlo y nunca regresarlo. Me quedé esperando a que la policía llegara a mi casa y me aprendiera. Pero nunca pasó.

–Lamento que el sistema de justicia te haya decepcionado –dijo solemnemente.

–Tenía *catorce años* –Taylor le soltó un bofetón–. Respeta mis traumas, por favor.

–Debió ser algo muy perturbador –se rio Sacha esquivando su mano.

–Está bien, sabelotodo –dijo, volteando a verlo–. Cuéntame algo que no sepa de ti.

—Te contaría de mis crímenes, pero sólo estaremos aquí otras ocho horas, más o menos, y realmente no es suficiente tiempo para hacerlo.

La risa de Taylor era suave y agradable.

—De acuerdo, entonces cuéntame de tu crimen favorito. O el peor. O el más memorable. Elige uno.

Sacha recogió una ramita y rascó la tierra con ella, considerando qué historia compartirle. Solo bromeaba a medias respecto a su lista de crímenes; había demasiados. Por ejemplo, nunca le había contado de Antoine —sobre cómo saltó del techo de la bodega hacia su "muerte", a cambio de dinero—, pero ahora no era el mejor momento... Provocaría que ella dejara de reírse y él no quería que eso sucediera.

—Me involucré con estos tipos un rato —dijo tras una larga pausa—. Creo que tal vez los llamarías una pandilla. Bueno, estaban metidos en toda clase de líos. Pensaba que era divertido juntarme con ellos. Acostumbraban organizar juegos de póker con apuestas altas. Apostaban de todo: sus autos, sus casas... Era una locura. Así fue que conseguí la motocicleta.

Hizo un gesto hacia donde se encontraba oculto el vehículo detrás de un grupo de árboles.

—¿La *ganaste*? —lo miró fijamente.

—El tipo que apostó estaba verdaderamente borracho —le explicó Sacha con modestia, tras asentir con la cabeza—. Debería haberlo pensado mejor. De hecho, ni siquiera era tan bueno jugando al póker; aunque sí lo era descubriendo cuándo las otras personas eran peores que yo.

—¿Cuánto vale esa motocicleta? Se ve que es realmente cara.

—Mucho —ni siquiera podía disimular su orgullo—. Fue una de mis mayores victorias.

La joven volteó a verlo con renovadas sospechas.

—¿Es legal?

—Eso depende de tu definición de legal —antes de que pudiera hacerle más preguntas tramposas, se apresuró a continuar con su historia—. Así que, bueno, una noche estos tipos apuestan que no podría robar el auto de su jefe. Su jefe era un fulano importante que todo el tiempo estaba rodeado por una multitud de guardaespaldas. Era imposible, pero lo conseguí.

–¿Cómo? –intrigada, Taylor volteó a verlo.

–Todos los de su pandilla me conocían. Siempre me la pasaba con ellos. Así que un día caminé hacia el garage como de costumbre y les dije que había ido a recoger un auto para Antoine, uno de los miembros. Actué supercasual, muy calmado. Pero estaba sudando, pues todos ellos iban armados, sabes. Le llamaron a Antoine para confirmar y él les dijo: "Sí, dejen que Sacha se lleve el auto" –la sonrisa del joven creció–. Salí del garage manejando el vehículo del jefe. Estaban furiosos y Antoine se metió en muchos problemas.

–¿Te persiguieron?

–Por supuesto. Devolví el automóvil pero… –Sacha recordó a su cómplice con una pistola en la mano, apuntándole en la orilla del techo de la bodega–…después de eso tuve unos cuantos problemas con ellos.

Taylor se acomodó hasta quedar sentada con las piernas cruzadas frente a él, con los codos apoyados sobre sus rodillas.

–¿Fueron los mismos tipos que te… lastimaron cuando estuve contigo en París?

El joven titubeó, pues no quería que la conversación avanzara hacia donde veía que se dirigía.

–Eran unos de ellos –admitió–. Pero eso fue por algo distinto. En realidad iban detrás de Antoine, no de mí.

El silencio se instaló un momento, luego Taylor dijo suavemente:

–¿Por qué lo haces?

–¿Hacer qué? –preguntó el francés, arrugando la frente.

–Correr esos riesgos. Juntarte con criminales que te quieren matar.

Sacha arrojó una ramita al fuego con demasiada fuerza, causando que cayeran brasas al rojo vivo.

–Supongo que no me importaba cuánto dolor causaba –respondió–. No pensaba en nadie, más que en mí.

–¿Qué hay de tu mamá o de tu hermana? –Taylor lo observaba con atención.

–¿Qué sentido tiene la vida cuando conoces el día en que morirás? –Sacha la miró fijamente a los ojos, retándola a que lo refutara–. Tienes que entender que en ese momento no tenía ni la menor idea de lo que pasaba. No sabía por qué las situaciones se presentaban de este modo. Lo único que tenía claro era que no era algo justo. Nada me importaba, Taylor. No me importaban en lo absoluto: ni las otras personas y, especialmente, no me importaba yo. Y...

El joven hizo una pausa, incapaz de terminar lo que estaba diciendo.

–¿Y qué? –insistió con dulzura–. Puedes decirlo. No importa lo que sea.

Sacha levantó la mirada hacia ella.

–Quería morirme.

Taylor se estremeció y él continuó rápidamente.

–¿No te das cuenta? Si conseguía morir antes de cumplir dieciocho años, entonces podría tener algo de control sobre mi propia vida, sobre esta estúpida maldición. Hubiera sido un tipo normal, no una especie de... monstruo al que le pueden disparar en la cara o que pueden apuñalar en el corazón y simplemente se levanta y se aleja caminando. Alguien que se puede abrir las venas, sólo para verlas cicatrizar casi de inmediato –tragó saliva con dificultad–. Intenté cambiar mi destino. Y fracasé.

El joven aventuró una mirada a su acompañante. Los ojos de ella brillaban por las lágrimas contenidas.

–Te entiendo –dijo las palabras con tal ternura que por un instante Sacha pensó que ella había oído mal.

–¿Cómo?

–Te entiendo –le repitió–. Yo también he pensado en encontrar una salida. En hallar una forma de dejar de ser yo; y mis problemas ni siquiera se comparan con los tuyos. Nadie me había dicho antes que tenía que morir; no hasta esta semana. Pero... –una lágrima escapó de su ojo y trazó una línea que descendía por la curva de su mejilla– quiero que sepas que haré todo lo que pueda para que vivas.

El joven se estiró hacia ella, incapaz de detenerse, y la atrajo hacia él hasta que quedó acurrucada en el calor de sus brazos. A su vez, ella se abrazó a su cuello, acercándolo.

–No te mueras, Sacha –susurró intensamente–. Por favor, no te mueras.

–No quiero hacerlo –respondió con la voz entrecortada–. Ya no –se alejó un poco para ver su rostro y aquellos ojos verdes–. Ahora quiero vivir. Más que nada en el mundo, deseo vivir. Contigo.

Taylor se quedó sin aliento. Enseguida, como si estuviera pensando, inclinó la barbilla y levantó los labios para que se encontraran con los de él. Sucedió tan rápido. Más tarde, el joven intentó recordar el momento exacto, pero lo único que pudo evocar fue la pausa fugaz en la que ella dejó de respirar, y después se estaban besando.

La boca de ella era suave y tibia. Tenía el sabor salado de sus lágrimas y el gusto azucarado de los panecillos. Con ternura, el joven apartó aquellos labios con su lengua. Las manos de ella lo estrecharon, atrayéndolo aún más, hasta que la delicadeza de su cuerpo se estrechó contra el suyo.

Sacha escuchó el leve sonido que se produjo en su garganta cuando sus manos se deslizaron por debajo de la chaqueta de cuero que ella llevaba puesta y ascendieron por su espalda tibia, rozando las cumbres salientes de su espina dorsal y la línea delgada y horizontal del tirante del sujetador; antes de que ambas manos se perdieran en las olas aterciopeladas de su cabello, y ambos jóvenes cayeran sobre la tierra suave, junto al fuego.

Recurriendo al francés inconscientemente, el joven le susurró varias frases al oído. Le mencionó lo hermosa que era, cuánto había deseado besarla y que la amaba. Le besó las mejillas, la frente, los párpados; cada parte con la suavidad de una pluma.

Cada beso era la prueba de que él ya no estaba solo.

El joven se rodó sobre su espalda y la atrajo con él hasta que ella quedó encima; Taylor besó el ángulo afilado de su mentón y ascendió a la mejilla hasta llegar a la oreja. Era difícil pensar cuando ella lo besaba ahí. Era arduo hacer cualquier otra cosa que no fuera tenerla cerca.

Sin previo aviso, una descarga eléctrica recorrió el cuerpo del francés, estremeciéndolo. Le resultaba difícil respirar, como ocurría cuando Taylor utilizaba su energía para conseguir poder.

En ese mismo momento, la brisa se intensificó. Los árboles se mecían hacia ellos. Incluso las llamas de la fogata parecían inclinarse de un modo que no parecía del todo natural. El cabello del joven comenzó a ponérsele de puntas.

—Taylor —murmuró, sin querer que ella dejara de besarlo—, ¿estás haciendo algo?

Desconcertada, ella lo miró, luego volteó a ver la fogata y los árboles. Se levantó de un salto y se apartó de él, completamente ruborizada.

—Oh, Dios mío —exclamó—. No era mi intención hacer eso. No sabía…

—¿Qué pasó? —el joven intentaba no sonreír, pero ella se veía tan adorable, con los labios enrojecidos de besar, el cabello revuelto, las mejillas sonrosadas.

—Nada —respondió de manera poco convincente.

Sacha arqueó las cejas, sorprendido.

—Creo… —dijo Taylor, con obvia reticencia—. Creo que accidentalmente estaba extrayendo tu energía —admitió con expresión mortificada—. Ni siquiera sé cómo lo hice.

Riéndose, el joven buscó su mano. Ella intentó quedar fuera de su alcance, pero al final se dio por vencida, permitiendo que él la atrajera de regreso hacia sus brazos.

—Puedes tener mi energía cuando quieras —le dijo Sacha.

**24**

Cuando los primeros rayos de pálida luz dorada diluyeron las tinieblas del cielo nocturno, Taylor despertó y se encontró acurrucada en los brazos de Sacha. Se quedó quieta un momento, viéndolo dormir.

Se veía hermoso. El sueño borraba las huellas de cinismo de su rostro. Lucía joven y vulnerable. Sus gruesas y oscuras pestañas caían en el borde de sus mejillas como manchas de carbón.

No supo cuánto tiempo pasó observándolo con una especie de asombro, antes de que él se moviera y levantara una mano para proteger sus ojos de la luz. Se preguntó si algo cambiaría entre ellos ahora que eran más que amigos. ¿Ahora eran algo distinto?

Sin embargo, cuando el joven se despertó, seguía siendo el mismo Sacha. Se frotó los ojos y observó a las aves que graznaban en el cielo.

—Estúpidos pájaros —dijo con voz ronca, antes de gritar—. *Vos gueules les piafs !* Por favor, ¿podrían *callarse*?

Taylor se rio, y la atención del joven pasó de los pájaros a su compañera. Apoyándose en un codo, estiró la mano para apartar un rizo que le caía en la mejilla.

—Buenos días —dijo Sacha—. ¿Pudiste dormir?

—Un poco.

La sonrisa que intercambiaron lo dijo todo. Él se inclinó para besar sus labios con suavidad y ternura.

El sol templaba el rostro de Taylor, como un recordatorio de que el tiempo avanzaba. De mala gana, la joven se apartó.

—Es mejor que nos vayamos. Louisa quería que estuviéramos en camino al amanecer.

—Explotadora —protestó él, pero luego se levantó.

Se asearon lo mejor que pudieron. Quedaba muy poca agua embotellada, así que tuvieron que lavarse los dientes con el agua del lago.

Durante todo ese rato, Taylor se sintió atolondrada. No dejaba de decir cosas increíblemente idiotas.

—Esperemos que el lago no tenga bacterias mortales —se escuchó decir animadamente.

Se preguntó, incluso mientras las palabras salían de su boca, por qué había dicho semejante cosa. Sacha se limitó a sonreírle con la boca llena de espuma, logrando verse tan adorable que la dejó completamente perpleja e hizo que olvidara las autocríticas por un momento.

Cuando regresaron a la fogata, la joven volvió a revisar su teléfono para ver si había un poco de señal, pero descubrió que la batería se había agotado.

—Maldita sea —dijo, sosteniendo el aparato para que Sacha pudiera ver la pantalla en blanco—. ¿El tuyo funciona?

El joven revisó su teléfono y negó con la cabeza.

–También está muerto.

Una inmediata punzada de pánico se retorció en el pecho de Taylor, aunque Sacha se mantenía en calma respecto a la situación.

–Tenemos la dirección de la casa de seguridad. Louisa nos encontrará ahí. Todo estará bien.

Taylor no alcanzaba a entender cómo su compañero podía ser tan optimista. Nada parecía afectarlo. Cuando él se distrajo, ella lo observó, admirando sus pómulos afilados o el parecido entre el azul de sus ojos y el agua del lago. Le gustaba su estatura y su delgadez, además del modo en que su cabello castaño le cubría los ojos y la forma en que lo apartaba de un soplido.

Cuando estaban cargando sus pertenencias en la motocicleta, él la descubrió viéndolo, pero no apartó la mirada. La joven se preguntó si él también la había observado antes mientras estaba distraída.

Besarlo fue increíble. Fue mejor de lo que había imaginado. A lo mejor era algo de los franceses. O quizás sólo se trataba de Sacha. Pero los besos de su último novio ni siquiera se podían comparar.

El joven inclusive consiguió que el asunto de la sobrecarga de energía fuera menos humillante.

–Eres como una batería recargable, en forma de mujer, conectada al planeta –le dijo, repartiendo besos en su cuello.

Quería refutarlo, pero a la vez no quería que la dejara de besar. El recuerdo la sonrojó. Tal vez necesitaba dejar de pensar en sus besos.

Entre los dos tuvieron que empujar la motocicleta para sacarla de su escondite, pues los neumáticos se habían hundido en el terreno lodoso. Cuando ella se subió detrás del joven, este volteó para verla. Sus ojos eran aún más hermosos a través de la visera del casco.

–¿Lista?

Se abrazó a su cintura, manteniéndose incluso más cerca de lo que se había atrevido el día anterior. Antes de que pudiera poner en marcha la motocicleta, Sacha bajó la mano para estrechar la de ella. Ese sencillo gesto bastó para que el corazón de Taylor se acelerara.

Lo que sea que les esperaba al final del camino, lo enfrentarían juntos.

–Estoy lista.

Casi había caído el mediodía cuando Taylor y Sacha llegaron al pueblo que estaban buscando. Mantenerse alejados de las carreteras principales volvía todo más complicado; los estrechos caminos secundarios eran confusos, por lo cual tomaron varias vueltas equivocadas.

Al final terminaron en un pueblo donde las calles estrechas estaban cubiertas de casas con fachadas de piedra rosada. La mayoría tenía cerradas las persianas por el calor, dando al lugar un aspecto aletargado y abandonado.

El motor de la motocicleta sonaba con más fuerza en este sitio. Sacha pronto encontró, en una calle lateral, un lugar tranquilo para estacionar. Se quitó el casco y sacó un papel de su bolsillo para consultar la dirección.

–Buscamos la Rue des Abbesses –señaló.

Taylor también se quitó el casco y tomó una profunda bocanada de aire. Después de estar encerrada en una cápsula de plástico durante varias horas, incluso la sensación del aire caliente era agradable en la piel.

–¿Hay más indicaciones?

–Solamente dice Rue des Abbesses –comentó, tras negar con la cabeza.

–Tendremos que ir calle por calle –Taylor miró alrededor.

–Espera –Sacha se frotó la barbilla pensativamente–. Una calle con un nombre como ese tiene que estar cerca de una iglesia o una abadía –se giró para señalar el campanario de una iglesia que se alzaba como tubo de estufa por encima de los árboles verdes–. Debe estar en algún lugar por ahí.

–Tiene sentido –Taylor volvió a colocarse el casco–. Vamos a echar un vistazo.

Regresaron por donde llegaron, pasando lentamente por cada cartel con el nombre de la calle.

Encontraron la abadía de piedra grisácea, tras un rato de buscarla, en el otro extremo de una larga callejuela, detrás de un alto muro con una reja imponente. En el letrero que había cerca se leía: "Rue des Abbesses".

–Por fin –dijo Taylor.

Sacha redujo la velocidad al mínimo. Se abrieron paso calle abajo, revisando la numeración. La casa que buscaban era alta y estrecha, y se hallaba justo afuera de las imponentes rejas metálicas de la abadía.

Taylor cerró los ojos para *ver* el lugar. La energía molecular la rodeaba: los delgados hilillos de las plantas en los jardines, las hebras más gruesas de los cables eléctricos sobre sus cabezas y algo debajo de sus pies, que supuso era agua corriente.

Adentro de las casas, todo estaba en calma. En algunas percibió las señales rojizas de la energía humana. En otras no había nada. No había indicios de Mortimer.

–Parece seguro –indicó.

Sacha apagó el motor.

Como todos los edificios en la calle, la casa estaba construida con el mismo tipo de piedra que la abadía: sólida y gris. Tenía tres pisos de altura y el techo repleto de chimeneas. Unas cortinas vaporosas cubrían las ventanas superiores, mientras que las inferiores estaban firmemente cerradas. Un cerco bajo la rodeaba; había un viejo establo en un costado. La reja principal estaba abierta, como si los esperaran.

Taylor no podía detectar nada en la casa, ya fuera energía humana o alquímica.

–Es extraño –comentó en voz baja–. Es como si la casa estuviera vacía; solo que está más que vacía. No puedo percibir la electricidad ni el agua ni nada en absoluto –dijo, observando fijamente la alta y vieja construcción–. Es como si el edificio no estuviera *aquí*.

A Sacha no le gustó lo que escuchaba. Pero definitivamente se trataba del lugar.

—Vamos a echar un vistazo.

Haciendo un gesto para que lo siguiera, el joven se bajó de la motocicleta. Ambos dejaron sus mochilas.

—Dejemos las cosas aquí, por si acaso... —señaló él.

Avanzaron lentamente por el pequeño patio que había frente a la puerta. Una fuente borboteaba a un costado; la estatua de una hermosa niña derramaba agua de un jarrón, lenta e interminablemente. Se hallaban a medio camino de la puerta, cuando la reja se cerró detrás de ellos con un golpe ruidoso y luego se echó el pestillo. Taylor sintió que el corazón se le detenía.

Los jóvenes se quedaron inmóviles, indecisos entre salir corriendo y llamar a la puerta.

—Tal vez sean ellos —insinuó Taylor—. Cerraron la reja para mantenernos a salvo.

—O puede ser que Mortimer la haya cerrado para atraparnos —señaló Sacha—. Como sea, mi motocicleta está del otro lado.

No se veía contento.

—Creo que debemos tocar —decidió ella—. Debe haber una razón para que no pueda percibir nada de esta casa. Quizás sólo sea que la casa de seguridad de verdad es... segura.

—Bueno, solo prepárate por si hay que huir —le advirtió Sacha—. Y no me esperes. Si es él, vete. No dejes que nos atrape a los dos.

—No va a capturar a ninguno de los dos —le aseguró Taylor, tomando su mano.

Ambos escucharon unos pasos que se acercaban. Taylor intentó percibir qué era lo que se aproximaba, pero la casa no lo permitió. Su corazón se agitó dolorosamente en su pecho. La mano del joven apretaba la suya con más fuerza.

–Atención –le susurró.

Ambos escucharon las cerraduras girar, los pernos deslizarse; ahora era demasiado tarde para correr.

La puerta se abrió en completo silencio.

Un hombre se paró en frente de ellos. Tenía el cabello cuidadosamente peinado hacia atrás, su quijada cuadrada estaba rasurada con esmero y llevaba puestos un par de anteojos a la moda.

–Ahí están –dijo en inglés con acento afrancesado–. Estábamos preocupados.

Sacha suspiró sorprendido.

–¿Señor Deide?

**25**

–Me alegra verlos llegar sanos y salvos –dijo Deide, extendiéndole a Sacha una taza humeante de café.

El joven la aceptó aturdido. Se encontraban en una cocina bien iluminada y espaciosa, ubicada en la parte trasera de la elegante casa. El chico no sabía qué pensar. La última vez que vio a su profesor de inglés fue en el salón de clases en París, cuando le advirtió a Taylor que corría peligro.

Lucía exactamente igual: la camisa con cuello de botones, los anteojos a la moda, la barba que apenas asomaba en la mandíbula. Aunque lucía un poco avejentado, como si las últimas semanas le hubieran robado años a su vida.

–Estoy muy confundido –confesó Sacha–. Pensé que estaba en París. ¿Qué ocurrió?

–Sí, bueno –la mirada de Deide era difícil de leer detrás de los lentes–. Es una larga historia.

Taylor estaba un poco apartada y los observaba, con una arruga de preocupación surcando su frente.

–¿Dónde están Louisa y Alastair? –preguntó.

–Se encuentran bien –le aseguró el profesor–. Tuvieron algunos problemas con la camioneta, pero vienen en camino. ¿No funcionan sus teléfonos? Estuvieron tratando de contactarlos. Estábamos preocupados.

–Las baterías de ambos se agotaron –le explicó Taylor.

El hombre asintió y se dio vuelta para servir el agua humeante de la tetera en la taza. La cocina parecía salida de un catálogo: las superficies eran de pino tratado y en las paredes abundaban los armarios blancos. Todo el lugar era atractivo pero sin personalidad.

–Fue lo que sospechamos.

–Señor Deide –dijo Sacha–, sigo sin entender qué hace aquí.

El profesor le sirvió a Taylor una taza de té.

–Les explicaré. Por favor, síganme.

El hombre los condujo por el amplio pasillo principal hacia la sala de estar. El salón era amplio y estaba decorado con lujo; tenía piso de madera pulida y cómodos sofás blancos. Al igual que en la cocina, se percibía un melancólico aire de desolación subyacente.

Sacha y Taylor se sentaron uno junto al otro en uno de los sofás. El profesor se acomodó frente a ellos, con una taza de café en la mano.

–Cuando te fuiste de París –comenzó a relatar Deide–, quise ir a buscarte, Sacha. Pero en San Wilfred pensaban que era una mala idea.

–¿Por qué? –preguntó Sacha, frunciendo el ceño.

–Verás, en ese momento –comentó el profesor–, me estaban siguiendo. Ahora sabemos que era Mortimer Price. Pero entonces, obviamente, no sospechábamos de quién se trataba. Lo único que sabíamos era que alguien estaba incursionando en la energía oscura. Aldrich consideró que debía quedarme en París para engañarlo y alejarlo de ti. Esperábamos que si pensaba que te estaba escondiendo, entonces tendrías una mejor oportunidad. Por desgracia, no funcionó como hubiéramos querido. Y luego Aldrich mismo fue asesinado.

El hombre se detuvo, con el rostro sombrío, y volteó hacia Taylor.

–Lamenté muchísimo lo de tu abuelo. Me encontré con él solo unas pocas veces, pero lo admiraba enormemente.

–Gracias –respondió la joven, con gran sentimiento.

Un silencio momentáneo se impuso. Taylor lo rompió.

–Señor Deide, ¿estamos a salvo aquí? ¿Por qué no pude percibirlo en esta casa? El edificio en su totalidad no me transmitía nada.

–Entonces, hicimos bien nuestro trabajo –comentó satisfecho el profesor–. Este edificio, como todos nuestros refugios, fue protegido usando los métodos antiguos –señaló la parte superior de la ventana. Sacha vio por primera vez aquellos símbolos tallados: el triángulo dentro de un círculo, la serpiente que se muerde la cola.

–En especial, esta combinación de símbolos alquímicos actúa como una barrera: no entra energía ni tampoco sale.

–¿Y qué hay de Mortimer Price? –preguntó Sacha–. –¿Estas protecciones lo detendrán?

–Me temo que no hay forma de conocer la respuesta a esa pregunta –respondió Deide con un gesto apesadumbrado–. Está versado en demonología. Su poder supera nuestro entendimiento…

La voz del hombre se fue apagando. Levantó una mano para que guardaran silencio, volteó a mirar hacia la ventana y escuchó. Un segundo después, el joven también lo notó. El motor de un auto que se acercaba y luego se detenía.

El profesor se levantó de golpe del sofá y salió corriendo de la habitación. Sin esperar invitación, Taylor y Sacha corrieron detrás de él hacia la puerta principal.

La maltrecha camioneta azul de Alastair estaba estacionada junto a la brillante motocicleta de Sacha. La puerta del acompañante se abrió con un gemido herrumbroso y Louisa descendió, con su cabello turquesa destellando bajo el sol de la tarde.

–Maldición con ustedes dos –se quejó, echándose al hombro una mochila de piel maltratada–. ¿Dónde diablos se metieron?

–¡Louisa! –Taylor bajó las escaleras a toda velocidad y se abalanzó sobre ella–. Estaba tan preocupada.

La joven la abrazó por reflejo. Era la primera vez que Sacha la veía sinceramente nerviosa y, en el fondo, también contenta.

–No hay necesidad de melodramas –dijo Louisa con brusquedad.

Alastair salió del lado del conductor llevando consigo el resto de sus cosas; traía el cabello más despeinado de lo que Sacha le había conocido.

–La maldita camioneta se sobrecalentó –su fino acento inglés hacía que lo dicho sonara impresionante–. Por un momento creí que Lou la iba a destruir con la mirada.

–Merecía morir –exclamó Louisa.

Cuando Alastair llegó con Sacha, lo abrazó con un brazo.

–Me da gusto verlos enteros.

–También a ustedes –respondió Sacha con una sonrisa.

Todos estaban hablando a la vez, se quejaban de las carreteras, de la camioneta, cuando Deide hizo un gesto levantando las manos.

–Atención, *s'il vous plaît*. No estamos a salvo aquí afuera. Muevan los vehículos al patio, por favor. Pongan el cerrojo a la reja. Luego conversamos.

Unos minutos más tarde, todos se habían acomodado en la sala de estar, contándose las anécdotas de la noche anterior.

–...así que acampamos junto al lago –concluyó Sacha–. No hubo ni rastro de problemas. ¿Y qué hay de ustedes, chicos?

–Dormimos en la camioneta –Louisa se encogió de hombros sin darle importancia–. Tampoco hubo tipos malos por allá.

–Bueno, eso no es exactamente cierto –agregó Alastair.

Él y Louisa intercambiaron miradas.

–Ah, sí. Eso –exclamó ella.

Louisa se mostró indecisa antes de hablar.

–Durante todo el día percibimos rastros de energía oscura –volteó a ver a Deide–. Aparecía de a ratos y nunca era lo bastante estable como para que pudiera tener una idea sobre ella o para identificarla. Tal vez era otro tipo que la utilizaba, pero me hizo sospechar que nos estaban siguiendo.

–¿No se te ocurrió mencionar esto antes? –Deide no se veía contento.

–Bueno, esta es la cuestión –señaló Alastair–. Después de que entramos al bosque, perdimos el rastro por completo. No lo volvimos a encontrar. Pensamos que quizás nos habíamos librado de él.

Deide se apoyó en el respaldo de la silla, su expresión mostraba preocupación.

–Dudo que sea posible librarse de Mortimer de este modo. No me gusta cómo suena todo este asunto.

–¿Cómo consigue hacerlo? –Sacha podía escuchar la frustración en la voz de Taylor–. ¿Cómo pudo encontrarnos? ¿Cómo consigue hacer todas estas cosas? Los zombis. El ataque. No tiene sentido. Todo lo hicimos bien. Es como si no fuera humano.

Taylor se mordió el labio con fuerza, como para obligarse a parar. Deide fue quien le respondió.

–No te equivocas. Lo que ha estado haciendo durante mucho tiempo se creyó que era imposible –señaló, eligiendo sus palabras con cuidado–. Y ya no estoy seguro de qué tan humano siga siendo en realidad.

El hombre volteó a ver a Louisa, quien inclinó ligeramente la cabeza. Luego continuó.

–Sospechamos que lo que ha estado provocando quizás signifique que cada vez se encuentra más cerca de contactar al demonio. Es como si ya estuvieran trabajando juntos.

Una helada cuchilla de miedo se clavó en el pecho de Sacha.

–Pensé que la razón por la que Mortimer me necesitaba era para contactar al demonio. ¿No se supone que de eso se trata todo esto? ¿Significar que ya logró su objetivo? ¿Llegamos demasiado tarde?

–Creo que más bien se trata de que encontró una manera de comunicarse con el demonio –apuntó Deide–. Y ahora este le está ayudando.

–¿Por qué? ¿Cómo? –tartamudeó Sacha.

–¿Por qué? –medió Alastair–. Porque coincide con los intereses del demonio que Mortimer gane. ¿Cómo? Bueno, eso es lo que hemos estado tratando de descubrir.

–No llegamos demasiado tarde, Sacha –dijo Deide–. El demonio no se encuentra en nuestra dimensión, pero de algún modo se está filtrando en la nuestra. Solo faltan cuatro días para que se cumpla cabalmente la maldición, y es posible que solo sea una cuestión de tiempo para que la separación entre nuestro mundo y otras dimensiones pierda su fuerza. Eso explicaría cómo fue que Mortimer consiguió crear a esas criaturas. Y también por qué no les afectan nuestros poderes. Además de por qué están fracasando las tradiciones que normalmente nos protegían.

–¿Qué va a pasar ahora? –preguntó Taylor–. ¿Cuánto tiempo nos podremos quedar aquí? ¿Cuándo seguiremos adelante?

–Creo que es más seguro que todos pasen la noche aquí –dijo Deide–. Sin embargo, mañana deben partir rumbo a Carcassonne. Hay otra casa de seguridad esperándolos ahí. Está más apartada que esta, y mejor protegida.

–Pero aquí estaremos seguros esta noche, ¿cierto? –preguntó Sacha.

Deide lo miró apesadumbrado.

–Esto es lo mejor que podemos hacer. Pero lamento decir que ya no queda ningún lugar seguro.

**26**

Más tarde, Taylor recordaría la noche que pasaron en la casa de seguridad como una serie de momentos borrosos. Después de esa primera conversación seria, el estado de ánimo se aligeró; aunque por momentos era casi vertiginoso. Los niveles de estrés en los que el grupo había funcionado no podían sostenerse por más tiempo, así que la tensión finalmente cedió.

Cenaron en el comedor, reunidos alrededor de una larga mesa en la que todos hablaban y reían. Para su propia sorpresa, Taylor se percató de que estaba disfrutando la velada. La mayor parte del tiempo, todos evitaron hablar de Mortimer. En lugar de eso, conversaron acerca de otros asuntos.

Louisa les contó acerca de la *terrible experiencia* de haber pasado la noche en la camioneta, y de los ronquidos de Alastair.

—¿Cómo te atreves? —exclamó el aludido, falsamente resentido.

—Como una maldita podadora —bromeó Louisa, imitando un sonido ronco, hasta que él le lanzó un pedazo de pan.

Taylor y Sacha explicaron cómo subsistieron solamente con los pastelillos aplastados y cómo se lavaron los dientes con el agua del lago. Las historias adquirieron un tono ligeramente histérico para evitar a toda costa mencionar la situación del beso.

—Y los pájaros eran tan ruidosos —exclamó Sacha.

—Tan ruidosos —coincidió Taylor con excesivo entusiasmo—. Era una *locura*.

Pero nadie pareció darse cuenta de que escondían algo.

Todo ese tiempo, Deide se dedicó a escuchar y sonreír; se reía en los momentos adecuados y servía las bebidas cuando los vasos comenzaban a vaciarse. Mantenía la plática activa.

Los jóvenes estaban exhaustos, y aún era temprano cuando Deide le mostró a cada uno su habitación. Taylor y Louisa compartieron una pieza espaciosa en el nivel superior; el piso estaba encalado y las camas gemelas estaban esmeradamente cubiertas con unos cubrecamas impecables y acolchados. Una pequeña lámpara de porcelana descansaba en la mesita que separaba los dos lechos, debajo de la pintura al óleo de un caserío dominado por un vívido cielo azul.

Louisa dejó caer su mochila cerca de la puerta y se arrojó sobre la primera cama.

—Una cama de verdad —suspiró—. Quizás nunca me vuelva a despertar.

Una vez que se lavaron los dientes y se cambiaron —Taylor con unos shorts y camiseta, Louisa con un atuendo casi idéntico al que llevaba puesto antes—, apagaron la lámpara. A pesar de hallarse tan cansada, Taylor no conseguía descansar.

Las sombras se escabullían afuera de la ventana. Las palabras de Deide, *No queda ningún lugar seguro*, parecía resonar en su mente. Cada vez que cerraba los ojos, veía a Mortimer destruyendo todo lo que ella amaba. Había monstruos con la piel quemada persiguiéndola con pasos pesados. Estaban los portadores levantando sus manos para infligir dolor.

Terminó por sentarse. En la cama de al lado, Louisa yacía quieta y respiraba de un modo lento y uniforme. En la casa dominaba un profundo silencio; se alcanzaba a escuchar el tictac de un reloj en algún lugar, lento y metódico. *Solo echaré un vistazo*, se dijo, *y luego podré dormir.*

Con cuidado de no despertar a Louisa, se deslizó fuera de la cama y caminó en puntas de pie hacia la ventana. A través del vidrio pudo ver el pequeño patio que había enfrente. Estaba vacío. El agua seguía cayendo de la vasija de la estatua. Al otro lado de la pared delantera, una luz solitaria iluminaba una hilera de casas elegantes y la calle vacía. Todo estaba en calma.

Taylor dejó escapar un largo suspiro. Todo estaba bien. No había nada afuera.

Apenas se estaba dando vuelta para regresar a la cama, cuando algo se movió por su visión periférica. A toda prisa, se giró y pegó la cara contra el vidrio.

Cada vez más horrorizada, observó cómo una sombra se desprendía del muro de la abadía y se aproximaba. Estando a oscuras, resultaba difícil alcanzar a distinguirla. Entonces la luna se asomó por detrás de una nube y Taylor creyó ver la sombra alargada de un bastón.

Con un grito ahogado, Taylor retrocedió un paso y tropezó con un exuberante taburete que había olvidado que estaba detrás de ella, antes de recuperar el equilibrio. Maldiciendo entre dientes, regresó a la ventana y se obligó a mirar de nuevo. Su corazón martillaba con fuerza y tuvo que presionarse el pecho con la mano porque sentía que se le iba a escapar.

No había nadie afuera. De pronto, una mano la tomó del hombro.

–No grites –susurró Louisa–. ¿Es él?

Taylor pareció haber perdido el habla. Sentía que la cara se le había congelado. Tuvo que obligarse a que salieran las palabras.

—Creí haberlo visto. Pero ahora...

Louisa avanzó para mirar por la ventana. La observó fijamente; apenas respiraba.

—No hay nada afuera. ¿Qué fue lo que viste?

Taylor describió la sombra y la forma en que se movía.

—Pensé... que era él. Con su bastón —respiró como conteniendo los sollozos—. Pero luego dejé de verlo. Desapareció.

Louisa se quedó un momento pensativa.

—Vamos —tomó a Taylor de la mano y la jaló para que salieran de la habitación.

Las jóvenes bajaron corriendo las escaleras; sus pies descalzos avanzaban en silencio por el suelo de madera. La planta baja lucía oscura y tranquila; aceleraron el paso por el pasillo central rumbo a la puerta principal, derrapándose al frenar.

Louisa presionó la mano contra la puerta, y las complejas cerraduras se abrieron con una serie de sonoros chasquidos, tras lo cual se abrió.

La noche estaba fría y en el aire había un olor fresco que prometía lluvia. Nada se movía.

Las jóvenes se quedaron quietas una junto a la otra en el patio, examinando la calle en busca de alguna señal de Mortimer. Taylor no detectó nada, salvo una débil presencia de energía oscura, semejante al brillo del aceite en el agua, que bien pudo ser un producto de su imaginación.

—¿Qué sucede? —Alastair apareció detrás de ellas en el marco de la puerta, descalzo, con jeans y una camiseta de San Wilfred, y el rostro soñoliento—. ¿Están escapando?

—Taylor creyó haber visto a Pierce —señaló Louisa.

Al escucharla, el joven se alertó al instante y fue a unírseles dando grandes zancadas.

–¿Dónde? ¿Hay señales de él?

–Igual que antes –Louisa le dirigió una mirada elocuente–. Sólo hay rastros débiles.

–Maldición –el rostro del joven se ensombreció–. ¿Cómo lo hace? ¿Y qué quiere decir esto? ¿Nos está siguiendo? ¿Es algo nuevo?

–No lo sé. Pero mejor metamos a Taylor adentro, por si acaso –Louisa la tomó del brazo y la empujó hacia la puerta–. ¿Dónde está Sacha?

–En nuestra habitación, dormido –respondió Alastair.

A pesar del revuelo, Taylor se sintió aliviada de que su compañero se encontrara bien. Por lo menos, contaba con eso.

Una vez adentro, Louisa tomó un par de zapatos al azar de la pila que había frente a la puerta y comenzó a calzárselos a la fuerza. Taylor la observó, preocupada.

–¿A dónde vas?

–A echar un vistazo. Necesito asegurarme de que realmente se fue.

–Te acompaño –se ofreció Alastair.

–Yo también voy –Taylor tomó unos zapatos, pero Louisa la detuvo.

–No puedes venir, Taylor –dijo con firmeza–. Sé que quieres hacerlo, pero tenemos que mantenerte a salvo. De eso se trata todo esto. Quédate aquí.

La joven se enfureció. Fue *su* poder el que derrotó a los portadores y a los zombis. Su fuerza los había salvado una y otra vez. Pero no quería discutir en ese momento. Así que se quedó callada.

Cautelosamente, con Alastair a su lado, Louisa abrió la puerta. Taylor alcanzó a vislumbrar la calle en silencio y a oler el fresco aire nocturno.

Luego, la pareja desapareció en la oscuridad.

Se fueron varias horas. Taylor aguardó un rato, después se mudó a la sala de estar cuando el reloj siguió avanzando y, al final, terminó recostándose en el sofá. Había una gran calma.

A pesar del peligro, el agotamiento se impuso. En algún momento debió quedarse dormida porque, al abrir los ojos, la luz se filtró por las ventanas y pudo escuchar que hablaban en voz baja.

Al instante se despertó por completo, se levantó de un salto y siguió los sonidos hacia la cocina.

Sacha, Alastair y Deide estaban sentados en unos bancos altos alrededor del desayunador, sosteniendo unas tazas de café. La única persona ausente era Louisa. La tabla de cortar que había sobre la mesa exhibía los restos de un desayuno consistente en pan, queso y fruta.

–Ahí está –dijo el profesor al verla entrar por la puerta. El hombre llevaba puesta una camisa blanca cuidadosamente planchada y unos jeans; se veía relajado. Como si los eventos de la noche no hubieran ocurrido.

–¿Por qué nadie me despertó? –preguntó Taylor con tono acusador–. ¿Qué sucedió? ¿Está todo bien? ¿Dónde está Louisa?

–Afuera, haciendo guardia –bostezó Alastair, frotándose los ojos.

–Todo está bien –dijo Deide–. No hay señales de Pierce.

–No puedo creer que me haya perdido toda la emoción –la expresión de Sacha era sombría–. Me dejaron dormir todo ese tiempo.

–No había nada que ver –comentó Alastair, bebiendo su café.

–Nos vamos en cuanto Louisa regrese –le indicó Deide a Taylor, pasándole una tasa grande de *café au lait*.

Sacha deslizó una baguette y un cuchillo hacia ella.

–Te guardamos algo de comida.

Su cabello oscuro estaba despeinado. Vestía una camiseta negra limpia y jeans sin cinturón. Verlo la hacía sentir un poco mejor. Un poco más segura.

Taylor jaló un banco vacío y se sentó junto a él. Se obligó a dar una mordida al pan, pero no podía saborearlo. No tenía apetito.

–Si Mortimer no estaba afuera, entonces ¿qué fue lo que vi? ¿Lo soñé?

Deide ocupó un lugar frente a ella.

–No estamos seguros. Sospechamos que de algún modo rastreó a Alastair y a Louisa. Es posible que la fuerza de tus habilidades te permitiera procesarlo todo de manera diferente. Ellos vieron la oscuridad, pero tú viste sombras –señaló, encogiéndose de hombros–. Lo único que podemos esperar es que nuestras defensas hayan funcionado y él no haya podido detectar tu presencia en la casa.

–¿Y si nos sigue hoy? –preguntó Sacha–. Si nos siguió antes, ¿no terminaríamos llevándolo directamente a la siguiente casa de seguridad?

–Lou y yo registramos el pueblo de un extremo a otro –señaló Alastair–. Si Mortimer se encuentra aquí, entonces es completamente invisible.

–Tenemos que volver a tomar rutas distintas –dijo Deide, bajando su taza–. Saldremos al mismo tiempo para que sea imposible que nos siga.

–¿Qué debemos hacer si lo percibimos? –preguntó Taylor.

–Si sienten que los están siguiendo, no vayan a la casa de seguridad –respondió el profesor–. Eso aplica para todos. Deténganse en algún lugar y llámennos. Encontraremos alguna manera de traerlos.

–No podemos conducirlo adonde estamos por segunda vez –coincidió Alastair.

La puerta principal se abrió estrepitosamente y todos saltaron sorprendidos.

Las botas de motociclista de Louisa resonaron pesadamente en el piso de madera mientras recorría el pasillo. Llevaba puesta una sudadera negra con capucha y pantalones del mismo color; tenía los ojos hinchados por la falta de sueño.

–Está lloviendo –fue lo único que dijo.

Deide volteó para verla.

–¿Todo despejado?

–Completamente vacío –respondió–. No hay señales de Pierce. Debemos irnos ahora antes de que ese bastardo miserable se despierte y comience a acecharnos otra vez.

Deide volteó hacia la mesa y consultó su reloj.

–*Allons-y*. Son casi las seis –precisó–. Debemos salir de la casa en los próximos quince minutos. Sugiero que empaquen rápidamente. Es hora de ir a Carcassonne.

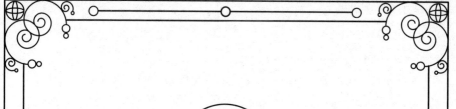

**27**

Sacha y Taylor continuaron su recorrido por las carreteras secundarias rumbo al sur. Había llovido toda la mañana, lo que obligó a que el joven redujera la velocidad. Avanzaron lentamente por aldeas monótonas y amplios pastizales vacíos.

Tras haber dormido mal, Taylor se sentía vulnerable y expuesta. Tenía la constante sensación de que la observaban, pero cada vez que se giraba para constatarlo, no había nadie alrededor. Ni una sola vez percibió a Mortimer. Pero eso no significaba que no estuviera ahí.

De acuerdo con lo planeado, todos salieron de la casa al mismo tiempo. Louisa le dio a Taylor un rápido e intenso abrazo antes de subirse a la camioneta.

—Cuídate —le dijo—. Nada de riesgos.

—Ustedes también, chicos —respondió enfáticamente Taylor.

Inesperadamente, Deide se subió en un soberbio auto deportivo color negro, no muy llamativo, pero mucho más elegante de lo que se esperaría de un maestro de inglés.

—Los veo en Carcasonne —exclamó, colocándose un par de impecables lentes de sol.

Sacha y Taylor siguieron al grupo hasta la intersección principal del pueblo, punto en el cual aceleraron en tres direcciones distintas. A partir de ese momento dejaron de comunicarse por completo. Lo único que Taylor podía esperar era que todos estuvieran a salvo.

Después de haber conocido la belleza de la campiña francesa, las señales nada sutiles de que se acercaban a un bullicioso pueblo turístico, como Carcassonne, eran cada vez más chocantes. En las carreteras pululaban los autobuses turísticos y los autos rentados. Aquel exuberante y verde paisaje se veía contaminado por las vallas publicitarias que anunciaban hoteles baratos, lugares de comida rápida y hostales para jóvenes.

Las instrucciones que les habían dado indicaban que tenían que abandonar la carretera principal antes de llegar al pueblo, por lo que la pareja pronto se encontró nuevamente en un tranquilo camino rural. Los viñedos cubrían la suave ondulación de las colinas que había alrededor. Las vides —de tono verde oscuro y repletas de uvas— se extendían por doquier hasta donde alcanzaba la vista.

Sacha detuvo la motocicleta en un tramo pacífico del camino y sacó las instrucciones de su bolsillo. Se levantó el casco y examinó el paisaje.

—Este debe ser el lugar correcto —indicó—. Pero dice que debemos tomar a la izquierda en el molino de viento. ¿Ves alguno?

El sol se hundía en el cielo, que había cambiado su color azul a un tono vívido de magenta. Un viento frío soplaba en las largas y bajas colinas. Pero lo único que Taylor alcanzaba a ver eran vides.

—Ni huella de uno —dijo.

Sacha se frotó el mentón con el canto de la mano.

—Quizás tomamos mal una vuelta algunos kilómetros atrás.

El solo pensar esta posibilidad resultaba desalentador. Pronto oscurecería. Más tarde iba a ser incluso más difícil encontrar el lugar que buscaban. En este tramo no había alumbrado público. Había pocas casas y ningún punto de referencia.

—Avancemos un poco más —sugirió Taylor—, solo hasta la siguiente aldea. Si para entonces no encontramos el molino, damos la vuelta y lo volvemos a intentar.

Continuaron avanzando, buscando alguna señal del molino esquivo. La puesta de sol había adquirido una tonalidad de rojo encendido en el horizonte, cuando Taylor creyó haberlo visto. Le dio unos golpecitos a su compañero en el hombro y señaló un punto.

Alejado de la carretera principal, en un camino lleno de baches, un achaparrado y antiguo molino de madera se levantaba inmóvil y mudo. No se parecía en nada a los molinos que ella había visto en Inglaterra. Era tan pequeño y decrépito que resultaba difícil de creer que eso fuera lo que en realidad estaban buscando.

Sacha detuvo la motocicleta.

Las instrucciones señalaban que había que pasar el molino de camino a la casa de seguridad, pero en ese momento la pareja no podía ver más que árboles detrás de aquella vieja estructura.

—Este debe ser —no había duda en su voz—. Supongo que deberíamos echar un vistazo.

El joven tomó hacia un pasaje rocoso. El viejo camino era tan irregular que tuvieron que bajar la velocidad hasta ir a paso de tortuga. El sol bajo proyectaba unas largas sombras que se extendían hacia ellos como garras.

No fue hasta que pasaron el molino que alcanzaron a ver la casa, de un aspecto tan descuidado que parecía salir de la espesura de los árboles.

El Chateau d'Orbay era un edificio imponente de tres pisos con dos grandes secciones. En algún momento había ostentado un distinguido color gris, pero sus paredes ahora estaban tan picadas y cubiertas de yedra de un verde oscuro que resultaba difícil identificar el color.

Sin bajarse del vehículo, la pareja contempló las imponentes puertas principales. Un sol y una luna estaban tallados en piedra a ambos lados de los portones. También había tallado un triángulo dentro de un círculo en la parte superior.

No quedaba duda de que este era el lugar. Taylor percibió una energía extraña que provenía de la estructura; daba la impresión de... zumbar.

—Parece vacía —dijo Sacha.

—No lo está —le respondió—. Creo que está... viva.

Antes de que el joven tuviera oportunidad de preguntarle a qué se refería, las puertas principales se abrieron y Louisa les lanzó una mirada fulminante, con su cabello color aguamarina iluminado por los últimos rayos del sol.

—¿Se van a quedar ahí todo el día o piensan entrar?

Guardaron la motocicleta junto a la camioneta de Alastair en un anexo desvencijado que se hallaba a un costado de la casa solariega, antes de acompañar a Louisa de regreso a la parte delantera.

La pesada puerta principal se abrió con el toque de su mano. Adentro estaba oscuro como la noche y había un fuerte olor a polvo y moho. Los ojos de Taylor tardaron un momento en ajustarse a la penumbra. Lo que vio, la dejó sin aliento.

Las habitaciones eran enormes con techos elevados y estaban llenas de muebles que en algún momento debieron ser bellísimos, pero que ahora se caían a pedazos. El invaluable papel tapiz de seda lentamente se pudría en las paredes. La intrincada decoración de yeso en aquellos techos altos seguía siendo hermosa, pero en algunas partes se estaba desmoronando. La madera que rodeaba las imponentes ventanas, que iban del suelo al techo, estaba dañada por la humedad y manchada.

Aquella belleza en ruinas colmaba cada esquina. Las estatuas bien proporcionadas de desnudos griegos asomaban bajo el crepúsculo, con sus hombros blancos y delgados, y sus ojos vacíos mirando a la nada.

En el salón principal había un candelabro suspendido muy por encima de sus cabezas; el brillo del cristal se apagaba bajo el polvo gris y la delicada malla de las telarañas.

En todo aquello, Taylor alcanzó a sentir la extraña vibración de fondo que percibió afuera. La sensación le recordaba un viaje en avión; como una extraña impresión de que unos enormes motores estuvieran funcionando sin ser vistos.

Ella y Sacha se quedaron atrás, intentando asimilar todo aquello, pero Louisa caminaba rápidamente, como si nada de cuanto había alrededor se saliera de lo habitual.

–Por aquí –dijo, abriéndose paso por un largo y oscuro vestíbulo que se ubicaba después de una amplia escalera en espiral–. Este es el lugar más seguro que conocemos en toda la región –les explicó–. No hay un lugar más recóndito que este. Puede que no parezca gran cosa pero, confíen en mí, las protecciones son increíbles.

Atravesó un par de amplios portones.

–¿Qué diablos? –murmuró Sacha al entrar detrás de ella.

Taylor no podía culparlo. Era como si hubieran entrado a una casa completamente distinta.

Aquí, las superficies estaban limpias y los pisos pulidos. Los enormes ventanales resplandecían. Las sillas eran antiguas pero funcionales –con sus patas talladas con esmero– y estaban agrupadas. Las velas de los altos candelabros brillaban en cada esquina. Las lámparas de petróleo iluminaban las mesas.

La magnitud del lugar era tan apabullante que a Taylor casi le pasó desapercibido Alastair, quien estaba estirado en una tumbona, en una esquina alejada del enorme salón. Roncaba débilmente, con un brazo cubriéndole los ojos.

—Aquí solo podemos utilizar velas —explicó Louisa, levantando una anticuada lámpara de petróleo. La llama parpadeaba, proyectando en su rostro varias sombras movedizas—. El frente de la casa va a quedar a oscuras. No hay electricidad pero hay agua. Dejen aquí sus mochilas. ¿Quieren una taza de té?

Sin esperar la respuesta, la joven se dirigió hacia una puerta en un extremo de la habitación. Sacha y Taylor intercambiaron miradas de asombro y se apresuraron a seguirla.

—Este lugar es enorme —comentó Louisa por encima del hombro—. Eviten los sótanos; esos les pertenecen a las ratas. Pero el resto está en buenas condiciones, siempre y cuando no llueva. Ah, y las escaleras no son de confianza.

—¿Dónde está Deide? —preguntó Sacha.

Louisa empujó la puerta para entrar a la cocina.

—Está en el pueblo.

—¿En Carcassonne? —preguntó Taylor, sorprendida—. ¿Él solo?

—Está buscando a Mortimer —la joven hizo una pausa, frunciendo el entrecejo—. Apuesto a que no han sabido nada de él en lo que va del día.

Taylor negó con la cabeza.

—Nadie lo ha visto —este hecho parecía no agradarle.

A esta hora, la luz del día se había desvanecido y la cocina estaba hundida en la penumbra, iluminada solamente por la linterna de Louisa; aunque Taylor alcanzaba a ver que era una gran habitación cuadrada, con una robusta mesa de roble en uno de sus lados. El otro extremo estaba dominado por una antigua cocina a leña forjada en hierro colado. Una vieja tetera negra se encontraba encima de ella. En el aire había un débil olor a madera quemada.

Louisa colocó la linterna sobre la barra bien limpia, abrió una alacena y sacó tres delicadas tazas de cerámica y bolsitas de té.

—Es un poco arriesgado usar la cocina —confesó, empleando una toalla para levantar la tetera—. Alguien podría notar el humo. Pero somos ingleses y no podemos funcionar sin té.

Después de llenar las tazas, buscó la leche en una hielera de plástico que había en el suelo, la cual desentonaba por su aspecto moderno en este escenario.

—Este lugar es increíble —comentó Sacha cuando la joven le entregó la taza—. ¿Cuál es su historia?

—Sí, no dejo de sentir una extraña energía que surge de ella —señaló Taylor—. Como si vibrara o algo por el estilo.

Louisa inclinó la cabeza hacia la puerta.

—Vamos a platicar adonde haya luz. No molestaremos a Alastair. Él podría dormir aunque estuviera en medio de un huracán de categoría cuatro.

Una vez en el salón, la joven los condujo hacia un grupo de sillas. Los tres se sentaron en aquellos asientos altos y delgados, equilibrando las frágiles tazas sobre sus rodillas.

—Alguna vez fue el hogar de un famoso alquimista y científico francés del siglo XVII, el marqués D'Orbay —explicó Louisa—. ¿Han escuchado de él?

Ambos jóvenes negaron con la cabeza.

—Fue amigo de Isaac Newton, el científico e inventor. Se adelantó varios años a su tiempo. Inventó cosas que seguimos usando a la fecha, como una especie de tubo de ensayo y un proceso para destilar alcohol —dijo, haciendo un gesto vago—. Lo más importante fue que entendió la medicina antigua mejor que cualquier otra persona: cómo acomodar los huesos y tratar las infecciones. Era tremendamente popular. En París, la gente hacía fila frente a su puerta para que los tratara. Tenía tantos pacientes que por eso mudó su consultorio a esta casa solariega, que utilizó como una especie de hospital. Algunas personas creían que tenía poderes místicos… y, para ser justos, de algún modo los tenía –la joven agitó la mano. Taylor sintió el calor que produjo su compañera al extraer energía y, de pronto, la linterna sobre la mesa se apagó y enseguida volvió a encenderse cuando chasqueó los dedos–. Por desgracia, su éxito también atrajo la atención de las autoridades francesas. Terminaron acusándolo de hechicería. Lo amenazaron con someterlo a un juicio ejemplar y con una muerte espantosa, así que ocultó esta casa para mantenerse con vida.

–¿*Ocultó* esta casa? –preguntó Sacha arqueando las cejas, sorprendido–. ¿Cómo lo hizo?

–Con el molino.

Al ver la mirada perdida en el rostro de los jóvenes, Louisa sonrió.

–El molino extrae el agua de un acuífero subterráneo. Hay una tremenda energía en el agua. Para nosotros es como una planta de energía nuclear y él estaba ubicado encima de ella. Utilizó una compleja fórmula alquímica que él mismo inventó para extraer la energía del agua y con eso conseguir que la gente normal creyera que no había nada más que árboles. Para el resto del mundo fue como si la casa hubiera desaparecido de la noche a la mañana. La policía emprendió su búsqueda y su paradero se volvió un gran misterio. Con el tiempo, la vida siguió su curso y la gente se olvidó de él.

La joven apoyó el respaldo de la silla contra la pared de forma tal que las dos patas delanteras quedaran levantadas. El asiento rechinó de forma inquietante.

–Después de que desapareció, D'Orbay no pudo seguir atendiendo a los enfermos, claro está, pero continuó con sus investigaciones hasta el fin de sus días. Al morir, la casa fue donada a la rama francesa de nuestra organización. Durante muchos años la utilizaron para un instituto científico, pero a inicios del siglo xx se mudaron a un edificio más moderno. Hoy en día prácticamente no se usa –comentó, dirigiendo una rápida mirada a Sacha–, a menos que tengamos algo que ocultar.

Taylor colocó una mano contra la pared para poder sentir con mayor claridad el zumbido. De pronto, la casa cobró sentido. A su lado, Sacha hizo un gesto de confusión.

–Si él está muerto, ¿cómo es que la casa sigue siendo invisible?

–Esa es la parte extraña –respondió Louisa–. Seguimos sin entenderlo.

–¿Quieres decir que no saben cómo funciona? –preguntó Taylor, bajando la mano.

–Ni idea.

–Pero... aguarda, ¿cómo puede ser que no lo sepamos?

–Era un inventor, ¿recuerdas? –Alastair se había levantado sin que ellos lo notaran. Caminó para unirse al grupo, frotándose los ojos–. Me alegra verlos.

El joven jaló una silla y la colocó al lado de Louisa, y luego, con una mirada inquisitiva, tomó la taza que ella tenía en la mano. Ella asintió con la cabeza en señal de permiso y él dio un sorbo.

–Creemos que inventó una técnica o un dispositivo que funciona a perpetuidad y no nos necesita para continuar operando –les explicó–. Sencillamente no sabemos cómo funciona. No hemos podido encontrar los planos que hizo para su invento. Tal vez, de algún modo, utiliza su energía después de muerto. A fin de cuentas, el hombre está enterrado en el sótano.

–¿Está enterrado abajo? –Taylor se encogió de hombros.

–Aparentemente, su último deseo fue que lo sepultaran en la casa –Louisa bostezó y se estiró, dejando que la silla cayera en el suelo con un golpe seco–. Así que, aquí se encuentra.

–Si esta casa de verdad es invisible, entonces ¿cómo fue que pude verla cuando nos acercamos? –había un dejo de escepticismo en el tono de voz de Sacha.

–Pudiste verla porque nosotros quisimos que lo hicieras –señaló Louisa.

Tras vaciar lo último que restaba en la taza de la joven, Alastair la dejó en la mesa alargada.

–Podemos utilizar nuestra energía para contrarrestar la de la casa, dejándola al descubierto durante breves periodos –explicó–. En cuanto nos detenemos, el invento de D'Orbay vuelve a entrar en acción y la casa desaparece.

Taylor levantó la vista hacia donde la decoración del techo se desvanecía entre las sombras y se quedó pensando en el marqués perseguido. Comenzaba a saber qué se sentía ser perseguida de ese modo, qué era tener a la muerte pisándole los talones y por qué alguien querría desaparecer.

–Es un hermoso edificio para ocultarse –comentó.

–Lo hemos estado arreglando poco a poco –dijo Louisa–. Pero debemos tener cuidado de no llamar la atención hacia lo que estamos haciendo. La casa debe permanecer invisible. Esa es la razón por la que no hay electricidad. ¿Cómo podríamos conectarnos a la red eléctrica sin revelarle a alguien que la casa existe?

–¿Por qué no podemos usar las habitaciones de la parte delantera de la casa? –preguntó Sacha.

–El agua cambia y se mueve; su poder es irregular –explicó Alastair–. Además, la luz tiene su propio poder. Las dos pueden entrar en conflicto. Muy pocas veces los vecinos de la zona han informado haber visto luces y la figura de una casa detrás del molino –una sonrisa pícara surcó su rostro–. Piensan que la propiedad está embrujada, lo cual está bien para nosotros. Si se asustan, se mantienen alejados. De cualquier modo, debemos cuidarnos de no atraer la atención, especialmente en este momento. Mortimer nos está buscando allá afuera, en algún lugar.

La mirada de Taylor se precipitó involuntariamente hacia la ventana. Todo lo que pudo ver fuer el reflejo danzante de las llamas de las velas.

Había anochecido.

**28**

Deide regresó de Carcassonne a la hora de la cena.

Alastair había preparado espagueti y todos estaban reunidos en la mesa de la cocina, comiendo a la luz de las velas, cuando Deide entró en la habitación y dejó caer la mochila que llevaba al hombro con un golpe seco. Vestido con una camisa blanca y unos pantalones color kaki, a todo el mundo le parecía que se trataba de un padre que regresaba a casa después del trabajo. Sonrió al ver a Taylor y a Sacha.

–Sabía que lo lograrían –luego volteó a ver a los demás–. ¿Algún problema?

–Todo tranquilo como una tumba –respondió Louisa tras negar con la cabeza.

–Bien.

Aguardaron a que el profesor se sirviera la pasta en el plato de una fina cerámica. Taylor se estaba dando cuenta de que no había nada en la casa que no fuera increíblemente antiguo y muy hermoso. El tenedor que tenía en la mano era un grueso cubierto de plata, pesado como una piedra.

Todos aguardaron a que Deide se sentara a la mesa frente a ellos y que tomara la botella de vino.

–¿Cómo fueron las cosas en el pueblo? –preguntó Louisa.

Deide dio un sorbo al vino, que se veía negro en medio de la oscura habitación.

–No encontré señales de Mortimer en ninguna parte de Carcassonne –comentó, bajando su copa–. El pueblo se sentía muy extraño. Estaba demasiado limpio.

–¿Nada? –preguntó Alastair, arrugando la frente–. No tiene sentido.

–Exacto –respondió Deide, mirándolo a los ojos–. No me agrada.

–Está ahí –Louisa tomó la botella de vino, con el rostro enmarcado por líneas sombrías–. Sé que está ahí.

–También lo sé, pero no lo encuentro. No encuentro a nadie. Es difícil de explicar, pero la ciudad se siente vacía a pesar de que está llena de gente. Sospecho que es algo que está haciendo para protegerse.

Sacha los miró de un lado al otro y les hizo la pregunta que también se había formado en la mente de Taylor.

–¿Es posible que no esté aquí? Tal vez se dio por vencido.

–Nunca se rinde –respondió Louisa–. No puede. Está obligado por su pacto con el demonio. Incluso si ahora quisiera darse la vuelta e irse, no podría.

Alastair se recargó en el respaldo de su silla.

–No me sorprende que no podamos localizarlo. En este momento debe estar haciendo tanto como nosotros por pasar desapercibido. Debe haber utilizado alguna rareza demoniaca para volverse invisible –miró fuera de la ventana hacia la noche oscura–. Me temo que si no lo encontramos pronto, él nos hallará a nosotros. Solo faltan dos días para el cumpleaños de Sacha. Debe estar desesperado por encontrarnos.

–¿Visitó la iglesia? –preguntó Taylor, recordando el mapa en la oficina de Jones y la cruz que indicaba el lugar.

–Es incluso más extraña que el pueblo –señaló Deide tras afirmar con la cabeza–. Había ahí una energía que no pude identificar. No era oscura. Era… ¿cómo decirlo? Era increíblemente peligrosa. Tenía la intención de buscarla, pero no me atreví. No quería revelar nuestra presencia tan pronto.

El hombre volteó a ver a Louisa.

–Debemos regresar mañana y buscar de nuevo. Tenemos que encontrar la ubicación exacta donde ejecutaron a Isabelle Montclair antes de que pueda llevarse a cabo la ceremonia. No será fácil; me han dicho que el sitio va a estar oculto. Todo lo relacionado con la ceremonia debe ser tan preciso que no podemos esperar a que sea el cumpleaños de Sacha para hallar el lugar. Debemos saber dónde se encuentra *ahora*. Por lo que considero que debemos arriesgarnos a regresar juntos para buscarlo.

*La ceremonia.*

Taylor había intentado no pensar en ella. Las instrucciones de Zeitinger seguían bien guardadas en su bolsillo; estaban arrugadas pero conservaban su inquietante claridad. Aún no le había contado a Sacha lo que estaba por venir. Esa conversación seguía pendiente. Faltaban tres días para el cumpleaños del joven y ella tenía que decirle la verdad pronto.

–De acuerdo –Louisa apartó su plato como si hubiera perdido el apetito–. Entramos juntos al pueblo y de algún modo conseguimos registrar la iglesia para encontrar la habitación especial. Si están vigilando el lugar, eso permitirá que Mortimer se entere de que estamos aquí y desatará todo su poder contra nosotros. Seguro querrá tener a Sacha antes de su cumpleaños, así que si puede atraparlo mañana, sin duda lo hará –volteó a mirar los rostros de los demás–. ¿Soy la única que ve las fallas en este plan?

Taylor observó a Sacha, que escuchaba sin ninguna expresión.

Alastair se aclaró la garganta antes de hablar.

–He estado pensando. El meollo de este asunto es deshacernos de Mortimer. Así que… necesitamos acabar con él.

Louisa puso los ojos en blanco en señal de fastidio.

–Sí, y quizá Santa Claus nos lo obsequia si somos muy amables al pedírselo.

–Hablo en serio –Alastair la reprendió–. Solo escúchame. Mortimer no espera que lo ataquemos. Seguro piensa que lo único que queremos es llevar a Sacha a la iglesia en su cumpleaños y efectuar la ceremonia. Todo lo que ha estado haciendo se basa en impedir que lo consigamos. Así que si encontramos una manera de hacerlo salir y acabar mañana con él…

–…entonces no habrá nadie que nos detenga cuando llegue el momento de efectuar la ceremonia –Deide se enderezó en su silla lentamente–. No es una mala idea.

–¿Pero cómo? –Louisa parecía escéptica–. Es que no se trata solo de decir "Y ahora matamos a Mortimer Price" y entonces ocurre. Es obvio que el tipo no va a querer morirse.

–No va a querer –admitió Deide–. Sin embargo, como Alastair mencionó, estamos en una buena posición, pues ni siquiera espera que lo intentemos. Tenemos el elemento de la sorpresa a nuestro favor.

–Exactamente. Podemos hacerlo –exclamó Alastair, entusiasmado.

La idea de matar a Mortimer parecía animarlos. Todo su cansancio anterior había desaparecido.

Un escalofrío descendió por la espina dorsal de Taylor.

–¿Cómo? –preguntó, volteando a ver a los adultos en la mesa. Era complicado leer la expresión de sus rostros con la escasa luz–. Es que no podemos solo… no sé… dispararle a Mortimer. ¿O sí?

Louisa y Alastair intercambiaron miradas, pero ninguno de los dos respondió.

–Es sencillo matar –dijo Deide llanamente.

El hombre levantó su pesado cuchillo de plata y lo sostuvo para que la luz parpadeante lo iluminara, dándole un brillo mortal.

–Podría matar a cualquiera en dos segundos con este cuchillo –hizo girar el cuchillo con las puntas de los dedos hacia su mano, atrapándolo al vuelo.

–Yo lo mataré –dijo Sacha de pronto.

Taylor se giró para verlo. La mirada del joven era intensa y estaba llena de odio.

–Déjenme hacerlo.

Deide bajó su cuchillo con un golpe seco.

–Todos nos vamos a involucrar en este plan –señaló–. Sin embargo, primero debemos encontrar a Mortimer. Y hoy no lo pude lograr. Tenemos solamente dos días para hallarlo. Después de ese tiempo, será demasiado tarde.

–Mencionaste que sospechas que de alguna manera está protegido –Louisa parecía dudar –. ¿Cómo lo vamos a encontrar si no quiere que lo hagamos?

La mirada de Deide se deslizó hacia Sacha y Taylor.

–Usamos una carnada.

A la mañana siguiente, Taylor se despertó sobresaltada en una habitación desconocida.

Una luz pálida se filtraba a través de las gruesas cortinas que alguna vez fueron amarillas y exhibían un delicado estampado de flores, pero que el tiempo se encargó de oscurecer hasta adquirir un tono dorado sin brillo.

Parpadeando, la joven se sentó lentamente. La habitación era enorme; tenía cuatro veces el tamaño de su dormitorio en San Wilfred. Una imponente chimenea de mármol dominaba la vista de una de las paredes y un enorme armario sobresalía en el otro extremo. La cama con dosel tenía atada a cada uno de los gruesos postes la misma tela amarilla con que estaban hechas las cortinas. Su aspecto en algún momento debió de ser brillante y alegre, pero ahora la tela se estaba pudriendo en algunas partes y olía a moho.

Se había hecho muy tarde cuando finalmente se fueron a dormir. Tuvieron que llevar velas para iluminar su camino de subida por lo que alguna vez fue una maravillosa escalera. Los escalones rechinaban de forma inquietante, pero Louisa insistía en que eran seguros siempre que uno se mantuviera cerca de los bordes.

–Nadie se ha venido abajo hasta ahora –dijo de manera poco convincente.

La habitación de Sacha estaba a un costado de la de Taylor, y la de Louisa en el otro lado.

Mientras se preparaba para acostarse, Taylor alcanzaba a escuchar los sonidos reconfortantes de sus dos compañeros caminando lentamente alrededor de sus propias habitaciones cavernosas.

Ahora, reinaba una asombrosa quietud en la casa, aunque creía poder oler que alguien preparaba café en la planta baja. Sabía que la estarían esperando; no obstante, no se levantó de inmediato. Permaneció acostada en aquella cama inesperadamente cómoda y repasó las cosas que se discutieron la noche anterior.

Necesitaba sentirse preparada para cuando enfrentara a los otros. No era un momento para lucir insegura. No había tiempo para dudas.

Anoche, después de que terminaron de comer, el grupo regresó al salón. Taylor se había acurrucado en la esquina de un sofá hundido. Sacha se sentó rígidamente en el extremo opuesto. Había permanecido en silencio toda la noche, con la mirada oscurecida por el pensamiento.

–Este es el plan –dijo Deide–. Mañana temprano vamos a Carcassonne. Ustedes dos... –apuntó a Taylor y Sacha–...van a entrar juntos. No intenten ocultarse, pero tampoco se comporten de un modo obvio. Mézclense con la multitud. El resto de nosotros mantendremos una distancia segura, aunque estaremos ahí en caso de que nos necesiten.

–¿Qué haremos en el lugar? –preguntó Sacha–. Además de mezclarnos con la gente.

–Tenemos dos metas. Primero, tienen que seguir las instrucciones que les dieron para encontrar la ubicación exacta para la ceremonia. Estarán buscando símbolos, ¿es correcto?

–El profesor Zeitinger dijo que busquemos un uroboros, una serpiente que se muerde la cola –mencionó Taylor con vacilación–. Dijo que estaría tallado en la piedra donde… En el lugar donde tenemos que efectuar la ceremonia.

–Precisamente –afirmó Deide–. Así que deben hallar esta piedra. Esto es para que puedan localizarla fácilmente la noche siguiente. Al mismo tiempo, asegúrense de que los vean.

El hombre miró fijamente a Louisa y a Alastair.

–La otra meta para mañana es que Mortimer los vea. Queremos que sepa que están ahí. Esperemos que salga e intente atrapar a Sacha. Y cuando lo haga…

–Lo matamos –dijo el joven sin emoción.

–Exactamente así.

–¿Aunque sea a plena luz del día? –objetó Taylor–. Va a haber mucha gente alrededor. ¿Cómo quiere conseguirlo?

El maestro se encogió de hombros despreocupadamente.

–Haremos lo que sea necesario. Creo que es mejor ser considerados unos asesinos que terminar muertos nosotros.

Cuando lo expuso de ese modo, tenía bastante sentido.

–Así que este es el plan –Deide sacó un mapa del bolsillo de su chaqueta y lo extendió en la superficie maltratada de una mesita auxiliar. El hombre dirigió la vela para que proyectara su luz parpadeante sobre la página. Los demás se juntaron alrededor para ver.

La habitación era cálida y tenía un olor agradable a cera derretida y al petróleo quemado de la lámpara.

Deide señaló un espacio verde en el mapa y dijo:

–Hay un estacionamiento en la cima de la colina, cerca de la ciudadela. Sacha y Taylor estacionarán ahí. Hay otro sitio en las orillas del pueblo, pero este es el que conduce más rápido hacia la iglesia. Mortimer lo sabe y no lo perderá de vista. Hay que moverse rápido aquí.

–¿Cómo podría vigilar Mortimer el estacionamiento y el resto de las calles al mismo tiempo? –preguntó Taylor.

Louisa levantó la vista para encontrarse con la mirada de ella.

–No estará solo.

–¿Cómo sabes…? –el estómago de la joven se tensó.

No pudo concluir la oración. En el extremo opuesto de la habitación, su teléfono comenzó a sonar dentro de su mochila. Era el tono de llamada de Georgie, con su canción pop favorita del momento. La tonada alegre parecía bastante fuera de lugar en ese contexto.

–Perdón –se disculpó Taylor, sonrojada.

Atravesó corriendo la habitación y batalló con el cierre de la mochila, hasta que finalmente rescató el aparato de las profundidades, justo cuando la llamada se cortó.

El rostro de pómulos salientes y piel oscura de Georgie le sonreía. Mientras los demás reanudaban la conversación –que sonaba como el murmullo de una discusión tensa–, Taylor contempló aquel hermoso rostro hasta que se desvaneció de la pantalla. Enseguida pulsó el botón de ignorar. Apagó el teléfono y lo volvió a meter en su mochila.

–¿En dónde nos quedamos? –preguntó.

Louisa se le quedó mirando.

–Una vez que lleguen a la iglesia –dijo–, busquen la habitación lo más rápido que puedan. Podría estar en una de las capillas laterales, ubicada en la nave central. Podría estar en una cripta o detrás de una puerta con llave. Sean meticulosos. Debe estar en la parte delantera del edificio. Busquen el símbolo.

Deide continuó con las instrucciones.

–Habrá muchos turistas, pues la iglesia es una atracción popular, así que estarán a salvo. Pero deben intentar no quedar atrapados en ella. Deben verlos, pero no capturarlos.

Taylor tragó saliva con dificultad al imaginar quedar atrapada con Mortimer y sus demonios. Esta posibilidad no le había pasado antes por la cabeza.

–Desde ahí, deberán caminar lo más rápido posible hacia la motocicleta y regresar a la casa –continuó Deide–. El resto de nosotros los seguiremos todo el camino, con la esperanza de que Mortimer muerda el anzuelo. Si lo hace, estaremos listos para actuar –hizo una pausa–. Debo ser honesto, no creo que los vaya a atacar a plena luz del día. Espero que lo haga, pero tengo mis dudas al respecto. Si no lo hace, debemos regresar por la noche a intentarlo otra vez. Seguiremos intentándolo hasta que sea el cumpleaños de Sacha.

–Nunca nos rendiremos.

Cuando Taylor se dirigió a la planta baja, se percató de que caminaba lentamente, como si asimilara el edificio bajo la luz del día. Anoche había estado demasiado oscuro como para ver gran cosa. Ahora que el sol se derramaba por las ventanas, podía ver todo lo que se había perdido.

El vestíbulo era amplio y tenía paneles de roble que alguna vez debieron estar pulidos hasta brillar; aunque ahora se veían deslucidos y descuidados. Los jarrones de mármol que en otro tiempo contuvieron flores, ahora se erguían vacíos sobre los pedestales. El salón era glorioso, con el papel tapiz de seda hecho jirones y los enormes espejos empotrados encima de las dos chimeneas que delimitaban el largo espacio rectangular. En alguna época debió ser un salón de baile; era sencillo imaginarlo lleno de mujeres ataviadas con vestidos lujosos, bailando bajo la luz de las velas.

Cuando Taylor entró caminando a la cocina unos minutos después, los demás habían terminado de desayunar. Deide y Louisa continuaban sentados a la mesa; Alastair estaba en el fregadero lavando la vajilla, con espuma hasta los codos.

Taylor se quedó boquiabierta. Todos iban vestidos como turistas. El profesor llevaba puesta una camiseta holgada y jeans. Las bermudas de Alastair dejaban ver sus piernas pálidas y musculosas, cubiertas de un fino vello dorado. Arriba, vestía una camiseta con una bandera del Reino Unido en el frente.

Al ver la expresión de Taylor, el joven extendió los brazos para presumirla, mientras el jabón le escurría por la punta de los dedos y caía en el suelo de piedra.

–¿Te gusta?

–Muy chic –le dijo.

De todos, Louisa era la más transformada. Una blusa blanca de manga larga le cubría los tatuajes de los brazos y unos pantalones largos ocultaban la tinta en sus piernas. Su cabello azul iba escondido debajo de la gorra de la Universidad de Oxford de Alastair.

–Se ven espantosamente normales –observó Taylor.

–Buscaba verme espantosamente normal –respondió Louisa.

En cuanto a ella, llevaba puestos unos shorts negros y una camiseta blanca que decía "Accio Book" en el frente. Pero esta más bien era su pinta de costumbre. Se preguntó si esto quería decir que siempre se veía como una turista.

De pie, Louisa juntó las tazas y los vasos y los llevó al fregadero para que Alastair los lavara.

–Te perdiste el desayuno. Será mejor que tomes algo rápido si quieres comer.

–No tengo hambre.

El estómago de Taylor estaba tenso por los nervios.

–¿Dónde está Sacha? –preguntó al notar que era el único que faltaba.

–Está alistando la motocicleta –respondió Louisa, dirigiéndose a la puerta–. Nos vamos en cinco minutos. Voy por mis cosas.

Taylor se sirvió un vaso de agua y caminó hacia Deide, que estaba parado junto a la alta ventana de la cocina mirando hacia afuera. La vista era impresionante. Las colinas secas descendían a lo profundo de un valle. A la distancia, la joven alcanzaba a ver un bellísimo castillo blanco, con sus torrecillas redondas brillando al sol, como si acabara de salir directamente de un cuento de hadas.

Era demasiado hermoso para ser real.

–¿Qué es eso? –preguntó, señalando el edificio.

–Es Carcassonne –respondió Deide.

**29**

Eran las últimas horas de la mañana cuando Sacha condujo la brillante motocicleta negra hacia un lugar de estacionamiento apenas legal, situado entre un largo autobús turístico y una minivan, tras lo cual apagó el motor.

El estacionamiento estaba abarrotado. Las hileras de automóviles y autobuses se extendían en todas direcciones a través del lote asentado en la cumbre. De hecho, todo el pueblo de Carcassonne parecía atiborrado por miles y miles de personas.

El joven se quitó el casco y volteó a ver a Taylor por encima de su hombro.

–Es una locura.

En el aire se respiraba el olor familiar a pueblo turístico: mezcla de palomitas de maíz, azúcar quemada y emisiones de diesel. Las hordas de turistas marchaban a pie, subiendo desde el pueblo que se encontraba colina abajo.

–Esto es peor que un parque de diversiones –Taylor le entregó su casco–. Imaginé que estaría concurrido, pero no pensé que fuera a estar *así*. ¿De dónde salió toda esta gente?

–De todas partes.

Una familia miró con desconfianza la motocicleta al rodearla. Los tres hijos se adelantaron corriendo, mientras sostenían unos globos con sus manos pegajosas y gritaban emocionados.

Sacha no pudo evitar negar con la cabeza.

–Es peor de lo que recordaba.

Aún no era mediodía, pero ya hacía calor. Desde donde estaban estacionados, Sacha apenas podía ver el pueblo que se encontraba en la base de la colina, con sus casas de caliza común y corriente y sus techos de teja roja. Al otro lado del camino se elevaba el castillo; sus formidables paredes de piedra blanca fluían alrededor de docenas de torres de observación, cada una de las cuales terminaba en un fantástico techo puntiagudo.

Parecía atemporal. Eterno.

Al pararse en frente de aquellos muros, de pronto resultaba sencillo creer en maldiciones y alquimistas, en calabozos y ejecuciones públicas en la hoguera.

–Es hermoso –murmuró Taylor, buscando la mirada de su compañero–. Es difícil creer que un lugar como este siga existiendo.

Sacha apenas levantó la mirada hacia el espléndido edificio mientras colgaba los cascos en el manillar del vehículo.

–Es falso –aseguró.

Ella volteó a verlo, sorprendida.

–¿Qué quieres decir con falso?

–El castillo –dijo, bajándose de la motocicleta, esperando a que ella también lo hiciera–. Parece medieval, pero fue reconstruido hace ciento cincuenta años por un lunático. No es medieval en absoluto. Es falso.

Taylor se paró con las manos en la cadera, admirando el elegante castillo que sobresalía en la colina.

–Sigue siendo un castillo fenomenal.

Tener una conversación normal alivió parte de la tensión que había ensombrecido el breve viaje desde la mansión. Mientras se abrían paso para salir del estacionamiento y dejarse absorber por la muchedumbre de camino al enorme portal en forma de arco que había en la ciudadela, Sacha sintió mayor confianza. Había visitado este lugar cuando era niño, durante un viaje escolar, y la familiaridad con el sitio hacía que fuera un poco menos aterrador. Tal vez si considerara esta visita como un paseo normal, podría superarlo.

Los jóvenes recorrieron el pasaje abovedado y desembocaron en un caos de angostas callejuelas adoquinadas. Sacha miró alrededor con interés. Había olvidado el viejo pueblo en su mayoría; todo lo que recordaba de su primera visita eran las discusiones en el autobús y a los niños vomitando después de haber abusado de la comida chatarra.

Pero ahora, mientras la multitud los arrastraba hacia el puente que atravesaba lo que alguna vez fue un amplio foso, pero que ahora no era más que una pendiente cubierta de hierba, el lugar comenzó a sentirse familiar de un modo confuso.

A pesar de que el castillo había sido reconstruido, según le había dicho el joven a Taylor, antes de que eso ocurriera, durante varios cientos de años la fortaleza había tenido prácticamente el mismo aspecto que ahora. Sin embargo, era más que un castillo. Era una ciudad detrás de sus gruesas murallas fortificadas.

Una comunidad entera había vivido aquí y sus casas se conservaban. Esas fueron las personas que quemaron a Isabelle Montclair. La habían arrastrado frente a esas casas la misma noche en que la mataron. Quizás, uno de sus propios antepasados vivió en una de ellas.

Parecía que debía sentir algún tipo de conexión con este lugar, independientemente de la visita que hizo en su niñez. Después de todo, estaba tan vinculado al pasado de su familia que estaba a punto de morir por su causa. Pero no la sintió.

Los pequeños negocios que vendían dulces y jabones artesanales, con sus ventanas de vidrio emplomado y sus signos de madera, no eran más que tiendas. Las estrechas callejuelas empedradas, más bajas en el medio, eran lindas pero no sentía que las conocía.

Volteó a ver a Taylor para contarle sus reflexiones, pero en los ojos de ella había una mirada absorta de intensa concentración. El joven sabía lo que eso significaba.

–¿Percibes algo?

–Es muy extraño –dijo, frunciendo el entrecejo con preocupación–. Parece que no puedo percibir casi nada.

Un hombre de camiseta roja y shorts los pasó, y Sacha jaló a Taylor a un lado.

–¿Qué? ¿Nada? –volteó a verla, perplejo.

–Es como en la casa de seguridad, pero en mayor grado –le explicó–. Es como si le hubieran hecho algo para volverlo imposible de leer. Para protegerlo.

Taylor giró sobre su eje, observando las caras de quienes los rodeaban, antes de voltear hacia su compañero. El joven pudo reconocer el pánico en su mirada.

–No puedo describirlo, Sacha. No alcanzó a *ver* a ninguna de estas personas; me refiero a su energía. No están ahí. Es como si no fueran reales. Son fantasmas. Tampoco percibo la tuya, aunque sé que está ahí. Es como... Como si estuviera sola en esta calle, a pesar de que sé que no lo estoy –respiró con rapidez y nerviosismo–. Alguien me está bloqueando.

–¿Eso qué significa?

–No lo sé –volteó a verlo con un gesto de impotencia–. Ahora entiendo lo que el señor Deide dijo anoche. No hay rastro de Mortimer porque no hay señales de nada.

Sacha miró alrededor de la vieja callejuela. Había gente por todas partes: familias, parejas tomadas de la mano, ancianos con bastones. Lo que ella decía no tenía sentido.

Aquellas personas eran reales. La pequeña tienda de turrones frente a la que estaban parados definitivamente era real. El joven alcanzaba a escuchar la conversación que estaba teniendo lugar adentro ("¿Tiene una caja más pequeña?" "Por supuesto, madame…"). El aroma del azúcar glas y las almendras, llevado por la brisa del aire acondicionado que circulaba a través de la puerta abierta, también era real.

–Hay algo más –Taylor se mordió el labio como si estuviera decidiendo qué tanto contarle, luego se inclinó hacia él y habló rápidamente–. Hay algo terrible en este lugar, Sacha. Algo oscuro y terrible. No puedo verlo, pero puedo sentirlo. Se siente como algo sofocante. Se siente como… como la muerte.

El joven se acercó más a ella y bajó la voz.

–¿Mortimer está haciendo esto?

Su respuesta llegó sin rastros de duda.

–Esto es peor que la energía oscura.

Sacha examinó el área como si pudiera encontrar la fuente de lo que Taylor percibía. Una parte instintiva en él alcanzaba a sentir una fracción de lo que su compañera advertía. O tal vez solo era el miedo. De cualquier forma, cada nervio en su cuerpo estaba alerta.

Todo lo que había sido benévolo ahora parecía amenazante: el salpicar de la fuente, en la cual las ninfas vertían sus jarrones de agua en las piletas bajo sus delicados pies; los pequeños grupos de artistas vestidos con atuendos medievales alrededor de la plaza, que realizaban trucos de magia, malabares con fuego y animaban a la multitud con su constante parloteo.

El joven quería salir de ese lugar, pero aún no podían hacerlo.

–Tenemos que seguir andando –dijo en tono grave.

Taylor afirmó con la cabeza, aunque él pudo notar el helado temor en su rostro.

Ambos se adentraron con renovada cautela en el río de turistas. En una tranquila callejuela secundaria, el sonido de una risa histérica atrajo su atención hacia una cabañita de piedra situada entre las sombras. En el lugar vendían anticuadas marionetas de madera. En frente del negocio habían montado un escenario reducido, cubierto de tela, y un pequeño grupo de niños se había reunido para ver la obra de títeres.

Taylor y Sacha se detuvieron a un lado del público, a la sombra de un plátano.

Una de las marionetas estaba vestida como una mujer con ropa negra hecha harapos. El otro títere, que hacía de villano, era un hombre montado a caballo. A su pequeño rostro le habían tallado y pintado una espesa barba café. A Sacha le tomó un instante darse cuenta de lo que estaba viendo. La marioneta del hombre interpretaba a un juez. La mujer de negro estaba siendo juzgada; la acusaban de brujería y había sido condenada a arder en la hoguera.

Con una mueca, Sacha volteó a explicarle a Taylor lo que estaba sucediendo.

–Entiendo –respondió, antes de que él pudiera explicarle–. Es terrible.

Muchas brujas ardieron en este lugar, igual que Isabelle Montclair. No era difícil de imaginar en este antiguo espacio (que había cambiado tan poco con los siglos) el sonido de los cascos de los caballos estrellándose contra el empedrado, los gritos de los cazadores y los aullidos aterrados de las víctimas quemándose.

Los jóvenes se alejaron a toda prisa.

Lo último que vieron de la obra de títeres fue a la mujer parada en una hoguera en miniatura, mientras un pequeño ventilador agitaba las "llamas" hechas con retazos de tela roja y anaranjada, crepitando bajo sus pies de madera.

Unos pocos minutos después, Taylor se detuvo a señalar.

–Sacha, mira.

Volteando hacia donde ella le indicaba, el joven vio un símbolo tallado en la piedra: un triángulo dentro de un círculo. EL símbolo alquímico de la seguridad. Había visto docenas de ellos en San Wilfred.

–¿Qué hace aquí? –preguntó.

–No lo sé. Parece verdaderamente antiguo. Quizás los alquimistas marcaron el pueblo en el pasado –supuso ella–. Intentaron mantenerlo a salvo.

Los jóvenes siguieron de largo y sus ojos escudriñaron los edificios alrededor en busca de más símbolos. Resultó que no tuvieron que ir muy lejos. Había símbolos por todos lados.

–Ahí –señaló la joven, apuntando hacia un sol y una luna tallados encima de una tienda–. Y ahí –a unos metros de distancia, había un símbolo del infinito cincelado en la piedra.

Cada signo parecía conducir al siguiente, y Sacha arrugó la frente sorprendido.

–Es como una ruta.

Siguieron el rastro de los símbolos por la vieja callejuela, pasando los negocios y los pequeños restaurantes. Estaban tan absorbidos persiguiéndolos, que a Sacha le tomó un segundo darse cuenta a dónde los estaban conduciendo.

Se encontraban en la tranquila plaza de piedra en frente de la basílica de Saint-Nazaire, la cual se erigió encima del lugar donde Isabelle Montclair fue ejecutada, y donde se supone que él iba a morir.

La iglesia descomunal se elevaba por encima de las casas medievales que la rodeaban, y su campanario ascendía hacia la claridad del cielo azul.

Unas gárgolas espantosas estiraban sus cuellos caprichosamente largos, en forma de arco, por encima de sus cabezas. Tenían manos humanas y rostros caninos que, al levantar los labios, revelaban unos dientes afilados.

Los jóvenes se acercaron con cautela a la puerta arqueada de la iglesia.

—Supongo que hay que entrar —dijo Taylor.

—Creo que sí.

A pesar de que los turistas pasaban junto a ellos, Sacha tenía la más extraña sensación de aislamiento, como si estuviera completamente solo.

No recordaba haber tomado la mano de Taylor, sin embargo la sostenía cuando entraron caminando.

El interior del edificio era más fresco, casi frío. Además, inesperadamente oscuro.

La iglesia no parecía peligrosa. Todo era como uno esperaría, con sus bancos oscuros alineados cuidadosamente. El altar que había al frente exhibía una mesa sencilla cubierta por una tela brillante, ubicada justo debajo de unos vitrales en forma de espada que proyectaban astillas de luz morada sobre el suelo de piedra.

La mayor parte de la multitud no entraba. Unas cuantas personas se quedaban admirando los vitrales. Otras dos estaban sentadas en los bancos, aparentemente en oración. En medio de aquella penumbra, a Sacha le tomó un segundo darse cuenta de que uno de ellos era Alastair, quien mantuvo la cabeza inclinada sobre sus manos sin voltear a verlos en ningún momento. Verlo lo hizo sentir seguro. Podía con esta misión.

La pareja emprendió la búsqueda, comenzando por la vasta nave.

Zeitinger les había dicho que la ejecución tuvo lugar en la plaza del pueblo y que posteriormente la iglesia fue ampliada hasta absorber ese punto. Eso implicaba que la habitación que buscaban se hallaba cerca de la parte delantera del edificio actual.

En el muro de adelante había una serie de pequeñas capillas individuales, una junto a otra, dedicadas a distintos santos. Los jóvenes se detuvieron afuera de cada una, mirando entre las sombras en busca del uroboros tallado en la piedra. Estaban tan concentrados en su pesquisa que al inicio no se percataron del cambio en la atmósfera del lugar. Se había quedado completamente callada.

El perfume del incienso y las azucenas flotaba en el aire, pero ahora algo nuevo se había sumado; un aroma dulzón desagradable, no muy distinto al olor de algo putrefacto. El aire se sentía pesado y turbio.

De pronto, Sacha luchó contra el deseo de salir corriendo. Junto a él, Taylor palideció. Sus dedos se sentían fríos y húmedos contra los suyos. El joven supo que ella también lo percibía. Algo muy malo estaba sucediendo en este lugar.

En cierto momento durante su búsqueda, la iglesia se vació. Solamente Alastair permaneció sentado. En ese momento se levantó, mirando confundido alrededor.

Lo que fuera que estuviera ocurriendo, todos podían sentirlo.

–¿Qué está pasando? –preguntó Taylor.

Sacha negó con la cabeza en señal de que tampoco lo sabía.

–Sigamos –dijo en tono grave, a pesar de que su estómago se revolvía y la cabeza había comenzado a martillarle.

Se dirigieron a la siguiente capilla; casi habían llegado al final del muro y hasta ahora no habían encontrado nada.

Sin decir palabra, Alastair se unió a ellos. No los miró directamente y actuaba de forma casual, pero Sacha pudo ver en su postura que estaba alerta, en la manera que sus ojos registraban el lugar a la espera de que los atacaran.

En algún punto de la iglesia alguien comenzó a tocar el órgano; la música parecía amenazante, cargada de presagios. La sensación que les despertaba el edificio se volvía cada vez más opresiva. El nauseabundo olor dulzón se intensificaba con cada paso. El aire parecía adquirir peso y los aplastaba.

El volumen de la música aumentó, intensificándose más y más hasta convertirse en un confuso muro de sonidos. El dulce olor a muerte parecía crecer con él, provocándole arcadas a Sacha.

Al joven le pareció que aquello que estaba en la iglesia lo había reconocido y se acercaba a él con avidez. Tuvo que esforzarse para que sus pies avanzaran, como si caminara en una tormenta de nieve.

En algún lugar se azotó una puerta y sopló una brisa helada.

De pronto, una voz grave y gutural le susurró al oído.

–Aquí es donde todo comenzó, con fuego y sangre. Aquí es donde acabará. Mañana por la noche, en este lugar, en este suelo, morirás.

Un acceso de bilis le quemó la garganta a Sacha.

De repente, Alastair se encontraba detrás de la pareja y los apremió a que fueran a la puerta.

–Salgan, *ahora*.

Sacha no necesitó más estímulo. Tomó a Taylor de la mano y salió corriendo.

Al salir a trompicones de la iglesia y llegar a la purificante luz del sol, el joven creyó escuchar que una carcajada burlona inundaba la nave. Continuó avanzando, más allá de la plaza y lejos de las espantosas gárgolas que parecían observarlos. Enseguida, el joven cayó de rodillas a la sombra de un árbol y vomitó.

Cuando se levantó, y tras limpiarse la boca con el dorso de la mano, Taylor y Alastair se encontraban a su lado. Louisa salió de la nada y se les unió, sin que su mirada dejara de escudriñar a la multitud.

–¿Estás bien? –le preguntó Taylor, sin aliento.

–La escuché –dijo Sacha–. La voz del demonio. La escuché. Dijo que iba a morir –su voz se estremeció y luchó por recobrar el control. Volteó a ver a Louisa–. ¿Cómo puede haber un demonio en la *iglesia*?

Pero fue Alastair quien respondió.

–No lo sé –su expresión era sombría–. El caso es que ahí está y nos espera.

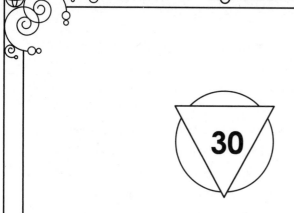

**30**

De regreso a la mansión esa tarde, los ánimos eran apagados. El grupo se reunió en el salón y se sentaron en las sillas ubicadas al fondo.

–Era como si hubiera una pared invisible entre mí y alguien más –comentó Taylor–. Mortimer podría haberse parado justo a mi lado y nunca me hubiera enterado.

–También lo sentimos –mencionó Louisa–. Jamás había experimentado algo así en mi vida.

–El demonio se está volviendo más poderoso –señaló Deide con un gesto duro–. No encontramos el lugar para efectuar la ceremonia y Mortimer tampoco atacó. Jugó con nosotros. Lo lamento, pero debemos regresar esta noche para volver a intentarlo. Por lo menos tenemos que intentar acabar con él para terminar con esto antes de mañana y no quedarnos sin oportunidades.

El solo pensar en regresar hizo que Sacha se estremeciera. Sintió su propia muerte en ese lugar.

–¿Cómo vamos a hacerlo? –preguntó Taylor de forma lastimera–. La energía en la iglesia era apabullante. Estábamos desamparados.

Nadie respondió. Al voltear a ver sus gestos de desesperación, Sacha se dio cuenta con insoportable claridad que nadie tenía respuestas. Era mucho peor de lo que imaginaban.

–Tiene razón –dijo Louisa finalmente–. ¿Cómo podemos llevar a Taylor y a Sacha de regreso esta noche si ni siquiera podemos ver a qué nos enfrentamos? Mortimer podría estar justo detrás de nosotros y no nos enteraríamos. Estamos ciegos en ese lugar.

–No tenemos otra opción –Deide se quitó los lentes precipitadamente y los arrojó sobre la mesa–. ¿Es que no entienden? No podemos darle la espalda a esto. Debemos encontrar ese lugar antes del cumpleaños de Sacha. Tenemos que matar a Mortimer. Así que vamos a regresar al pueblo y vamos a pelear. De otro modo, mañana moriremos.

Las palabras del profesor parecieron resonar en la vieja mansión y reverberar alrededor del grupo.

*Mañana moriremos… mañana moriremos.*

Sacha dejó caer la cabeza. Parecía no haber esperanza. Los demás también enmudecieron.

Pero fue Taylor quien continuó la conversación.

–Está bien entonces, señor Deide –dijo con calma–. Tenemos que regresar esta noche y matar a Mortimer. ¿Cómo lo vamos a hacer?

El maestro sacó un mapa y lo extendió sobre la mesa. Sin lentes se veía más joven. Tenía la mandíbula tensa.

–Tengo un plan.

Cuando la reunión terminó, Sacha se dirigió a su habitación.

Durante una hora discutieron el plan. Todos se enteraron de lo que tenían que hacer. Sacha no creyó que una sola de las personas que había en el salón de verdad pensara que fuera a funcionar. No les dijo nada a los demás pero, en el fondo de su corazón, sentía que la lucha estaba perdida. La voz del demonio en su oído lo había dejado muy claro.

Desde que conoció a Taylor fue capaz de convencerse de que tenía una oportunidad, de que podía vencer la adversidad. De que podría vivir. Ahora sabía que no era más que una fantasía.

A solas en su enorme habitación, se subió a la alta cama con dosel. En la mañana había cerrado las cortinas andrajosas, así que la pieza estaba fresca y oscura. Cerró los ojos. No quería seguir despierto. No quería pensar.

Sin embargo, como le ocurría desde hacía cuatro días, el sueño lo esquivaba. Su mente le daba vueltas a una espantosa serie de posibilidades y de imágenes terribles. Después de un rato se sentó para silenciar esos pensamientos.

Tomó su teléfono de la mesita de noche y consultó la hora. Apenas pasaba de las tres. No regresarían a Carcassonne hasta más tarde. Faltaban varias horas antes de que todo saliera mal.

Casi había perdido la costumbre de revisar sus mensajes. Como siempre, había varios de su madre. Le contaba que su tía Annie había salido del hospital y lentamente se recuperaba de sus heridas en casa, junto a su perro Pikachu.

El perro ya no es el mismo. Le ladra a todo. Se duerme afuera de la que era tu habitación. Es como si estuviera esperando que regreses. Todos lo hacemos.

Una lágrima solitaria rodó por la mejilla del joven y se la secó con el dorso de la mano.

Había evitado hablar con su madre desde que salieron de Oxford, pues esperaba tener buenas noticias que contarle. No tenía sentido seguir esperando. No iba a haber ninguna buena noticia.

Presionó el botón de llamar. No sabía qué le iba a decir, pero no importaba. Tan solo quería hablar con alguien que lo amara.

Sin embargo, no fue su madre quien respondió.

—¿Hola?

—¿Laura? —el corazón de Sacha se aceleró.

—*Sacha* —su hermana soltó un pequeño grito—. ¿De verdad eres tú?

—Sí, soy yo —se obligó a reír—. ¿Cómo está mi hermana menor favorita?

—Soy tu *única* hermana menor —le reprochó, y el joven la pudo imaginar poniendo los ojos en blanco. Luego la escuchó alejar el teléfono de su oído para gritar—. *Maman*, ¡es Sacha!

El joven se dejó caer en la cama con los ojos cerrados. Debajo de sus párpados, imaginó el departamento familiar inundado por la luz de un día soleado. Laura debía estar sentada en la sala, en el viejo sofá que comenzaba a hundirse en el medio. Probablemente tendría un peluche encima de sus piernas flacas, mientras veía videos musicales.

A la distancia escuchó exclamar a su madre. Tal vez de nuevo estaba trabajando por las noches en el hospital. Si ese era el caso, apenas se acababa de despertar.

—¿Sacha? —la voz familiar de su madre sonaba sin aliento y al joven le recordaba tanto la seguridad del hogar que pensó que el corazón se le iba a quebrar—. *Mon cheri*, no lo puedo creer. ¿Cómo estás? ¿Dónde estás? Te extrañamos mucho.

Respiró de modo tembloroso y controló su voz para que sonara normal.

—Estoy bien, *maman* —le aseguró—. Estoy en un lugar de Francia. No te puedo decir dónde. Pero estoy bien.

–Me preocupas. Por favor, regresa a casa. Queda tan poco tiempo y queremos... yo quiero...

A Sacha se le hizo un nudo en la garganta.

–*Maman*, escúchame con atención porque hay una posibilidad de que esta sea la última vez que hablo contigo.

Ante eso, la mujer enmudeció.

–Todo es muy complicado, pero no puedo regresar a casa –continuó el joven–. El peligro me acompaña, lo sabes.

Su madre hizo un pequeño ruido de no estar de acuerdo, pero no discutió.

–Estoy con unas personas. Buenas personas. Piensan que tal vez puedan impedir que esta cosa se cumpla. No sé... –respiró profundamente–. No sé si tengan razón. Parece... imposible. Pero tenemos que intentarlo. *Papa* los conocía y confiaba en ellos. Y ahora, bueno.... También tengo que confiar en ellos.

–¿Es esa chica inglesa? –le preguntó, con un tono de sospecha en la voz–. ¿Esa Taylor Montclair?

–Está aquí –admitió–. Pero no estamos solos. Hay otros con nosotros tratando de ayudar. Todos están haciendo lo más que pueden por ayudar.

–Bueno.

¿Cómo es que una palabra breve podía ser tan expresiva?

–También pon a Laura al teléfono. Quiero decirles algo a las dos.

–Quiere hablar con las dos –le escuchó decir a su madre–. ¿Cómo se pone esta cosa en altavoz?

El joven escuchó el suspiro de frustración de su hermana.

–*Maman*, te lo he enseñado como mil veces. Aprieta el botón de aquí.

–Eh... –la voz de su madre se alejó–. ¿Nos puedes escuchar?

–Sí, las escucho –sonrió.

–Hola, Sacha –la voz emocionada de Laura sonaba más cerca que la de su madre–. Espero que le estés pateando el trasero a los monstruos.

–Lo hago –respondió, deseando que fuera verdad–. Escuchen, no puedo hablar mucho tiempo. Quiero que ambas me escuchen hacer esta promesa. Les juro que haré todo lo que esté en mis manos para sobrevivir. Y un día de estos regresaré a casa y las abrazaré. Y juntos celebraremos mi cumpleaños dieciocho –respiro tembloroso–. Si no lo consigo, por favor, créanme que hice todo lo que pude, ¿de acuerdo? Haré lo más que pueda para sobrevivir, porque deseo verlas de nuevo a las dos.

El joven escuchó un leve sonido, que bien pudo ser el de un llanto, pero no quiso pensar en eso.

–Laura, si no regreso, por favor, cuida de mamá, ¿de acuerdo?

Hubo un largo silencio antes de que su hermana respondiera.

–Lo prometo –dijo con voz muy queda.

A Sacha se le había cerrado la garganta a tal punto que con trabajo pudo decir las siguientes palabras.

–Las amo a las dos. Recuérdenlo. Ahora me tengo que ir. Los otros… me llaman.

Su madre le respondió rápidamente.

–Nosotras también te amamos, Sacha. Te veremos en tu cumpleaños.

Sacha terminó de inmediato la llamada, antes de alcanzar a escuchar algo más. Luego se giró sobre su espalda, con un brazo cubriéndole los ojos, e intentó no pensar en nada.

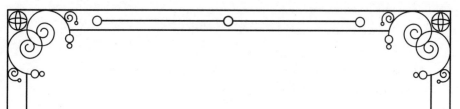

31

Sacha no era el único que encontraba difícil descansar. En la puerta de al lado, Taylor estaba acostada en su cama, completamente despierta. Miraba fijamente la polvosa decoración de yeso que había en lo alto del techo, pero su mente vagaba por doquier: Carcassonne, la vieja iglesia, la oscuridad que la invadió todo el tiempo que estuvieron ahí. Y también estaba Georgie, su mamá, su casa, Oxford, San Wilfred…

Cuando los pensamientos turbulentos la rebasaron, se puso de pie de un salto y se abrió paso escaleras abajo buscando distraerse. Tenía el teléfono en la mano. Ansiaba llamar a su madre, pero no podía. ¿Qué le diría?

Parecía incapaz de formular las mentiras que necesitaría

contarle. Y el pensar en despedirse producía un dolor insoportable. Quizás era mejor para ambas si no la llamaba.

La casa estaba en silencio. Las motas de polvo bailaban en los ríos de luz de la tarde. Desde las esquinas, las estatuas la observaban inexpresivas, como si pudieran escuchar sus pasos y se preguntaran qué hacía ahí.

El salón estaba desierto. La gorra de béisbol de Alastair estaba olvidada sobre la mesa. Una botella vacía de vino se hallaba donde la habían dejado la noche anterior. La quietud se filtraba a través de las tablas del suelo. El silencio era sobrenatural, como si nadie respirara en la casa.

Taylor se apresuró un poco a llegar a la cocina. Esta también estaba desierta. Una brisa la despeinó y se dio cuenta de que habían dejado entreabierta la puerta trasera. Por curiosidad, la empujó para abrirla.

Aquel día caluroso se enfriaba con rapidez. El aire olía a lavanda, que extendía su manto morado y silvestre alrededor de la parte trasera de la casa.

Sentada en una silla de madera maltratada cerca de la puerta, Louisa atravesaba con la mirada el valle hacia las torres del castillo blanco de Carcassonne. Alertada por el sonido de la puerta que se abría, levantó la vista y sus ojos revelaron su color caramelo a la luz de las últimas horas de la tarde. Había cambiado su disfraz por una blusa de manga corta y unos shorts negros. La tinta negra de los símbolos alquímicos que llevaba tatuados contrastaba pronunciadamente con el fondo de su piel pálida.

–¿No puedes dormir?

Taylor negó con la cabeza. Louisa no pareció sorprendida.

–Yo tampoco.

La joven se agachó hasta el escalón de la entrada que había a su lado y levantó las rodillas.

–Lo que no puedo entender es cómo se volvió tan poderoso el demonio –dijo Louisa, como si su conversación anterior no hubiera terminado–. Deberíamos tener más de veinticuatro horas. El cumpleaños de Sacha no empieza hasta mañana a medianoche.

–Quizás se fortalece conforme el tiempo de la ceremonia se acerca –sugirió Taylor.

–Por desgracia, tiene sentido.

Hubo un silencio entre ambas por un momento. Luego, Louisa retomó la palabra.

–Nunca te conté que antes de salir de San Wilfred, me encontré con un libro en la oficina de Aldrich. Era una traducción del siglo XVI de un manuscrito del siglo XIII, llamado "Para traer a un demonio".

Taylor volteó a verla y Louisa levantó una mano como respuesta a la pregunta no dicha.

–Cuando lo leí, pensé que eran tonterías. Pero cambié de parecer. Creo que explica lo que está sucediendo en este momento.

–¿Por qué pensaste que eran tonterías? –preguntó Taylor.

–Aldrich había dejado una de sus notas adentro –comentó, como si eso lo explicara todo.

–¿Qué notas?

Louisa se le quedó mirando.

–Sabes que tenía montañas de libros, ¿cierto?

Taylor afirmó con la cabeza.

–Bueno, llegó al punto en que había leído tantos que no lograba recordar su opinión acerca de cada uno. ¿Se trataba de un libro que había revisado y con el que había coincidido? ¿O era uno que consideraba ridículo? Esto lo volvió más lento; constantemente tenía que releerlos. Al final, comenzó a dejarse notas en cada libro. Había desarrollado todo un sistema. "C" para Creíble, "A" para absurdo, y así por el estilo –la sombra de una sonrisa aleteó por su rostro–. Era típico de Aldrich.

Por un segundo, su voz se apagó.

–¿Qué hay de ese libro? –Taylor la hizo volver al presente–. El que habla del demonio. ¿Qué nota puso en él?

–"I" de Improbable –Louisa se pasó la mano por el cabello, haciendo volar chispas azules–. Eso significaba que no confiaba en el autor, pero tampoco descartaba por completo las teorías. Como sea, el libro mencionaba que si un demonio contactaba a un humano huésped y llegaban a un acuerdo, el espacio que había entre nuestras dimensiones gradualmente se contraería. El demonio no puede entrar, pero es capaz de percibirnos –volvió la vista hacia el castillo– y nosotros a él.

A Taylor se le secó la boca. Recordó la sensación que había tenido más temprano en el pueblo: una leve pero abrumadora impresión de terror. Como si la energía oscura la rodeara, escurriendo por las paredes y pegándose a sus pies como si fuera brea. Pero Louisa aún no había terminado.

–El libro señalaba que el día en que se acordara el intercambio, una puerta se abriría –dijo, agitando la mano–. Y el demonio caminaría a través de ella –la joven hizo una pausa; sus últimas palabras apenas sonaron más fuerte que un murmullo–. Entonces, todos moriríamos.

–¿Lo crees? –dijo Taylor, sintiendo su corazón latir con fuerza.

–¿Y tú? –Louisa le devolvió la pregunta.

Con una sensación de inevitable terror, Taylor se dio cuenta de que sí lo creía.

Hasta ahora parecía imposible imaginar qué era un demonio. El poder que tenía. La monstruosa violencia hueca que llevaba en el alma. Era algo de lo que se podía leer en los antiguos libros, como en el caso de los dragones y las hadas. Era una fantasía. Pero ya no más.

Las marcas rojas y a medio cicatrizar de las garras que hirieron su mano le indicaban que los demonios eran reales.

–¡Oh, maldita sea, Louisa! ¿Qué vamos a hacer?

La otra joven respondió sin dudarlo:

–Vamos a regresar –dijo con firmeza–. Vamos a encontrar a Mortimer Pierce y lo vamos a matar.

–Pero, ¿cómo? –Taylor no dejaba de pensar en lo mismo–. Sentiste su poder hace un rato.

–Lo hice –inclinándose hacia adelante, apoyó sus codos en las rodillas y la miró fijamente–. Pero también sentí tu poder. Te lo dije antes, Taylor, eres nuclear. Mortimer lleva semanas intentando acabar contigo porque te tiene miedo. ¿No lo entiendes? –inclinó la cabeza hacia un lado–. Sospecha que puedes ganar esta batalla.

Taylor se quedó sin palabras.

–No puedo, Lou. No he tenido tiempo de aprender.

–No necesitas tiempo –dijo con convicción–. Solo necesitas no tener miedo de tu propio poder. Cuando esta noche estés en la iglesia y Mortimer vaya por Sacha, permítete ser quien eres en realidad. Desata toda la energía que tienes contra él. Ábrete a ella. Acaba con Mortimer Pierce esta noche, Taylor.

Después de esa conversación, Taylor no pudo quedarse quieta. Vagó por los pasillos polvorientos de la casa, erró de una habitación a otra, impaciente y nerviosa.

Las palabras de Louisa continuaban rondando su cabeza en círculos.

*Sé quien realmente eres. Acaba con Mortimer Price esta noche...*

En todo este tiempo, la joven había asumido que Louisa o Deide serían quienes matarían, en caso de que tuviera que hacerse. Ahora le quedaba claro que este no sería el caso. Ella tendría que asesinar a Mortimer, igual que hizo con los portadores y los renacidos.

Los demás creían que había un impulso asesino en su alma. Tal vez tenían razón. Pero el poder que sintió ese día en la iglesia le advertía que nunca tendría la oportunidad de lograrlo.

Si ella era su única esperanza, entonces iban a morir. El darse cuenta de ello hizo que su ánimo se fuera en picada.

Se percató de que no había terminado sus estudios ni había recorrido el mundo. Ni siquiera había aprendido a conducir. Jamás había hecho el tipo de cosas que un ser humano supuestamente tiene que experimentar durante su vida. No era justo.

*Tenía tantos planes.*

Imaginar todo aquello que nunca conseguiría hacer era casi paralizante, y tal vez por ese motivo no dejaba de moverse. Obligaba a sus piernas a que dieran un paso y luego otro, para permitir que la sangre fluyera y como prueba de que seguía con vida.

Al final del corredor, la joven abrió la última puerta de la izquierda. En realidad no le importaba qué había del otro lado del umbral, sino sencillamente porque estaba allí.

La puerta dio un rechinido de protesta al abrirse y reveló un espacio alto y sombrío. Las paredes estaban repletas –del suelo al techo– de lomos dorados de libros antiguos.

*Una biblioteca.*

Taylor entró movida por la curiosidad. A pesar de que su mundo se derrumbaba alrededor, una biblioteca seguía teniendo la capacidad de hacerla sentir mejor.

Por supuesto, todos los libros estaban en francés. A la distancia se veían hermosos: empastados en piel y con largos título dorados. De cerca, sin embargo, pudo constatar que estaban muy dañados: manchados por el agua, descoloridos por el sol, hinchados por la humedad y las malas condiciones. A pesar de ello, eran libros.

Todos los muebles de la habitación estaban cubiertos con telas blancas.

La joven tomó al azar una pila de libros de aspecto interesante, se acomodó en el sofá cubierto e ignoró la nube de polvo que se levantó alrededor.

*"Je m'appelle Jaques"*, leyó en voz alta de las páginas de un volumen que parecía ser para niños.

Se acurrucó con la obra entre sus brazos y comenzó a revisarla, deteniéndose para encontrar el significado de las palabras desconocidas.

Estaba tan inmersa en la historia del viaje de Jaques a bordo de un barco ballenero, que cuando un zumbido extraño resonó en el aire, miró en torno suyo, como si la fuente proviniera de una esquina.

Le tomó un instante darse cuenta de que el sonido era su teléfono. Esa mañana lo había metido en su bolsillo por pura costumbre y después lo olvidó por completo. Cuando lo sacó, el rostro de Georgie le sonreía en la pantalla. Observó aquellos ojos cafés tan familiares y luego presionó el botón de responder.

–Oh, por Díos –el grito emocionado de su amiga retumbó en el silencio de la casa–. No lo puedo creer. ¿Qué pasa allá en Oxford? ¿Te tienen amarrada en un sótano? ¿Por qué no has respondido mis llamadas?

Para su total sorpresa, Taylor se descubrió riendo.

–No estoy en un sótano. No seas tan dramática.

–Bueno, será mejor que te tengan amarrada en algún lado si me estás ignorando.

–Cállate –respondió automáticamente–. ¿Acaso solo me llamaste para gritarme? Estoy en la biblioteca y me meteré en problemas si me encuentran hablando contigo. Habla rápido.

Se recostó en el sofá y escuchó a Georgie dar un suspiro exagerado.

–Está bien. Te llamo porque tengo noticias. Como ya sabes, voy a ir con mi familia a España la próxima semana y, aquí viene la mejor parte, mi mamá me dice que puedes venir con nosotros, ¡si es que quieres! Pagarían tus gastos para que vengas –su tono adquirió un matiz defensivo anticipando el rechazo de su amiga–. Aunque sé que estás totalmente ocupada. Pero podrías venir el sábado y regresar el lunes en la mañana, y ninguno de tus raros y barbudos profesores de Oxford se daría cuenta de que no estás. ¿Qué dices? Taylor y Georgie juntas otra vez. Seríamos el azote de los chicos en la Costa del Sol. ¿Podríamos hacerlo realidad?

A Taylor le resultó doloroso tan solo pensar en un mundo en el que los amigos pudieran salir el fin de semana sin complicaciones. Un mundo sin monstruos ni muerte. Sin alquimistas ni Mortimer Price. ¿Por qué no podía tener algo así?

–Sí –se escuchó decir–, hagámoslo.

Su amiga dio un chillido de alegría.

–¿Lo dices en serio? Oh, Dios mío, tengo que contarle a mi mamá. Espera.

La joven dejó caer el teléfono. A la distancia, Taylor alcanzó a escuchar el golpeteo amortiguado de sus pies contra el piso de aquella habitación ridículamente rosa, oyó cómo la recorrió corriendo y cómo abrió la puerta de un jalón.

–¡Mamá! Dice Taylor que viene con nosotros.

A lo lejos, su madre hizo sonidos de aprobación. Unos segundos después, Georgie regresó sin aliento luego de haber gritado.

–Esto va a ser genial. Mi mamá me preguntó si tienes tu pasaporte contigo.

Taylor hizo un gesto afirmativo y sonrió, a pesar de que las lágrimas habían comenzado a desbordar sus ojos.

–Sí, tengo mi pasaporte –murmuró.

Y era cierto. De hecho, en realidad no le había mentido a su amiga ni una sola vez durante toda la conversación. En caso de que fuera la última vez que hablaban, quería que fuera verdad la mayor parte de lo que decía.

Y ciertamente iría con ella a España, siempre y cuando no muriera. *Lo haría.*

–Es tan genial –suspiró Georgie–. Te extraño tanto, Tay. Sé que Oxford es donde realmente quieres estar, pero odio que no estés aquí. Desearía que estuvieras en los dos lugares a la vez.

–Yo también.

Georgie hizo una pausa, como si hubiera reconocido el tono accidentado en la voz de Taylor. Pero cuando habló, sonó igual de alegre que de costumbre.

–No puedo creer que nos vamos a ver la próxima semana. Mi mamá se pondrá de acuerdo con la tuya –celebró otro poco–. Me alegra tanto que hayas respondido por fin el teléfono. Tengo que irme. Mi mamá quiere que la acompañe a hacer las compras. Nos vemos en unos días…

–Nos vemos… –respondió Taylor, pero Georgie ya había colgado. Así que no hubo nadie que escuchara sus últimas palabras–. Te quiero.

**32**

Después de hablar con Taylor, Louisa fue a buscar a Alastair. Revisó la cocina y, al encontrarla vacía, volvió a salir al patio y caminó alrededor del edificio.

Halló a su compañero en el cobertizo, bajo el toldo de su adorada camioneta azul.

—Así que aquí es donde te escondías —dijo, apoyándose contra una pared que se encontraba junto a un viejo arnés de cuero—. Te busqué por todas partes.

El joven levantó la mirada hacia ella.

—No me estoy escondiendo.

El cobertizo era fresco y daba sombra; tenía un olor a gasolina y suciedad no del todo desagradable. Vio que había en un rincón una araña terriblemente grande tejiendo su enorme telaraña de forma afanosa, y se grabó en la mente no acercarse a ese lugar.

La camioneta, que Alastair pintó él mismo, se veía desvencijada y maltratada junto a la deslumbrante motocicleta de Sacha y el elegante deportivo de Deide. Sin embargo, ella sabía que el vehículo era sólido. Fuera del breve incidente que tuvieron cuando la van se sobrecalentó de camino a la mansión, se comportaba como toda una profesional.

—Lo único que pido —dijo el joven— es que no se descomponga esta noche.

Siguió trabajando mientras hablaba; sus manos apretaban metódicamente una parte ennegrecida del mecanismo con una vieja llave inglesa.

—Es hacerse ilusiones —comentó Louisa—. Basta que huela un demonio y el viejo cacharro azul se va a desbaratar.

El joven se enderezó y se limpió el aceite de las manos con un trapo.

—No si puedo hacer algo al respecto —a través de la puerta abierta del cobertizo, dio un rápido vistazo a la tranquila mansión—. ¿Los demás están dormidos?

—Todos están inquietos —respondió la joven, tras negar con la cabeza—. Están buscando formas de ir pasando el día.

—No los culpo —Alastair se limpió la frente con la mano, dejando una mancha de grasa—. ¿Qué hay de ti? ¿Estás inquieta?

—Estoy preocupada, Al —dijo con toda honestidad—. Este día lo cambió todo. Tuvimos un vistazo de a qué nos enfrentamos, y no es nada bueno. Busco levantarle la moral a todos, pero el asunto es que no he dejado de darle vueltas en mi cabeza a esto, una y otra vez. No importa cómo lo imagine, no tiene un final feliz.

—Taylor y Sacha son energía pura cuando están juntos, Lou —le recordó—. No se parecen a nada que hayamos visto antes. Debemos darles una oportunidad.

—Lo sé —suspiró—. Pero hoy tú también lo sentiste. Ese poder demoniaco estaba por las nubes. Era la muerte.

El joven negó enfáticamente con la cabeza y ella pudo ver la desaprobación en sus ojos.

–Vamos. Sabes cómo funciona todo esto. Eso era lo que el demonio quería hacernos sentir. Quiere que renunciemos a tener esperanza. Está jugando con nosotros.

–¿Cómo puedes saberlo? –le dijo ella, intentando no demostrar su frustración–. Estuviste ahí. Lo sentiste.

–Recuerda la regla número uno: los demonios mienten –comentó con delicadeza.

El joven estiró su mano grasosa hacia donde estaba y ella la tomó sin dudarlo, permitiéndole que la acercara. Cuando él la envolvió en sus brazos, al instante se sintió más segura.

No había pasado un solo momento, desde aquel primer día en el pasillo afuera de su habitación, en que no hubiera amado a Alastair. No se lo dijo a nadie durante años; había guardado en secreto ese enamoramiento que le aceleraba el corazón y que le revolvía las tripas cada vez que lo veía.

En el transcurso de los meses, se convirtieron en aliados y luego en amigos. Sin importar lo brusca que fuera ni la dureza de su caparazón, Alastair siempre parecía encontrar su lado blando. Nada de lo que ella hiciera lo desalentaba.

Cuando ella despotricaba, él se reía. Cuando ella rompía cosas, él reparaba lo que hubiera destrozado. Hasta que conoció a Alastair, nunca creyó posible encontrar a alguien que quisiera hacer eso por ella. Todos necesitamos que alguien nos ayude a recoger las piezas rotas.

En este viaje finalmente vencieron las barreras que ella había construido a su alrededor. Le permitió entrar. Y ahora estaba a punto de perderlo.

Hoy había sentido la muerte muy cerca de todos en Carcassonne. Sintió su peso insoportable y el espantoso vacío que la acompañaba.

El demonio los esperaba. Estaba listo.

–Lo vamos a superar –le prometió el joven, atrayéndola más cerca de él.

Ella sonrió con tristeza. Incluso ahora, cuando todo parecía perdido, él se negaba a perder la esperanza.

La joven apretó su nariz contra el pecho de su compañero y respiró su aroma a aire fresco y aceite, sintió su piel tibia y asoleada.

—Si ese demonio te toca, lo mataré —murmuró la joven.

Louisa percibió el ruido sordo de la risa de su compañero.

—Ese demonio no tiene idea de lo que enfrenta.

La chica levantó la cabeza para ver el rostro del joven.

—¿Cómo lo vamos a conseguir, Alastair? ¿Cómo sobreviviremos a esto?

Él rozó sus labios contra los de ella.

—Seguimos el plan —respondió—. Creemos en nosotros y no nos damos por vencidos.

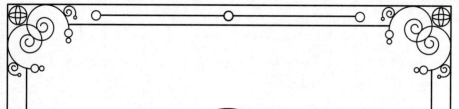

**33**

Cuando condujeron hacia Carcassonne esa noche, encontraron un pueblo muy distinto al que visitaron esa misma tarde. Se habían marchado las hordas de turistas que abarrotaban las estrechas callejuelas. También se habían ido los autobuses, los automóviles y la gente del lugar. Las calles angostas y sinuosas estaban desiertas.

La motocicleta de Sacha retumbaba en medio de aquella quietud conforme ascendían a la cumbre de la colina.

Adelante, el enorme castillo estaba iluminado por todas partes. Docenas de reflectores apuntaban a los blancos muros de piedra desde cada ángulo imaginable.

Todos los estacionamientos cerca de la ciudadela estaban vacíos, pero Sacha los ignoró y frenó la motocicleta directamente frente a la colosal entrada de piedra, debajo de un letrero de no estacionarse.

Tras quitarse el casco, Taylor vio el cartel. Al ver su expresión, el joven se encogió de hombros despreocupadamente.

–No creo que la policía vaya a venir esta noche.

La impresionante entrada, con su puerta estilo puente levadizo, permanecía completamente abierta, pero la pasaron de largo y tomaron a la izquierda, adentrándose en las sombras. Cuando quedaron fuera de la vista, se detuvieron a esperar.

El castillo estaba limitado, en dos de sus costados, por una pendiente empinada y cubierta de hierba que desembocaba directamente en el pueblo moderno en las faldas de la colina. Una vereda accidentada se extendía a lo largo de la cima, en el perímetro exterior de los muros del castillo. Se detuvieron en el borde de este punto y aguardaron la señal.

No tomó mucho tiempo. Sin sonido alguno ni previo aviso, todos los reflectores alrededor del edificio de pronto se apagaron. Durante un momento incierto, todas las luces del pueblo parpadearon. Después, en silencio, también se extinguieron.

Todo Carcasonne quedó hundido en la oscuridad.

Impresionado, Sacha emitió un silbido suave.

–*Felicitations*, Louisa –murmuró.

Taylor intentó sonreír, pero no pudo. Temblaba como una hoja al viento. Cada músculo de su cuerpo estaba tenso.

Era noche tranquila y muy oscura; no había luna que iluminara su camino y sus ojos aún no se habían ajustado lo suficiente para ver las estrellas. Pero eso no bastaba para explicar la grave e inquietante palpitación de miedo que recorría sus venas.

Mortimer se encontraba en algún lugar, al otro lado de esos muros.

–¿Estás lista? –Sacha la miró con expectación.

Se sentía completamente preparado para este momento. A pesar de la oscuridad, Taylor alcanzó a notar que sus ojos azules carecían por completo de miedo. Ella podía entenderlo hasta cierto punto. Este momento y este lugar lo habían atormentado toda su vida. Era como una espada que perpetuamente se balanceaba sobre su cuello. Pero, ahora, el final estaba a la vista. Pronto podrían detener la amenaza para siempre, o bien, caer en la punta del acero. De cualquier forma, finalmente terminaría. Y ella sabía lo mucho que él anhelaba esa conclusión.

Taylor se obligó a hacer un gesto afirmativo con la cabeza.

Sacha los guio por el estrecho sendero de tierra. Avanzaron con cuidado. La colina era empinada y el camino se extendía justo en el borde. Un paso en falso y caerían.

En teoría, la caminata sería breve y sencilla, aunque ahora les parecía eterna. Taylor perdió el sentido del tiempo al rodear los márgenes de la vieja estructura de roca. Tropezó con una piedra, pero recuperó el equilibrio en el último segundo. El joven volteó a verla.

—¿Estás bien?

Ella asintió con la cabeza, y en seguida se dio cuenta de que probablemente no podía verla.

—Sí.

Sacha fijó de nuevo la mirada al frente.

—Bien. Creo que casi…

En ese momento, las sirenas del pueblo sonaron cristalinas en medio del silencio, interrumpiéndolo. Ambos se paralizaron.

—*Merde* —susurró el joven.

El parpadeo de las luces azules de una patrulla de policía alumbraba, con clara intensidad, el telón de fondo negro de la noche sin energía eléctrica. El lamento de la sirena era lúgubre y urgente.

Taylor contuvo la respiración mientras seguía el avance del vehículo hasta que, finalmente, este se perdió a la distancia. Inhaló profundamente y sus pulmones le dolieron en señal de protesta.

–Apúrate –Sacha le llevaba cierta distancia de ventaja y ella no había notado que él se había alejado–. Tenemos que entrar.

Corrió detrás de él y lo alcanzó cuando llegó a una reja de metal oxidada que se hallaba al pie de una de las torres redondas.

–Aquí –susurró Sacha, señalando el lugar donde un pesado candado colgaba de la puerta.

La joven respiró profundamente y colocó la mano justo encima de la cerradura. Cerró los ojos para buscar la energía molecular. Curiosamente, había poca alrededor. No había agua que corriera en la cercanía ni electricidad que fluyera por el viejo muro exterior. Sin embargo, consiguió atraer una frágil hebra dorada de la hierba que crecía bajo sus pies e imaginó que el cerrojo se abría. *Ábrete.*

Taylor no estaba segura de si había suficiente energía, hasta que escuchó el chasquido del candado, seguido de un golpe hueco cuando el cerrojo cayó al suelo.

–Gracias –murmuró a la tierra, tan bajo que Sacha no la pudo escuchar.

De cualquier modo, no lo hubiera notado, pues estaba en proceso de abrir la reja. Esta emitió un tremendo rechinido de protesta –pues no se había utilizado en mucho tiempo–, pero abrió, justo como Deide había anticipado.

La pareja se escabulló adentro. Apenas pusieron un pie en las calles empedradas de la ciudadela, el corazón de Taylor comenzó a palpitar vivamente.

La energía del demonio estaba por todas partes. Solo que ahora había mucho más de ella.

La joven cerró los ojos para buscar señales de vida pero, igual que había ocurrido en la mañana, no pudo percibir nada. Ni de Sacha ni de los demás. Y, desde luego, tampoco de Mortimer. Estaban solos.

La garganta se le cerró y tuvo que luchar contra la tentación de entrar en pánico. Tenía que mantenerse concentrada. Podían conseguirlo.

Para entonces, sus ojos se habían adaptado lo suficiente para alcanzar a percibir el viejo pueblo que la rodeaba. Se veía muy distinto que durante el día. Con la luz ambiental alcanzaba a notar las nervaduras de la edad de los muros de la ciudadela. Las tiendas turísticas que vendían dulces e imitaciones de espadas, con su fastidioso resplandor bajo la luz del sol, de noche lucían medievales y amenazantes.

La brisa agitó su cabello e hizo que se mecieran los anticuados letreros de madera que había encima de ellos. En el aire flotaba un olor a moho y a muerte.

Sacha arrugó la frente y sus ojos se concentraron en el camino que tenían por delante. En sus pasos había absoluta seguridad, como si hubiera caminado miles de veces por estas calles. Tomó la ruta más directa, y apenas pasaron unos minutos antes de que la iglesia se erigiera ante ellos desde la penumbra, imponente y eterna.

Los dientes de Taylor comenzaron a castañetear mientras atravesaban la plaza para llegar a la puerta principal en forma de arco.

A diferencia de la mañana, los portones del edificio estaban bien cerrados.

Cerró los ojos y buscó rastros de energía. Aunque había habido un poco en la reja, esta vez no encontró absolutamente nada. No había ni una sola hebra de energía alquímica. Frunciendo el ceño, se concentró con más ahínco. Su mano estaba justo arriba de la puerta e intentaba extraer energía de algún sitio, cuando el cerrojo emitió un sonoro chasquido metálico.

Taylor se paralizó. Una gélida sensación de terror la congeló. Al ver la expresión en su rostro, Sacha la miró con un gesto inquisitivo.

–No fui yo.

Apenas había pronunciado aquellas palabras, cuando la puerta de la iglesia se abrió de golpe, estrellándose contra la pared de piedra con tal violencia que salieron volando astillas. Taylor se agachó. El joven maldijo y levantó una mano para protegerse la cara.

Encima de sus cabezas, todas las campanas del edificio comenzaron a repicar con una estridencia confusa y con sonidos que apenas se distinguían de un grito.

La energía oscura clamaba por Taylor desde todas las direcciones, descendiendo como olas por las viejas paredes de roca. Tomó a Sacha de la muñeca.

–Tenemos que salir de aquí. *Ahora.*

El joven no discutió. La pareja salió corriendo por el adoquinado, mientras el sonido de sus pasos se perdía bajo el escándalo de las campanas.

Apenas lograron atravesar la mitad de la plaza.

–Ahí están –Mortimer se desprendió de las sombras que había frente a ellos, vestido con elegancia e irradiando poder–. Los estuve buscando por todos lados.

34

Ataviado con su chaqueta de tweed y sus pantalones perfectamente planchados, parecía que Mortimer se dirigía a la feria del estado. Como siempre, llevaba oculto su cabello gris debajo de una boina con visera, y su delgado bigote plateado coronaba su labio superior. Pero en sus ojos ardía el odio al mirar fijamente a Sacha.

Al observarlo, Taylor se obligó a respirar. Esto era lo que querían, y Mortimer estaba aquí. Ahora, lo único que tenía que hacer era matarlo.

El hombre avanzó hacia ellos, sosteniendo el bastón holgadamente en una mano. No se veía especialmente feliz o emocionado respecto a la situación en la que se encontraba. Su aspecto era el mismo de siempre, el de un profesor universitario que va de camino a dar clase y trae varios pensamientos en la mente.

Los pies de Taylor no parecían responder, pero Sacha retrocedió dando traspiés, llevándola con él.

–Aléjate de nosotros –dijo, mirando a Mortimer.

–Vaya, hombre –respondió, chasqueando la lengua–, de verdad esperaba que no lo complicaran todo. Al fin y al cabo, no tiene sentido pelear cuando ya perdiste de antemano. Sería enormemente más sencillo si tan solo aceptaran la derrota y nos dejaran continuar con nuestro trabajo.

El hombre levantó la mano. Taylor percibió que la energía oscura circulaba a través de él como un maremoto de odio. Movida por la desesperación, la joven también elevó la mano como respuesta.

–¡No! –gritó, buscando lo que pudiese encontrar en el aire en torno suyo para que los protegiera.

No había nada. Las piedras no tenían energía molecular. No había pasto y apenas se asomaban unos cuantos árboles. No había luz del sol ni agua que corriera. Y, gracias a su propio plan, tampoco había electricidad.

No existía nada que la protegiera. La energía oscura de Mortimer circulaba alrededor de ella sin restricciones. La joven intentó resistir, pero los dedos de Sacha se deslizaron de su mano y ella fue jalada hacia atrás por una fuerza que no podía ver.

No hubo tiempo para reaccionar ni forma de protegerse. Escuchó que alguien gritó, y luego se estrelló contra algo duro.

Todo se desvaneció.

Cuando abrió los ojos por un instante, no reconoció en dónde se encontraba. Estaba oscuro como en boca de lobo. Yacía sobre una superficie de piedra y todo le dolía. Alcanzó a escuchar a la distancia gemidos y gritos, a ver destellos de luz y una réplica aguda.

*¿Eso fue un disparo?*

Luchó por levantarse, pero la cabeza le dio vueltas y tuvo que quedarse quieta otra vez. De pronto, Sacha apareció a su lado; su rostro pálido contrastaba con la oscuridad.

–¿Taylor? Gracias a Dios. ¿Estás bien?

A la joven le tomó varios intentos conseguir formar palabras, pues parecía que sus labios no funcionaban. Hasta que finalmente logró que dijeran:

–Estoy bien.

Le dolía la cabeza. Cuando se tocó para ver la razón, las puntas de sus dedos terminaron húmedas y manchadas.

*Sangre.*

Todo adquirió una intensa claridad.

–Estoy bien –insistió más enfáticamente está vez, aunque no estaba del todo segura de que eso fuera verdad–. Ayúdame a levantar.

Con el rostro desbordado de alivio, el joven la jaló para que ella se pusiera de pie. Por un segundo la mantuvo cerca de su pecho.

–Creí que te había perdido.

Percibió el calor de su compañero a través de su ropa. El mundo se mecía y ella tuvo que aferrarse a los hombros delgados de Sacha hasta que todo se aquietó. Los ojos del joven se deslizaron por su rostro.

–Estás sangrando. ¿Estás segura de que puedes con esto?

–¡A tu izquierda, Alastair!

La voz familiar provenía de la plaza de la iglesia que se extendía detrás de ellos.

–¿Es Louisa? ¿Cuánto tiempo estuve inconsciente? ¿Qué pasó? –Taylor se esforzó por reconocer lo que estaba ocurriendo.

La cabeza le martillaba, pero ahora no le parecía tan grave. Estaba adolorida, pero por lo demás se encontraba bien.

–Enciendan las luces –era la voz de Deide, enojada y tensa–. No lo puedo detener más tiempo.

—Eso *intento* —se escuchó nuevamente a Louisa.

Hubo un gruñido de dolor o esfuerzo; luego, el sonido carnoso de un puño golpeando un cuerpo.

—Maldita sea —era Alastair—. Este es un guerrero.

—Mortimer trajo amigos —el tono de Sacha era sombrío—. Más de los *renacidos*.

Zombis. Fue por eso que oyó los disparos. No se podía pelear contra ellos con los poderes alquímicos. Deide debió traer una pistola.

La joven recordó a las enormes y tambaleantes criaturas que los atacaron en San Wilfred. Pensó en su fuerza extraordinaria y en lo impotente que se sintió al enfrentarse a ellos. Al evocar todo esto, buscó zafarse del agarre de Sacha.

—Tenemos que ayudarlos.

—Louisa me dijo que te sacara de aquí —le respondió, sin dejarla ir—. Estás herida. Tiene mal aspecto.

—No estoy mal —respondió, molesta—. Solo es sangre.

En un lugar cerca de donde estaban, un cuerpo —uno grande— se estrelló contra el suelo con una fuerza arrolladora. Alastair se deshizo en insultos subidos de tono y Taylor percibió la tensión en su voz.

—¿Me extrañaste, idiota?

Sacha aferró con firmeza su mano y la condujo hacia la plaza de la iglesia. Se ocultaron en un portal apartado de la vista. Al otro lado de la plaza, Louisa estaba arrodillada, con una mano apoyada contra un oscuro poste de luz. Era evidente que intentaba acumular suficiente energía para que la electricidad regresara y, con ella, las olas de energía que podrían utilizar.

Taylor podía ver el sudor que perlaba su frente y percibía su frustración. Mientras la observaba, una figura enorme y pesada se acercó estrepitosamente a la otra joven, con las manos extendidas.

—*Arrête* —gritó Deide, arrojando un cuchillo. El arma dio en el blanco con infalible precisión, clavándose en la espalda del monstruo sin emitir sonido.

La criatura se detuvo y buscó a tientas el cuchillo, tratando de aplastar la hoja igual que un humano se sacudiría un mosquito.

La joven se lanzó para alcanzar a Louisa, pero Sacha la sostuvo con fuerza.

–Tengo que ayudarla –dijo, torciendo la mano para zafarse del agarre.

–Espera, Taylor… –empezó a decir, pero ella ya se había ido.

Cruzó la plaza a toda velocidad, aterrizando de rodillas junto a su amiga. La otra chica la miró furiosa.

–¿Qué diablos estás haciendo aquí?

Sacha se acuclilló junto a ellas.

–No la pude detener.

–Maldita sea, Taylor –se enfureció Louisa–. Es como si estuvieras decidida a morir.

–Vengo a ayudar. No puedes lograrlo sola –Taylor posó las manos cerca de la caja, en la base del poste, que controlaba la energía–. Intentémoslo juntas en tres, dos, uno…

Utilizó toda su fuerza restante para buscar. Halló una delgada hebra de energía proveniente de los pocos árboles que había en la plaza y la condujo hacia la lámpara. Buscó reunir la electricidad del pueblo con todas sus fuerzas restantes. Pero no funcionó. La lámpara se mantuvo obstinadamente apagada. El enorme esfuerzo hizo que la cabeza le zumbara de modo alarmante.

–Mierda –se limpió el sudor de la frente y su mano terminó teñida de rojo–. ¿Por qué no funciona?

Sacha se acercó y le tomó la mano. Su mirada se clavó en la de ella.

–Vuelve a probar.

Taylor se quedó sin aliento. Él tenía razón. Podían lograrlo juntos. Tomó a Louisa de la mano para que los tres estuvieran conectados físicamente.

–Una vez más –dijo.

En esta ocasión sintió la ola cálida de la energía de su amiga.

Taylor respiró profundamente, cerró los ojos e invocó al suelo bajo sus pies, al cielo y a cada molécula de energía que pudo encontrar, sin importar lo frágil que fuera. Dejó de sentir el sendero de piedra que tenía debajo de ella o el frío metal en la punta de sus dedos. La cabeza había dejado de dolerle. Se sentía como si estuviera volando, como si flotara encima de todo lo que sucedía alrededor de ella. Era fuerte. Muy fuerte.

Alcanzaba a percibir los cables dentro de las paredes que la rodeaban. Inclusive conseguía verlas, vacías y a la espera de ser llenadas. Ella las colmaría. Invocó todo hacia ella.

*Luz.*

A la distancia escuchó un chasquido, un zumbido y después… una luz cegadora.

—Oh, gracias al cielo —Louisa se desplomó sobre las rocas, mientras las luces alrededor parpadearon al encenderse: en los negocios, el alumbrado público, en el pueblo que se asentaba al pie de la colina. Era una escena hermosa.

—¡Cuidado! —se escuchó un grito detrás de ella.

Taylor y Sacha reaccionaron meramente por instinto al apartarse de un salto. Louisa los siguió en el acto.

Algo se estrelló en el suelo justo donde estuvieron parados. Era una de las criaturas de piel hinchada y llena de protuberancias; de ojos pequeños y mirada vacía. El monstruo manoteaba con la espalda ensangrentada. Taylor lo miró y este gimió y pestañeó de dolor. No estaba muerto.

Unos pesados pasos retumbaron en su dirección; los jóvenes se voltearon y vieron a una segunda criatura lanzando un fuerte golpe contra Alastair. El pecho y la cara del engendro sangraban, sin embargo, el monstruo seguía siendo increíblemente fuerte.

El joven esquivó el ataque y se giró para enfrentar a su atacante, con un cuchillo en la mano.

—¿Por qué no te mueres, estúpido y maldito zombi? Ya fuiste un cadáver antes.

Sin previo aviso, Deide apareció de entre las sombras y clavó una puñalada en la espalda de la criatura. El monstruo se detuvo, rugió de dolor y se giró hacia el hombre.

–¿Dónde está Mortimer? –le gritó Sacha a Louisa.

–No sé –respondió al instante–. Tenemos que encontrarlo. Pero primero debemos vencer a estas cosas. Tú y Taylor tienen que salir de aquí.

–No los voy a abandonar –contestó Taylor, negando con la cabeza obstinadamente.

–Demonios, sí lo harás.

–Louisa, lo digo en serio… –comenzó a decir Taylor, pero una voz resonó enseguida en la plaza, con un tono que parecía esculpido en hielo.

–Esta discusión me está dando dolor de cabeza.

Al unísono, los jóvenes voltearon y encontraron a Mortimer parado junto a ellos, como si hubiera estado ahí todo el tiempo.

Louisa fue la primera en reaccionar.

–Por Dios, Pierce, se me puso la piel de gallina.

El tono de su voz era firme; sin embargo, la joven observaba al hombre como se haría con una serpiente de cascabel, enroscada y lista para atacar.

–¡Louisa, ten cuidado! –le gritó Alastair, bruscamente, desde el otro lado de la plaza.

Detrás de ellos, Taylor escuchó que Deide combatía frenéticamente a las criaturas, pero no se atrevió a voltear.

Sacha avanzó un paso, con los puños en guardia y la boca abierta a punto de discutir, pero bastó con que Mortimer le lanzara una mirada para doblarlo, como si acabaran de golpearlo.

–¡Sacha! –Taylor fue hacia él. El joven no levantó la vista. Ella ni siquiera notó cuando Mortimer utilizó su poder; había sido un ataque indetectable. Tomó la mano de su compañero con fuerza.

La ira ascendió velozmente por sus venas, ahuyentando cualquier rastro de miedo.

–¿Qué le hiciste, monstruo? –gritó.

Mortimer la vio e inclinó la cabeza.

–Me interesa, señorita Montclair. Se ve tan decidida a impedir algo que es inevitable. Aldrich creía que usted era inteligente. Pero continuar intentando una tarea, incluso después de haber caído en cuenta de la imposibilidad de completarla, ¿acaso no es una señal de lo contrario?

–Eso depende de si es verdad que es algo imposible –respondió Taylor fríamente.

Sin soltar la mano de Sacha, la joven acumuló energía de la conexión que había entre ellos, y de la electricidad que fluía a través de los cables debajo de sus pies; la obtuvo fácilmente y luego la proyectó con todas sus fuerzas contra Mortimer.

Si hubiera sido cualquier otra persona, el ataque lo habría matado. En cambio, el hombre lo apartó con un simple golpe de sus dedos.

Louisa estaba parada junto a Taylor y orientó su cuerpo para interponerse entre ella y Mortimer.

–¿Funcionaron los esteroides del demonio, Mortimer? –preguntó con tono burlón–. ¿Qué se siente haberle vendido el alma, asqueroso pervertido? ¿Lloraste cuando se la diste?

–No me agrada su tono –bajó la frente con un gesto desafiante.

El hombre levantó rápidamente la mano, pero Louisa fue más veloz al repeler la energía oscura que él le arrojó con increíble celeridad y fuerza.

Taylor alcanzó a percibir el olor punzante de su poder proyectándose en el aire.

–Puedes lanzar tu energía, pero apuesto que no la puedes soportar –se burló Louisa.

No obstante, Taylor se daba cuenta de que su amiga se tambaleaba. El enemigo era demasiado poderoso.

–*Detente* –gritó.

La atención de Mortimer volvió hacia ella. En la penumbra, sus ojos parecían no tener párpados.

–¿Tiene algo que ofrecerme, señorita Montclair? Porque puedo hacer que todo esto se termine en un instante.

–Si estás sugiriendo que te entregue a Sacha, olvídalo –explotó–. No es negociable. Te juro que nunca lo tendrás.

Mientras hablaba, la mirada de la joven recorrió la plaza buscando algo que pudiera utilizar para acabar con él. El hombre ya había esquivado su ataque más poderoso. Necesitaba algo distinto. Algo creativo.

Necesitaba a Sacha.

Sin apartar la vista de Mortimer, dirigió un delicado hilo de electricidad hacia Sacha, con la esperanza de que su enemigo no se diera cuenta.

*Dispara.*

Mortimer sonrió. Al observarla, sus labios delgados se curvaron sin huella de sentido del humor.

–Vaya, creo que pronto se dará cuenta de que tendré éxito. No he llegado tan lejos para fracasar. Usted lo ha traído sano y salvo a mí.

–No me tienes –dijo Sacha–, y nunca lo harás.

Taylor sonrió, su táctica había funcionado.

Mortimer observó a la pareja fríamente.

–Están delirando. Bueno, permítanme mostrarles la realidad de la situación para que podamos seguir adelante.

Antes de que los jóvenes se dieran cuenta de lo que iba a hacer, el hombre giró rápidamente su mano hacia Louisa. Tomada por sorpresa, la chica fue lanzada hacia atrás, gritando asustada. Sus pies abandonaron el suelo y pronto se elevó por los aires, muy por encima de sus cabezas.

Mortimer realizó un movimiento discreto, que Taylor solamente alcanzó a notar de reojo, y el cuerpo de Louisa dejó de ascender. En un instante se quedó suspendido, balanceándose de un modo terrible bajo el cielo oscuro.

El hombre se acercó a Taylor.

–¿Ahora entiende, señorita Montclair? Ha perdido la batalla.

Al trazar un círculo con el dedo, el cuerpo de Louisa empezó a girar en el aire, una vez y luego otra más.

Taylor comenzó a sollozar. Un instante después, como a un ave a la que le disparan en pleno vuelo, el cuerpo sin fuerzas de Louisa cayó al suelo.

Alcanzó a escuchar el grito de Alastair y el espantoso crujir que siguió al golpe cuando su amiga se estrelló contra el camino adoquinado a varios metros de distancia.

Taylor sintió el impacto como si hubiera sido su propio cuerpo. Sentía que las lágrimas le quemaban los ojos, pero ni así se atrevió a apartar la vista de Mortimer un momento para constatar si su amiga seguía con vida.

–Bastardo –dijo entre dientes. Su enemigo le sostuvo la mirada sin parpadear.

–Yo tomo lo que quiero, señorita Montclair. Hubiera pensado que lo que hice con su abuelo le habría servido de lección.

Sacha tomó la mano de Taylor y la atrajo hacia él.

–No te atrevas a tocarla –dijo, pero incluso ella pudo notar el miedo en la voz del joven.

El hombre sonrió. Enseguida se escuchó una sucesión de pasos acercándose a ellos. Esta vez, Taylor volteó. Esperaba que fuera Alastair buscando venganza, pero en su lugar encontró a Deide con una pistola en la mano.

–Mortimer –gritó. Después dijo algo en francés tan rápidamente que Taylor no consiguió entender. Algo referente al infierno y la muerte.

Todo ocurrió en cámara lenta. Mortimer observó la bala con interés. Enseguida, levantó una mano y tomó el brillante trozo de metal en pleno vuelo. Durante un momento aterrador examinó el proyectil y luego lo disparó de vuelta contra Deide.

La bala perforó la frente del profesor, justo encima de los lentes. El maestro se desplomó en el suelo y quedó completamente inmóvil.

–*Non* –Sacha se abalanzó hacia él, pero Taylor supo que no tenía sentido.

Deide estaba muerto. Tal vez Louisa también.

Todos morirían si ella no sacaba a su compañero de ese lugar, en ese preciso instante.

Reprimiendo un sollozo, levantó una mano y extrajo la energía que había en la electricidad que la rodeaba; absolutamente toda.

*Proteger.*

La joven lanzó el ataque con todo lo que tenía. Casi podía escuchar la voz de Louisa en su cabeza diciéndole: *"Pégale un buen patadón, Taylor. Deja de andarte con juegos"*.

El poste de luz al lado a Mortimer explotó, proyectando un destello de fuego y chispas.

Todas las luces volvieron a apagarse. Al amparo de la oscuridad, Taylor tomó la mano de Sacha y lo alejó del cuerpo de Deide.

—No puedo abandonarlo —protestó el joven, intentando liberarse.

—Está muerto, Sacha —dijo aferrándose a él con una fuerza que ignoraba poseer, mientras las lágrimas caían por sus mejillas—. Tenemos que salir de aquí.

## 35

La pareja huyó por un estrecho pasadizo; pasaron el pequeño negocio donde vieron aquel inquietante espectáculo de marionetas por la tarde, dejaron atrás los comercios y luego atravesaron el adoquinado hasta llegar a la puerta principal.

En todo ese tiempo, Sacha estuvo alerta al sonido de pisadas que los siguieran, pero lo único que pudo escuchar fue el golpeteo de sus propios pies contra el antiguo camino de piedras, así como la respiración agitada de ambos.

En su mente seguía viendo el rostro de Deide y su gesto de incredulidad cuando la bala dio en el blanco. La escena se repetía una y otra vez.

La motocicleta se hallaba justo donde la había dejado. El joven se movió en piloto automático al montarse en el asiento y recoger los dos cascos del suelo de un solo manotazo. Cuando Taylor se sentó detrás, él volteó a verla y se percató de que temblaba violentamente.

–¿Lograron escapar Louisa y Alastair?

Ella le dirigió una mirada de angustia.

–No lo sé.

Sacha no hizo más preguntas. Encendió el motor con gran estruendo y bajaron la colina a toda velocidad. Quizás nunca conseguiría explicarse con exactitud cómo lo logró, pero de algún modo se obligó a concentrar su atención en el camino que tenía frente a él, sin pensar en la matanza que habían dejado detrás.

Se abrieron paso por las sinuosas calles del pueblo, conduciendo sin parar hasta que llegaron al punto de reunión acordado, junto a un ancho arroyo de aguas lentas que se hallaba en las afueras del poblado.

Aunque el alumbrado público se había vuelto a encender, la oscuridad era espesa, así que permanecieron en la motocicleta, listos para huir. Mientras esperaban, Sacha contempló sus manos e intentó no recordar el rostro sin vida de Deide.

El joven estaba devastado.

Habían fracasado por completo. Fallaron en matar a Mortimer. Fracasaron en encontrar el sitio donde tenía que celebrarse la ceremonia para romper la maldición. Lo único que lograron fue que asesinaran a un buen hombre. Y probablemente a más personas.

Sacha sintió cómo temblaba el cuerpo de Taylor.

–El profesor Deide –murmuró ella–, Louisa.

El joven asintió con la cabeza, parpadeando para contener las lágrimas.

–Lo sé.

No tuvo idea de cuánto tiempo había pasado antes de que escucharan el ruido de la camioneta; probablemente sólo hubieran sido unos cuantos minutos, o incluso menos. Les pareció una eternidad antes de que el vehículo abandonara la carretera y derrapara al frenar.

Ambos bajaron de la motocicleta de un salto y corrieron hacia la camioneta.

Alastair no salió. Asomó la cabeza por la ventana, y el poste de luz iluminó su cabello dorado, haciéndolo parecer blanco.

—Está viva, apenas —su voz sonaba tensa.

—Déjame verla —Taylor se apresuró hacia la van y abrió la puerta trasera de un jalón.

Louisa yacía inconsciente en el asiento de atrás. Alastair le había envuelto la cabeza con una camiseta para contener la hemorragia, además, le inmovilizó la cabeza y el cuello para que no pudiera moverlos.

Sacha nunca la había visto tan pequeña.

—Louisa —la voz de Taylor sonó ahogada y se cubrió la boca con ambas manos—. Oh, no.

—La voy a llevar al hospital. No sé si logrará sobrevivir, pero haré todo lo que esté en mis manos —Alastair se apartó el cabello de la cara y Sacha vio una marca morada encima del ojo izquierdo de su amigo, con sangre incrustada alrededor.

—¿Qué sucedió con Mortimer?

Alastair solo pudo negar con la cabeza.

—No sé. En cuanto el poste de luz explotó, tomé a Lou y salí del lugar —exhaló largamente—. ¿Qué vamos a hacer?

Por un momento, nadie respondió. Entonces, Taylor cerró la puerta de la camioneta y retrocedió hasta quedar al lado de Sacha, deslizando su mano en la del joven. Había un aire de calma en ella, como si acabara de decidir algo en ese vehículo.

El joven creía adivinar de qué se trataba. Había llegado a la misma conclusión.

—Lleva a Louisa al hospital y asegúrate de que se recupere —le dijo ella a Alastair–. Nosotros nos encargamos de Mortimer. Ustedes ya hicieron suficiente.

Sacha le apretó la mano.

–Estaremos bien –mintió el joven.

Había remordimiento en la mirada de Alastair cuando los miró.

–Odio que las cosas hayan resultado de este modo. No tendrían por qué hacer esto solos.

–Siempre iba a tratarse solo de nosotros –señaló Taylor–, ¿no es verdad?

–Es a nosotros a quien quiere –coincidió Sacha–. Nadie más debe morir por mí.

Los labios de Alastair se tensaron antes de hablar.

–Háganme un favor –dijo, metiendo primera a la camioneta–. Maten a ese bastardo, ¿quieren? Háganlo por Louisa.

La van rechinó los neumáticos y regresó a la carretera. Cuando el sonido del motor se desvaneció y se quedaron a solas, Taylor se apoyó en Sacha.

–¿Qué vamos a hacer?

El joven hubiera querido tener la respuesta, pero lo único que sabía era que no podían permanecer en aquel lugar. Volteó a ver la motocicleta.

–Supongo que debemos regresar a la mansión.

La sola sugerencia la hizo estremecerse, y él no podía culparla por eso. La idea de regresar a la mansión sin los demás era terrible. Pero, ¿qué otra cosa podían hacer? Necesitaban un sitio seguro para reorganizarse.

Cuando subieron a la motocicleta, Taylor se aferró a él.

Sacha bajó el visor del casco. Quería golpear algo. Quería gritar. Pero ya no era un muchacho para hacerlo, así que entró de prisa en la estrecha carretera y se alejó de Carcassonne.

No fue sino hasta que llegaron a la mansión, que los jóvenes se dieron cuenta de lo mal que en realidad estaban las cosas.

Sacha acababa de abandonar la carretera para llegar al molino, cuando Taylor lo sintió. Describiría más tarde la sensación como algo pegajoso y podrido, parecido a la brea u otra sustancia peor. Le robaba el aire de los pulmones. Se inclinó con urgencia hacia el joven y le enterró los dedos en los costados.

–Da la vuelta, Sacha. *Da la vuelta.*

La conocía lo suficiente como para no preguntar. Derrapó la motocicleta, trazando un círculo cerrado, y aceleró para regresar al camino principal, haciendo que los neumáticos escupieran asfalto.

Solo cuando llegó a una distancia segura, el joven detuvo el vehículo y volteó a verla para preguntar qué había sentido. Las paredes envejecidas de la mansión, blancas como el marfil, asomaban de entre la oscuridad que se extendía detrás de ellos, como un barco que emerge de la niebla. Había criaturas de aspecto desconcertante cubriéndola, trepando los muros. En la penumbra, el joven no conseguía precisar qué eran, aunque se movían como arañas.

Mientras observaba la escena, asqueado, las llamas comenzaron a desprenderse de la planta baja, rápidas y ardientes. Al poco tiempo, el edificio entero ardía.

Taylor sollozó, apoyando la cabeza –que seguía cubierta por el casco– en la espalda de su compañero, como si no soportara lo que veía. Al alejarse a toda velocidad, el joven vio por los espejos de la motocicleta el incendio al rojo vivo.

Condujeron sin rumbo fijo por las oscuras carreteras rurales. Sacha seguía pensando qué hacer a continuación, pero la cabeza no dejaba de darle vueltas. Primero Deide, luego Louisa. Ahora la casa.

Mortimer les estaba arrebatando todo.

Después de casi una hora, el joven se desvió hacia la cuneta y apagó el motor, quitándose el casco para poder respirar. Se giró en el asiento para voltear a ver a Taylor.

–Necesitamos un lugar seguro para quedarnos hasta mañana en la noche. ¿Sabes de otras casas de seguridad?

Ella negó con la cabeza y se secó las lágrimas de las mejillas.

–Solamente Deide y Louisa sabían dónde estaban. Quizás podamos llamar a San Wilfred.

–No quiero que nadie más se involucre –respondió Sacha, negando con la cabeza–. Es demasiado peligroso –se quedó pensando–. Tengo algo de dinero, pero dudo que un hotel sea una buena idea… Además de que tenemos que esconder la motocicleta.

Se quedaron un rato sentados, pensativos. El motor del vehículo hacía tictac al enfriarse. A la distancia, un ave nocturna chilló, hambrienta.

–Lo que necesitamos es una casa vacía, un edificio desocupado o algo así –dijo Sacha, sin grandes esperanzas–. Solo un lugar donde nos podamos esconder un tiempo.

Taylor pestañeó al escucharlo.

–Vi un taller atrás, en las afueras de Carcassonne –dijo–. Tenía un letrero de "Se vende" y estaba cercado por una valla.

Sacha recordó un sórdido taller con paredes sucias que alguna vez estuvieron pintadas de blanco y un cartel colgando torcido.

–Lo ubico. Creo recordar donde estaba. Vamos a echar un vistazo.

El taller fue más difícil de encontrar de lo que recordaba, por lo que condujeron durante bastante tiempo antes de localizarlo. El lugar había sido asegurado a conciencia. Las ventanas fueron protegidas con tablas. La puerta tenía tres cerraduras. Taylor las abrió en un instante.

El interior del taller estaba prácticamente vacío. El cúmulo de correo basura en el suelo –en parte amarillento por el tiempo– indicaba que nadie había visitado el lugar hacía mucho.

Sacha empujó la motocicleta hacia el área de reparaciones, mientras

Taylor buscaba comida y agua en la zona. No había nada. Tampoco había mobiliario ni electricidad.

Exhaustos, los jóvenes se sentaron en el sucio piso de concreto, en la oscuridad. Ahora que estaban momentáneamente a salvo, el agotamiento invadió a Sacha. Junto a él, Taylor se abrazaba las rodillas, temblando como una hoja al viento.

–Ey, todo va a estar bien –dijo Sacha, atrayéndola hacia él.

–No lo creo –respondió.

–Bueno –el joven buscó en su mente cansada algo positivo que decir–, más o menos en los próximos minutos probablemente todo este bien.

La joven forzó una sonrisa temblorosa.

–Por lo menos tendremos cinco buenos minutos.

Se quedaron callados un momento. Entonces Taylor pronunció las palabras que, ante todo, ocupaban la mente de Sacha.

–El profesor Deide –dijo, limpiándose una lágrima–. Es que no lo puedo creer.

–Lo sé.

El recuerdo de la bala que salió disparada de los dedos de Mortimer hizo que lo recorriera un escalofrío.

–Siento tanto miedo de lo que le pueda pasar a Louisa –mencionó Taylor–. Quisiera llamar a Alastair, pero no me atrevo. ¿Y si Mortimer de algún modo nos está rastreando? Parece saber todo lo que hacemos.

–No lo invoques –señaló el joven con delicadeza–. No debemos perder la esperanza.

Taylor se limpió las lágrimas de las mejillas con el dorso de la mano.

–Creo que olvidé como conservar la esperanza.

Sin palabras, el joven presionó sus labios contra el cabello de su compañera. Lo sintió pegajoso por la sangre seca.

–Tu cabeza –enfurecido consigo mismo por haberlo olvidado, volteó la cara hacia ella, intentando reconocer en la oscuridad la gravedad de la herida–. Tenemos que hacer algo con eso. ¿Habrá en algún lugar por aquí un botiquín de primeros auxilios?

Sabía que era una pregunta estúpida, pues no había más que basura y correo sin recoger, pero se sentía furioso. El solo pensar que ella se viera obligada a pasar la noche en el suelo sucio, con sangre en el cabello, era más de lo que podía tolerar.

–*Bordel* –gritó, golpeando con el puño el suelo firme–. No podemos vivir de esta manera.

–Ey –ella atrapó su mano y, levantándola, se la llevó a los labios–. Detente –su aliento se sentía cálido en la piel, y suave como el terciopelo–. Estoy bien, lo juro.

–No, no lo estás.

El joven se llevó los puños a los ojos, intentando pensar.

–Vi una tienda de 24 horas como a un kilómetro de aquí. Recuerdo haber visto luz en la ventana. Quizás no tenga gran cosa, pero eso es mejor que nada.

–No, Sacha, es muy peligroso –dijo, negando con la cabeza.

Sin embargo, el joven ya se había puesto de pie.

–Necesitamos agua y comida, además de algunas vendas. Seguro que tendrán eso. Iré rápido y no me llevaré la motocicleta.

–Sacha…

El joven levantó la mano.

–Estoy bien, Taylor, lo sabes. Para sobrevivir no alcanza con respirar. Necesitamos tener fuerzas. Sin agua ni comida, no las tendremos.

Ella se mordió el labio y levantó las manos en señal de darse por vencida.

–Está bien, pero ten cuidado, por favor.

El joven trató de sonreírle con desenfado, pero sus labios no cooperaron. Sencillamente había tenido un pésimo día.

–Asegura la puerta –le pidió. Al ver el gesto de angustia en la mirada de su compañera, añadió–: Tendré cuidado.

**36**

Sacha apenas llevaba afuera veinte minutos, pero fueron los veinte minutos más largos en la vida de Taylor. Caminó por el oscuro taller de un extremo al otro, anhelando que su compañero regresara. Su corazón se sentía frío como una piedra dentro del pecho. Si Mortimer lo atrapaba en ese momento, nunca podría perdonarse a sí misma.

Cuando percibió la presencia de Sacha afuera de la puerta, corrió hacia allá, ordenando a las cerraduras que se abrieran, a pesar de que aún estaba a varios pasos de distancia. Cruzó el umbral antes de que el joven entrara y se abalanzó hacia él, haciéndolo retroceder.

–Gracias a Dios. Estás vivo.

Sacha la envolvió en sus brazos, y una bolsa de plástico llena de víveres chocó pesadamente contra la espalda de su compañera.

–Ambos estamos vivos.

Cuando regresaron al interior, ella se sentó pacientemente en el suelo mientras él le limpiaba la sangre de la herida con agua mineral.

–No parece grave –le miró detenidamente la cabeza, iluminándola con una linterna de bolsillo para poder aplicar el antiséptico.

La solución ardía, pero Taylor en realidad no lo notó. Lo único que importaba es que ambos seguían aquí.

Cuando el joven terminó la curación, sacó pan y cortó queso que había en la bolsa para improvisar unos emparedados. Los comieron sin rastro de placer; tan solo necesitaban energía, si es que iban a pelear.

Posteriormente se acurrucaron en el suelo, apoyando las cabezas en una mochila que Sacha sacó de la parte trasera de la motocicleta.

Taylor estaba tan exhausta que las manos le pesaban, pero su mente continuaba acelerada, repasando las imágenes de lo que había ocurrido horas atrás esa noche. Era tanto que anheló quedar inconsciente. Tal vez si sencillamente se quedaba dormida, dejaría de ver el cuerpo de Louisa volando contra la pared. O los ojos vacíos de Deide cuando la bala dio en el blanco.

–Espero que Louisa esté bien –dijo, mientras la fatiga la vencía y sus párpados se volvían más pesados.

–Yo también –murmuró Sacha.

Fue lo último que la joven alcanzó a escuchar, antes de quedarse finalmente dormida.

Cuando se despertó, la luz del día se filtraba por las ranuras de la madera que cubría las ventanas. Sacha yacía boca arriba, con un brazo rodeándola ligeramente por la cintura. Ella estaba apoyada en su pecho.

Le dolía todo, aunque la cabeza estaba un poco mejor que la noche anterior. También tenía una sed tremenda. Con cuidado de no despertarlo, se liberó de los brazos de Sacha y se puso de pie.

Afuera estaba muy tranquilo; no había sonidos, salvo el de algún auto ocasional que pasaba a toda velocidad. Se preguntó por la hora, mientras atravesaba de puntillas la habitación para buscar la botella de agua. Después de beber un trago, sacó su teléfono del bolsillo. Estaba a punto de agotarse la batería y el reloj indicaba que pasaba del medio día.

El corazón le dio un vuelco. Quedaban menos de doce horas para que todo esto acabara.

Se preguntó si debería despertar a Sacha, pero se veía tan tranquilo que no se atrevía a molestarlo. El joven se acostó de lado y apoyó la cabeza sobre su brazo; sus pestañas eran suaves y oscuras, además de que lucían perfectas contra sus mejillas.

Estirándose para relajar los músculos tensos, la joven se sentó contra la pared y revisó los mensajes de su teléfono. Había uno de Georgie:

¡¡¡Estoy tan emocionada por lo de España!!! Tu mamá dice que la llames para ver lo de los vuelos y demás. Xxxxxx

Y luego, por fin, uno que Alastair acababa de enviarle hacía poco:

Sigue viva.

Taylor contuvo un sollozo. Louisa había sobrevivido la noche. Abrazó el teléfono estrechamente contra su pecho y reprimió unas lágrimas de alivio.

*Sigue luchando, hija de Liverpool.*

Era la primera y minúscula señal de esperanza que había tenido en mucho tiempo, y se iba a aferrar a ella.

–¿Qué sucede?

Volteó a ver y encontró a Sacha apoyado en un codo, observándola.

–Louisa está viva –dijo, con lágrimas de alegría.

–Gracias a Dios –el joven abrió los brazos–. Ven aquí.

Taylor sintió un revuelo en el estómago. El joven se veía tan hermoso recostado ahí, en el polvo; todo pómulos y músculos delgados. Se arrodilló junto a él, sintiéndose repentinamente apenada, pero él la atrajo hacia sí hasta que ella volvió a quedar recostada en su pecho.

–Cada vez que me despertaba durante la noche te encontraba así –dijo, apartando el cabello de ella con su aliento–, y me gustó.

–A mí también –murmuró ella.

Era más sencillo decírselo si no lo miraba, así que prefirió esconder el rostro en el pecho de su compañero. Cuando él se rio entre dientes, ella sintió que sus mejillas se encendían.

–¿Por qué te escondes de mí?

El joven la levantó hasta que ella quedó encima de él, con el rostro sobre el suyo. No había dónde esconderse. La manera en que la miraba, aquellos ojos recorriendo su rostro como si fuera con la yema de los dedos, le complicaba pensar con palabras.

–No lo hago –respondió de forma poco convincente.

–Qué bueno –dijo suavemente–, porque me gusta verte.

La mano del joven ascendió lentamente hasta abarcar la nuca de su compañera y la jaló con suavidad hasta que los labios de ambos se encontraron.

El beso fue tierno y suave, aunque eso no era lo que Taylor necesitaba en ese momento. Volvió a apoyarse en él, besándolo con mayor intensidad y pasión. Separó sus labios con la punta de la lengua, saboreándolo.

Sacha dejó escapar un suspiro, luego la envolvió con sus brazos en actitud protectora y la rodeó hasta que ella quedó debajo de él, resguardada en sus antebrazos.

Ella lo miró a los ojos.

–Me alegra que estés aquí –murmuró–, conmigo.

Parte del brillo del joven se desvaneció de su rostro. Su pulgar rozó con delicadeza el labio inferior de su compañera.

–No quiero estar con nadie más –le dijo.

A su vez, Taylor pasó sus dedos por el cabello de él, sedoso, lacio y castaño, como el color de la arena. Acarició las líneas agudas de sus pómulos, sus cejas suaves y rectas, y el largo trazo de su nariz, como si intentara memorizar cada centímetro de su cara.

–Eres tan hermoso –murmuró.

–No digas tonterías –dijo sonriendo tras ese comentario.

–Lo eres –insistió–. Y lo mejor es que ni siquiera te das cuenta.

–Es curioso. He pensado exactamente lo mismo acerca de ti.

Entonces la besó, rápida y apasionadamente, apretándose contra ella y abrazándola con fuerza. No se guardó nada. Había desesperación en el beso y lo desbordaba el deseo.

Ella recorrió su cuerpo con las manos hasta que consiguió deslizar los dedos debajo de su camiseta, sintiendo la tibieza de su piel.

Sus respiraciones se entrelazaron, y ella dejó que su aliento fuera el aire que llenara sus pulmones.

Quizás estaban por enfrentar el final del camino, pero no lo harían solos. Se tenían el uno al otro.

Por un tiempo pudieron olvidar los horrores que estaban por venir e imaginaron la vida que hubieran deseado tener.

Poco después, la pareja estaba sentada en la pared del fondo del taller, enredada  en un abrazo y comiendo un croissant seco de chocolate.

La pierna derecha de Taylor envolvía la izquierda de él, y la mano del joven se apoyaba de manera posesiva en la rodilla de ella. Se sentía abrigada y segura por primera vez en días. Aunque supiera que era una ilusión, solo por ese momento dejó de importarle.

A solas en su escondite, el tiempo parecía ir más lento, y terminaron confesándose cosas que nunca habían compartido con nadie más. Hablaron de su familia y su hogar.

—Ayer llamé a mi mamá y a mi hermana para despedirme de ellas —le contó Sacha—, en caso de que no vuelva a verlas.

—Yo no pude hablar con mi mamá —le confesó—. Pensé que si escuchaba su voz, querría salir corriendo a casa. No sabía si sería capaz de contenerme —dijo, pasándose la mano por los ojos—. Será mejor que no muera, o jamás me lo perdonaría. Cree que voy a ir a España el próximo sábado.

—Tal vez lo hagas.

Agachando la cabeza, el joven le besó el cabello, y ella atrajo el brazo de su compañero más cerca de su pecho.

—¿Cómo te sientes ahora que finalmente ha llegado la hora? —le preguntó ella en voz baja.

El joven suspiró de forma audible.

—Nunca imaginé que se sentiría de este modo —respondió después de un largo instante—, que tendría tanto miedo. Creí que llegaría a mi cumpleaños dieciocho como un guerrero, retando a la muerte a que me llevara con ella. Ahora, me temo que me arrastraré, suplicando que no lo haga —no se atrevía a mirarla a los ojos—. Tengo miedo.

Taylor lo atrajo hacia ella.

—No te arrastrarás —le prometió apasionadamente—. Eres incapaz de hacerlo.

Sus ojos azules lucían tan avejentados en ese momento, mucho mayores que su verdadera edad. Eso le partía el corazón a Taylor.

—¿Cómo puedes saberlo? Quizás no soy quien tú crees.

—Te conozco, Sacha Winters —le respondió—. Eres la persona más valiente que haya conocido. Puedes lograrlo.

—Podemos lograrlo —la corrigió, volviendo a atraerla hacia él—. Juntos. Cuando la besó, su boca sabía a chocolate.

Más tarde, cuando el sol comenzó a ponerse en el cielo, y los minutos transcurrían, la pareja ideó un plan.

—No debemos llegar muy temprano —comentó Sacha—. Creo que debemos llegar justo a la hora, directamente a la iglesia. No intentemos matar a Mortimer. Lleguemos simplemente a efectuar la ceremonia.

—Aún nos falta encontrar la capilla —le recordó Taylor—. Si no encontramos la habitación correcta, Zeitinger dijo que la ceremonia no funcionará. Tiene que realizarse en el lugar exacto.

—La encontraremos —le aseguró Sacha—. Por lo menos ahora sabemos dónde no está. Recorrimos la mayor parte de la nave —hizo una pausa para pensar—. Espera un momento. Cuando salimos de la iglesia ayer, habíamos recorrido todas las capillas de ese lado, excepto la que se hallaba justo al fondo. ¿La recuerdas?

Taylor hizo una pausa para pensar. Había estado tan preocupada por Sacha, que el resto de su memoria estaba un poco borrosa. Pero sí alcanzó a recordar. Había un candelabro metálico, con docenas de velas votivas resplandeciendo. Detrás de él, había una pequeña puerta cerrada cubierta por una cortina de terciopelo.

—¿La que tenía las velas afuera?

—Fue la única habitación de ese lado de la iglesia que no revisamos —dijo, tras asentir con la cabeza.

La joven lo miró fijamente.

—Ese tiene que ser el lugar.

Era algo positivo. La capilla del último lado que no examinaron bien podría ser el sitio que buscaban. Si acudían directamente a ese lugar, alcanzarían a llegar antes de que Mortimer los encontrara.

Tendrían que estar muy concentrados, pero por lo menos sabían dónde buscar.

Solamente restaba un asunto del que ella se tenía que ocupar.

–Es necesario que hablemos de lo que va a suceder en la iglesia –buscó en su bolsillo y sacó la hoja doblada que llevaba consigo desde que salió de Oxford–. Tienes que leer esto.

Dirigiéndole una mirada incrédula, Sacha tomó la página con las instrucciones de Zeitinger en letra manuscrita, y la alisó en el suelo polvoriento. La joven aguardó mientras su compañero leía. Al terminar, su rostro estaba serio.

–¿Está seguro de esto?

–Tan seguro como cabe estar.

La joven sacó la mochila que habían utilizado como almohada y tanteó su interior hasta que sus dedos encontraron la caja larga y estrecha que el profesor había puesto en sus manos cuando partió de San Wilfred. Luego de abrirla, la colocó en el sucio piso de concreto.

–Tenemos que usar esto.

Una daga plateada resplandecía sobre una suave base de terciopelo azul. La empuñadura tenía incrustadas varias tallas alquímicas. Un sol y una luna entrelazados conformaban la base del arma. El mango tenía tallada una mano con símbolos en la punta de cada dedo.

–¿Con eso se supone que nos tienes que cortar? –Sacha estiró la mano para palpar la cuchilla, pero cambió de parecer y dejó caer la mano a un costado.

–Dijo que sería lo mejor.

Hubo una pausa entre ambos.

–Bueno, supongo que estamos listos –dijo Sacha con voz queda.

Afuera, el sol declinaba en el horizonte. No tendrían que esperar mucho tiempo.

La noche se acercaba.

# 37

Cuando llegó la hora, dejaron la motocicleta de Sacha en el taller, con la llaves puestas en el interruptor. Las mochilas y cascos –que era todo lo que tenían– quedaron en el suelo junto al vehículo. Todo lo que llevaron con ellos fue la daga y las instrucciones de Zeitinger.

Al cerrar la puerta, Taylor parpadeó y dejo caer unas cuantas lágrimas.

Se sentía todo muy definitivo, como si fuera el final.

Tomados de la mano, se abrieron paso a través de las oscuras y serpenteantes calles de Carcassonne. Cuando pasaron una de las iglesias, el reloj indicó que eran las once y media.

Faltaban treinta minutos para que Sacha cumpliera

dieciocho años. Treinta minutos para detener un proceso que había comenzado hacía trescientos años, en una época de odio y miedo. Treinta minutos para seguir con vida.

*No era tiempo suficiente.*

El corazón de Taylor palpitaba con un ritmo frenético. Estaba demasiado asustada para hablar. Sacha le apretó la mano.

La joven no podía ni imaginar lo asustado que debía estar su compañero en este momento. Ella se sentía tan aterrada que ni siquiera podía respirar. Para él tenía que resultar mucho peor. Y, sin embargo, sus ojos no se desviaban del camino que tenía enfrente y sus pasos no paraban de ir uno detrás del siguiente.

Enderezó los hombros. Si él podía encarar esto, ella también lo haría.

Se mantenía extrañamente alerta; hiperconsciente de cada pequeño sonido, del agua que goteaba de una cañería, del aleteo de un ave nocturna, de sus propios pasos que golpeteaban sin ritmo.

La cabeza había dejado de dolerle. Un miedo frío y extraordinario había subsumido todas sus otras sensaciones.

Después de unos cuantos minutos, la ciudadela apareció arriba de ellos. Era sorprendentemente hermosa, con sus torres redondas alumbradas por los reflectores; como un escenario perfecto para la confrontación final.

Tomaron una ruta trasera para subir por la pendiente cubierta de hierba, lejos de la entrada principal para turistas. Taylor se concentró en sus pasos, en su respiración y en la mano de Sacha en la suya. Intentó no pensar en la daga que llevaba en el cinto de sus jeans y que le presionaba la región lumbar. O en aquello que los esperaba en la cima de la colina.

Cuando Sacha le habló, estaba muy atenta en no-pensar.

–¿Percibes algo?

Taylor negó con la cabeza. Conforme más se acercaban al castillo, más se debilitaban sus sentidos alquímicos. Si Mortimer se encontraba en el lugar, sencillamente no lo podría detectar.

La vereda los condujo directamente a una de las rejas laterales. No era la misma por la que habían entrado la noche anterior, pues esta era moderna y estaba bien aceitada. La cerradura se abrió en silencio con un toque de la mano de Taylor.

Se deslizaron al interior como si fueran sombras.

Dentro del antiguo pueblo, las farolas estaban encendidas y no había Louisa que las apagara. De ese modo, era sencillo encontrar el camino de regreso a la plaza de la iglesia.

Al mirar a Sacha, Taylor notó que cada músculo de su cuerpo estaba tenso. Una vena palpitaba en la fuerte línea de su mandíbula.

Él estaba consciente, lo mismo que ella, de que su plan era poco menos que convincente. Con lo único que contaban era con las conjeturas de Zeitinger y los desvaríos de un científico alemán, muerto hacía siglos, con un nombre muy cercano al de Frankenstein. No era mucho con que aferrarse a la vida.

*Y el uno al otro*, se recordó la joven. *Nos tenemos a nosotros.*

Muy pronto llegaron a la plaza que se extendía enfrente de la basílica.

Taylor procuró no mirar el sitio donde Deide había muerto. Se preguntó qué habrían hecho con su cuerpo, aunque después intentó no pensar en ello.

La plaza estaba llena de sombras que pasaban a toda velocidad y que danzaban de manera peligrosa. Tal vez era su imaginación, pero parecía que las gárgolas aferradas al techo se retorcían con hambrienta furia. Por un instante creyó escuchar sus gruñidos y el chasquido de sus mandíbulas de piedra.

Sacha inhaló profundamente. La enorme puerta principal de la iglesia estaba abierta de forma amenazadora. Mortimer los invitaba a entrar.

Sacha volteó hacia su compañera y la tomó de la mano con fuerza.

–¿Estás lista?

Ella dejó escapar una larga exhalación.

–Estoy lista si tú lo estás.

–Bien –respondió con seriedad–. Vayamos a matar a un demonio.

Caminaron hacia la puerta principal y entraron en la oscuridad.

Apenas habían dado cinco pasos, cuando la puerta se azotó detrás de ellos. Girando, regresaron corriendo a ella. Estremecido por el terror, Sacha escuchó el nítido sonido del mecanismo de las cerraduras, tras lo cual soltó duros puñetazos contra la gruesa madera.

–Eh –la voz de Taylor era dulce–, sabes que puedo abrir esa puerta si me lo pides. No es necesario que la golpees.

El joven se obligó a parar. Afortunadamente estaba a su lado. Después de todo, no estaría solo al final.

–Lo siento –respondió, aunque no era lo único que quería decirle.

*Gracias. Te amo. No me dejes morir.*

El gesto en su rostro le confirmaba que ella había entendido. Respiró profundamente, como si estuviera a punto de decir algo, pero enseguida un ruido quebró la quietud de las sombras que había detrás de la pareja. Era un sonido como si alguien arrastrara los pies, como de algo grande y lento que se movía en la penumbra.

El temor pasó sus dedos helados por la espina dorsal del joven.

Ambos voltearon a ver, pero la oscuridad era profunda. Nada podía estarse ocultando en medio de aquellas sombras.

Taylor susurró algo y al instante cada una de las velas en el recinto se encendió. Ahora Sacha conseguía ver el amplio pasillo central, flanqueado por las largas hileras de los oscuros bancos de iglesia. Unos enormes y pesados candelabros pendían del techo sujetos por cadenas, cada uno de los cuales portaba docenas de velas incandescentes. Había velas encendidas en los candelabros de pared y sobre el altar, además de los candeleros de adorno que había en cada esquina.

Los jóvenes se giraron lentamente, alertas ante cualquier peligro, pero no vieron nada.

–¿Dónde está? –susurró Taylor, acercándose a Sacha.

–No lo sé. Busquemos la capilla.

Con cautela, caminaron en perfecta sincronía por el viejo suelo de piedra, alisado durante cientos de años por el golpeteo de los pasos de los fieles y los sacerdotes, de las monjas y los creyentes.

¿Cómo podía estar el infierno en este recinto? Se sentía mal. Era algo abominable. La situación lo enfurecía, y la ira era algo bueno. La ira implicaba poder. La ira borraba el miedo de su corazón y lo remplazaba por un fuego interno.

Taylor ubicó primero la capilla.

–Ahí está –señaló el lugar.

Justo como recordaban, la pequeña puerta estaba escondida detrás de una cortina de terciopelo medio corrida. Varias hileras de velas de oración brillaban desde un candelero colocado en el frente.

Sacha iba a tomar el pomo de la puerta, pero Taylor sujetó su mano. Dirigiéndole una mirada de advertencia, la joven negó con la cabeza.

Detrás de ellos, se volvió a oír el terrible ruido de unos pies que se arrastraban, seguidos del sonido claro e inconfundible de unos pasos.

A Sacha se le secó la boca.

–Rápido –murmuró.

Taylor levantó la mano a la altura de la cerradura; esta se destrabó y la puerta se abrió. Detrás, una estrecha escalera descendía hasta perderse en la oscuridad.

Sacha maldijo entre dientes. Estaban seguros de que sería una capilla, pero las escaleras lucían más como los peldaños que conducían a un sótano, donde podrían atraparlos.

Los pasos se aproximaban a la pareja. Taylor miró con un gesto de desesperación a Sacha.

—Entra —dijo el joven, porque no había otra alternativa.

Corrieron al interior.

Taylor cerró la puerta a sus espaldas y la aseguró con el cerrojo mediante un gesto delicado.

En lo alto de las escaleras, se pegaron el uno al otro, conteniendo el aliento. La oscuridad era total. El joven no conseguía distinguir absolutamente nada. Sintió el movimiento de Taylor y la escuchó murmurar algo. Las linternas empotradas en la pared de la vieja escalera circular se encendieron tras emitir un silbido titilante.

Las escaleras eran angostas, viejas y estaban bordeadas por muros de húmeda piedra gris. Desde donde estaban, los jóvenes no alcanzaban a ver el fondo, pero no había otro sitio adonde ir más que abajo.

Descendieron con cuidado los escalones irregulares, atentos por si escuchaban cualquier señal de que los estuvieran siguiendo. Pero los sonidos de persecución nunca llegaron. Incluso continuaron solos cuando los peldaños desembocaron en el borde de una gran cripta escasamente amueblada.

La habitación sin ventanas era fría; el piso y los muros de piedra carecían de adornos. Una mesa se erigía en un extremo, frente a dos hileras de bancas de madera polvorientas. Unos altos candelabros eran los que brindaban la iluminación. La habitación tenía un olor a cementerio, mezcla de polvo y abandono. Parecía que nadie había bajado a la cripta en muchos años.

—¿Qué es esto? —susurró Taylor, mirando alrededor.

—No lo sé. ¿Alcanzas a sentir algo? Ya sabes, como… eso que sientes.

Ella cerró los ojos y luego los abrió de inmediato.

—Hay algo aquí —el joven reconocía la agitación en la mirada de su compañera—. Ayúdame. Creo que este podría ser el lugar que estábamos buscando. Puedo sentir su energía.

El eco de sus pisadas resonaba mientras lentamente se abrían paso por la cripta, buscando la señal en cada piedra que veían. Avanzaron a gatas debajo de las bancas y pasaron la mano a lo largo de las paredes de piedra, tratando de no pasar por alto lo que buscaban. Pero no hallaron nada.

El joven estaba al borde de la desesperación, cuando, de pronto, Taylor susurró.

–Dios mío, Sacha. Aquí está.

Él corrió hacia donde ella estaba arrodillada, frente a la mesa del altar, y se dejó caer de rodillas a su lado. Agachándose aún más, Taylor palpó la figura tallada con la punta de los dedos: había una gran cruz ricamente decorada.

–Zeitinger dijo que sabríamos que se trata de la cruz indicada si encontrábamos…

Su voz se fue apagando y señaló arriba del crucifijo. El joven entrecerró los ojos para ver lo que ella le indicaba. Incluso bajo la luz tenue de las velas, el símbolo de la serpiente era inconfundible: había un uroboros tallado profundamente en la roca.

El corazón de Sacha se agitó. Este era el lugar.

–Ya casi es hora. Zeitinger dijo que había que empezar exactamente a medianoche. Tenemos que prepararnos –dijo Taylor.

Sacha volteó a mirar por encima de su hombro. No le agradaba lo callado que estaba todo.

–¿Dónde diablos está Mortimer?

–No lo sé. Apurémonos –señaló, mirándolo a los ojos.

Alcanzando su espalda, sacó la daga del cinto de sus jeans. El arma plateada brillaba de forma siniestra, haciendo que Sacha no pudiera apartar la vista de ella.

–Necesitamos trece velas –la joven señaló con un gesto uno de los candelabros erizado de llamas–. Tráeme esas.

Sacha desprendió las velas encendidas de los candelabros. La cera caliente le cayó en la piel al llevarlas hacia donde estaba arrodillada su compañera, que sujetaba en su mano las instrucciones que Zeitinger la había dado. Taylor señaló hacia la piedra tallada.

–Coloca doce velas, formando una estrella sobre esta piedra.

Cuando la miró para saber cómo hacerlo, la joven dibujó una estrella grande en el polvo con la punta del dedo.

–Pon la última en el centro.

Sacha hizo lo que ella le indicó, utilizando la cera derretida para mantener verticales las velas.

Ella desenvainó la daga de su funda decorativa y dejó el arma desnuda en la base de la estrella resplandeciente.

–Tenemos que cortarnos –indicó ella con calma–. Es el inicio de la ceremonia. ¿Estás listo?

–¿Taylor? –una voz con acento inglés surgió del pozo de la escalera.

Sacha se puso de pie de inmediato, con los puños en guardia, mirando fijamente hacia las sombras. No había escuchado un solo paso antes. Y no era la voz de Mortimer. Era la de una joven.

Taylor continuó arrodillada en el suelo de piedra. Los colores habían huido de su rostro. Pálida, observaba la penumbra en dirección de la voz.

–No –murmuró–. Por favor, no, no, no…

Ambos escucharon el sonido de unos pasos rápidos y ágiles.

Una joven salió de entre las sombras. Tenía aproximadamente su edad, vestía una minifalda oscura y una blusa blanca entallada. El tono de su piel era oscuro, tenía unas piernas fantásticas y abundante cabello negro sujeto en una coleta, la cual se agitaba con cada paso que daba.

–Georgie –murmuró Taylor–. No puede ser que estés aquí. Es imposible…

La joven se veía completamente desconsolada.

Sacha miró a una y otra. Había escuchado a su compañera hablar de Georgie muchas veces. Le había mostrado una fotografía de ella en su teléfono, y esta chica se veía exactamente como ella.

Por la expresión de pánico en el rostro de Taylor, intuyó que también sonaba como ella. Pero no podía tratarse de su amiga, ¿o sí?

–Te busqué por todas partes. Te llamé y llamé –Georgie se acercó a ellos. Se abrazaba a sí misma con fuerza; parecía asustada–. Un hombre dijo que me necesitabas, así que vine contigo. Taylor, ¿quién es él?

–Sacha, ¿de verdad es ella? –Taylor se veía aturdida–. ¿O es una ilusión?

–Creo que es una ilusión –respondió indeciso–. Pero no estoy seguro.

Georgie se detuvo a una corta distancia de donde estaban y los observó con un gesto de reproche. Sus lágrimas refulgían bajo la luz de las velas.

–¿Por qué te portas así, Taylor? Tengo mucho miedo. No sé dónde estoy. No entiendo por qué teníamos que reunirnos en este lugar tan oscuro –dijo, extendiendo la mano–. Ayúdame, por favor. Me da mucho miedo ese hombre.

Sacha notó que su compañera se resistía. Movía nerviosamente las manos a los costados. Imaginaba lo mucho que deseaba acercarse a su amiga. Pero él no sabía qué hacer. ¿Qué pasaría si en realidad fuera Georgie? Ambos sabían que Mortimer no se detendría ante nada.

Taylor había empezado a temblar, pero cuando por fin habló, el tono de su voz era desafiante.

–En la secundaria nos escondimos notas en un lugar secreto. ¿Dónde lo hicimos?

Las lágrimas rodaron por las mejillas de Georgie, mientras seguía extendiéndole su mano suplicante.

–No entiendo por qué me preguntas esto, Taylor. Ni siquiera sé dónde estoy. ¿Por qué no me ayudas? Tengo miedo.

Taylor sujetó el borde de la oscura banca de caoba que tenía frente a ella con tal violencia, que sus nudillos palidecieron.

–Responde la pregunta, Georgie –murmuró.

–¿Por qué no me crees? –preguntó su amiga con un tono quejumbroso–. ¿Cómo puedes hacerme esto?

Al principio, Sacha pensó que las preguntas de Taylor no tenían sentido, pero poco a poco se percató de lo que estaba haciendo. Esta era una prueba. Y Georgie la había reprobado.

Notó que sus hombros se encorvaron, solo un poco, ya fuera por una sensación de alivio o de decepción; pero no estaba seguro.

–Las escondimos en el agujero que había en la barda afuera de tu casa –señaló Taylor–. Cada día, durante todo un año, nos dejábamos recados. Georgie lo sabría. Pero tú no eres ella, ¿no es verdad?

Mortimer emergió de entre las sombras, a un lado de la joven, quien había comenzado a sollozar. El hombre perecía exasperado; aunque fuera de eso lucía exactamente igual que siempre, con la camisa abotonada con cuidado y el nudo de la corbata anudado a la perfección.

–Esto está tardando demasiado.

Sacha vio el cuchillo en la mano del hombre en el último segundo. Instintivamente sujetó a Taylor justo cuando se lanzaba contra Mortimer.

–*No* –gritó la joven.

El cuchillo del asesino se deslizó por la delicada garganta de Georgie con gran fineza. La sangre de la joven salpicó las piedras debajo de sus pies, como una cruenta cascada.

La joven se tomó la garganta, mientras miraba desconcertada a Taylor. Se esforzó en hablar, pero lo único que salió de su boca fue un espantoso gorjeo, como si se estuviera ahogando. Sacha pensó que jamás podría olvidar ese sonido.

Fue entonces que Taylor gritó, soltó un alarido terrible y desgarrador que le partió el corazón al joven y lo hizo estrecharla en sus brazos.

–Suéltame… –le suplicó, luchando por soltarse–. Tengo que ayudarla… Suéltame, Sacha.

–Taylor, no es ella. Mírala. De verdad *obsérvala* –su voz sonaba tensa por el miedo, pero insistente.

Al principio no estaba seguro de que lo hubiera escuchado, pero paulatinamente ella volteó hacia Mortimer, con los hombros todavía temblando por los sollozos. El cuerpo de la joven continuaba encorvado de dolor en los brazos de su compañero.

—No es ella, no es ella —dijo entre dientes—. Es la oscuridad. Sea lo que sea, es la oscuridad.

Mortimer suspiró desde el extremo opuesto de la habitación.

—Bueno, eso fue un total desperdicio.

Limpió la cuchilla ensangrentada con un pañuelo blanco; sus movimientos eran meticulosos y a fondo.

Sacha observó el cuerpo que yacía en el suelo. Ahora podía constatar que evidentemente no se trataba de una joven, sino de un hombre. Tenía el cabello gris y vestía un traje negro. No se parecía en absoluto a Georgie, y el haber caído en cuenta de ello hizo que la sangre se le helara. ¿Cómo había hecho eso Mortimer?

Taylor había dejado de llorar.

—¿Creíste que eso fue divertido? —le recriminó al hombre—. ¿Crees que esto es una broma?

—No, señorita Montclair —Mortimer le clavó una mirada gélida—. No encuentro nada de esto entretenido.

—No te creo.

Con un movimiento tan veloz que Sacha ni siquiera tuvo oportunidad de prever, Taylor se lanzó en picada hacia el suelo y tomó la daga.

—Quizás esto también sea una broma —extendió su mano izquierda, la que estaba marcada por las garras del demonio, y se cortó profundamente la palma con el arma.

Mortimer la fulminó con la mirada.

—Tiene el agua hasta el cuello, jovencita. Está jugando en un mundo que ni siquiera entiende.

—Sacha —Taylor volteó a verlo con una expresión inflexible—, necesito tu mano.

Sin dudarlo, el joven le extendió su mano derecha. Taylor lo tomó de la muñeca. No había compasión en sus ojos, ni miedo, solamente furia, cuando efectuó el corte.

El filo ardió en su piel como el fuego, provocando que se resistiera a pesar suyo; sin embargo, ella lo tenía sujeto con tal fuerza que el corte fue recto y en el blanco. Enseguida, dejó caer despreocupadamente la daga, que produjo un sonido metálico al golpear la piedra bajo sus pies. La joven levantó su mano ensangrentada para estrechar la de él.

–Están perdiendo su tiempo con sus diabólicos jueguitos de sangre –comentó Mortimer, aburrido–. Esto es peligroso, saben. Sacha sufrirá más con usted de lo que hubiera padecido conmigo.

La sangre goteaba de sus manos entrelazadas, produciendo un golpeteo de aquella lluvia oscura contra el suelo. El corte había sido profundo.

Taylor no parecía sentir dolor. Metió la mano en el bolsillo y sacó una tira de tela blanca; Sacha no recordaba haber visto que la hubiera empacado antes. Ignorando a Mortimer, enrolló sus manos con la tela y las ató.

–Nuestras sangres combinadas nos unen –dijo rápidamente, mientras enredaba la tela alrededor con su mano sana–. Hace de tu maldición mi destino, y mis poderes se vuelven tu fortaleza. Juntos somos el otro y nosotros mismos. Juntos somos el doble de lo que éramos antes.

Sacha había visto esas palabras en el papel que escribió Zeitinger, y Taylor las recitó como un conjuro.

La joven ajustó los extremos de la tela y luego le sostuvo la mirada.

–¿Aceptas mi fuerza?

Se veía distinta. Sus lágrimas se habían secado y sus ojos verdes lucían claros y desbordantes de una terrible intensidad.

–Detengan esto, ahora –la voz de Mortimer resonó a través del recinto. Esta vez se escuchaba verdaderamente furioso.

En ese preciso instante, en la torre ubicada por encima de ellos, las campanas empezaron a repicar a medianoche.

A Sacha aún le ardía la mano y el corazón le martillaba dentro del pecho. Momentos atrás no había sentido miedo. Sin embargo, ahora sí lo sentía.

–Sí.

Taylor debió haber percibido la duda en el tono de su voz, porque hizo una pausa.

–*Confía en mí, Sacha* –respiró la joven, y su voz casi enmudeció bajo el estruendo de las campanas.

–Lo hago –le prometió.

Enredó sus dedos con los de él, y volvió a hablar de prisa.

–Sin importar lo que ocurra, no sueltes mi mano. Mientras compartamos nuestra sangre, seremos una misma persona y la maldición no podrá cumplirse. La sangre de los Montclair está en las venas de los Winters. La sangre de los Winters está en las venas de los Montclair. Uno no puede morir sin el otro. ¿Entiendes?

Él asintió con la cabeza, y a continuación ella levantó la voz.

–¿No es verdad, Mortimer? No puedes contactar al demonio mientras Sacha viva. Y la maldición no lo puede matar mientras tenga mi sangre en sus venas.

–Es una protección temporal –se burló el hombre.

Repentinamente parecía más alto. Al joven le tomó un momento darse cuenta de que su enemigo se estaba elevando en el aire; sus pies se despegaban del suelo y flotaban justo encima de la superficie de piedra. Levantó las manos a ambos lados, como un predicador que difunde su sermón.

–¿Se da cuenta, señorita Montclair? El poder del demonio aumenta en mí a pesar de sus jueguitos –sonrió–. Mi compañía en este lugar prácticamente es solo para convencerla de que cambie de parecer. ¿Consigue percibirlo, señorita Montclair? Tiene gran interés en encontrarse con usted, una descendiente directa de la magnífica Isabelle Montclair. Desea hablar con usted en persona. Disfrutó haberla conocido en su mundo. Ahora quiere concluir esa reunión en el suyo.

Un terror helado descendió por la espalda de Sacha. Pero Taylor no respondió. Agachándose, tomó el papel de Zeitinger del suelo. Respiró, pero antes de que pudiera leer las palabras, Mortimer suspiró de forma dramática.

–Qué aburrido.

Chasqueó los dedos en dirección a la joven y la página se incendió. Con un suspiro, Taylor dejó caer la hoja y retrocedió hasta que el papel quedó reducido a cenizas a sus pies.

Al ver la expresión de terror en su rostro, Sacha le apretó la mano.

–No lo necesitas –le recordó–. Lo memorizaste.

Sin embargo, ella negó con la cabeza en silencio. De algún modo, el joven entendió. Esto iba más allá de las palabras. Ese papel contenía la caligrafía de Zeitinger. Era un pedazo de San Wilfred. Había sido su muleta y ahora no era más que cenizas.

Las campanas resonaban con tal fuerza que el chico pudo sentir la vibración en sus pies. El sonido lo sacudía con la suficiente intensidad como para provocar que sus dientes castañetearan. Además de que no dejaba de perder el equilibrio. ¿Las campanas podían hacer eso?

Aferrada a su compañero con una mano, Taylor llevó la otra hacia el respaldo de la banca para sujetarse a ella.

–*Sacha*.

Fue todo lo que dijo, pero él entendió.

–Por fin –suspiró Mortimer, elevándose un poco más–. Esperó demasiado tiempo para efectuar su pequeña ceremonia, señorita Montclair. Ha llegado el momento.

El hombre señaló el suelo frente al altar. Sacha observó atentamente cómo la piedra comenzaba a rasgarse a la mitad como si fuera tela, y la grieta se ensanchaba hasta convertirse en un abismo. El joven no quería mirar adentro. No quería enterarse de qué estaba a punto de salir arrastrándose. Taylor estaba parada junto a él, paralizada por el terror.

–Taylor... –dijo, levantando la voz para que se escuchara más fuerte que aquel escándalo–...hazlo ahora.

Sus miradas se encontraron. Por un momento, temió que ella estuviera demasiado asustada para recordar las palabras. Pero, enseguida, ella se enderezó y se equilibró con dificultad en el suelo inestable.

Irguiéndose, la joven levantó las manos entrelazadas de ambos. Sacha sintió la electricidad al instante, crujiendo por todo su cuerpo y robándole el aliento. Una brisa – cuyo origen el joven no consiguió identificar– alborotó los rizos de Taylor, formando una nube alrededor de su rostro. Sus ojos verdes ardían.

Al hablar, su voz se elevó vertiginosamente, imponiéndose al clamor de las campanas y al estruendo de las rocas que se derrumbaban y despedazaban; su voz prevalecía incluso sobre el ruido que comenzaba a emerger del abismo que fracturaba el suelo.

–Apelo a la dimensión demoniaca para que honre el acuerdo eterno. Soy descendiente de Isabelle Montclair y él es hijo de Matthieu L'Hiver. Montclair y L'Hiver unidos por la sangre. Lo imploramos.

La joven respiró y a continuación retomó las palabras de Zeitinger.

–Invoco a Azazel y Lucifer. Invoco a Moloch y a Belcebú. Invoco a que todos los demonios del infierno escuchen mi plegaria. Liberen a este joven. Renuncien a esta maldición. Respeten el acuerdo eterno. Se los ruego. Se los ruego.

–¿Me lo ruegas? –era la voz de Mortimer, pero esta vez más honda.

Ambos jóvenes levantaron la mirada hacia donde el hombre flotaba sobre sus cabezas. Tenía las manos en alto y los ojos negros como el abismo que había detrás de él.

–Hija de Isabelle Montclair, aquí estoy.

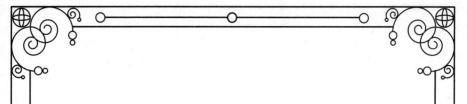

Un fuerte viento golpeó como un puño a la pareja. Todas las velas en el recinto se apagaron en un parpadeo, salvo aquellas colocadas siguiendo el patrón de la estrella dibujada en el suelo de piedra. Por el contrario, estas ahora brillaban con mayor intensidad.

El piso se meció y Taylor luchó por mantenerse en pie.

Cuando se encontró con el demonio en medio de aquella absoluta oscuridad, allá en San Wilfred, no consiguió verlo. Entonces trató de imaginar qué forma adoptaría. ¿Cuál era la verdadera apariencia de un demonio? ¿Sería similar a un lagarto o a una criatura con cuernos de cabra?

Debería haber imaginado que simplemente adquiriría forma humana. En algún momento, Zeitinger le comentó que Mortimer era su recipiente, pero no lo había captado hasta ese momento.

Esa era la terrible realidad del trato que el hombre había hecho: él se convertiría en el demonio.

La joven ahora alcanzaba a ver la muerte en los ojos negros del hombre; percibía su fría crueldad. También podía sentir su apabullante poder depredador; era puro, concentrado y devastador.

Hace tiempo, Deide le contó que los demonios serían como una guerra nuclear. Ahora sabía que el profesor estaba en lo cierto.

Tuvo que hacer acopio de toda su fuerza para obligarse a coincidir con la mirada inhumana de Mortimer; para obligarse a no temerle.

*Confía en tu poder*, imaginó que Louisa le decía. *Conoce tu fortaleza.*

En efecto, se sentía fuerte. Mezclar su sangre con la de Sacha había aumentado su poder de forma exponencial. Lo supo al instante, cuando experimentó la ráfaga de electricidad, como si fuera una droga. Esto era algo distinto a tomarse simplemente de las manos. Era un poder divino. Pero, ¿sería suficiente para enfrentar al enemigo?

–Nos encontramos de nuevo, hija de Isabelle –dijo el Mortimer demoniaco. Continuaba flotando, indiferente a la ley de la gravedad, elevándose a varios metros por encima del suelo de piedra. La voz aceitosa del hombre hacía que se le erizara la piel–. ¿Por qué te atreves a invocarme?

–Te invoqué para que liberes a este joven, de acuerdo con las reglas eternas –respondió Taylor, utilizando las palabras de Zeitinger e imponiendo su voz al ulular de los vientos–. Se exige que…

–¿Exigir? –rio el demonio encarnado en Mortimer–. A mí no se me *exige* que haga nada.

Su risa estaba colmada de odio, y Taylor sintió cómo aquella oscuridad la inundaba, abarcándola. Apretando los dientes, la joven continuó.

–Las reglas eternas *exigen* que liberes a este joven de la maldición. La mezcla de nuestra sangre es prueba de la anulación.

Mortimer volvió a sonreír. Su gesto era abominable, antinatural.

–¿De verdad crees que tienes el poder para luchar contra mí, hija de Isabelle? ¿Acaso tu profesor alemán mencionó que podrías salir victoriosa? –inclinó la cabeza hacia un lado–. Es un ingenuo. Y cuando termine contigo, también me encargaré de él.

Taylor tembló.

*Los demonios mienten*, le recordó la voz de Louisa.

–¿Niegas el poder de la anulación? –la joven se obligó a sonar tranquila y sin miedo–. ¿Acaso las reglas eternas no aplican para ti? ¿Te crees más poderoso que los demás?

–*Suficiente* –Mortimer la miró directamente a los ojos–. Cuando nos encontramos en mi dimensión, ¿acaso no te advertí de las consecuencias que vendrían si continuabas por este camino? ¿No dejé mi marca en ti?

El hombre bajó la mirada hacia su brazo, en el que la herida de las garras casi había sanado. Al instante, la lesión se volvió a rasgar, provocando un dolor ardiente en el brazo de la joven y causando que la sangre manara de la herida. Contuvo un grito y se obligó a no demostrar miedo.

–Y bien, ¿ahora quién está jugando? –se escuchó responder, preguntándose de dónde había surgido esa audacia.

Los diabólicos ojos negros de Mortimer se entrecerraron.

–Oh, hija de Isabelle. No tienes idea de mis juegos. Permíteme demostrártelos.

El hombre levantó una mano y, de pronto, los dedos de Sacha se deslizaron de los de su compañera. Su cuerpo salió volando por la habitación a gran velocidad y se estrelló contra el muro ubicado sobre el altar, emitiendo un espeluznante sonido de huesos rotos, antes de resbalar lentamente por la pared y quedar tendido.

Todo sucedió tan rápido que Taylor no tuvo oportunidad de reaccionar. No hubo siquiera un instante para poder aferrarse a él. En un momento estaba junto a ella, y al siguiente ya no estaba.

–*No* –incrédula, contempló su mano vacía. La tela manchada de sangre que los había unido colgaba de su mano como un trapo desgarrado, agitado por el soplo del viento que giraba a su alrededor.

Su mano se sentía muy fría.

Su mirada atravesó la habitación hacia el cuerpo desplomado del joven. Permanecía tan inmóvil. Tan terriblemente inmóvil.

–Sacha –pronunció entre dientes.

Sintió el pecho vacío. Intentó respirar, pero sus pulmones habían dejado de funcionar. Olvidó a Mortimer. Incluso olvidó dónde se encontraba. Lo único que podía ver era la figura del joven con los brazos levantados para bloquear un golpe que ya había dado en el blanco.

–Te lo advertí, hija de Isabelle –la voz del hombre resonó en la iglesia–. Te dije que el joven me pertenecía. Sin embargo, te atreviste a tratar de anular una maldición eterna.

Una parte de Taylor sabía que debía soportar el resto de lo que viniera. Por lo menos tenía que intentar pelear. No obstante, parecía incapaz de hablar. Por otro lado, ¿qué caso tenía?

El libro de Zeitinger estaba equivocado. Las palabras no tuvieron efecto en el demonio.

–Sacha –repitió con la voz cargada de desesperanza.

El dolor amenazaba con hacer pedazos su cuerpo; sin embargo, la joven avanzó de forma vacilante hacia su compañero. Simplemente quería tocarlo. Deseaba constatar si quedaban rastros de vida en él.

Mortimer le salió al paso. En algún momento había aterrizado sin que ella se hubiera dado cuenta.

–Todo acabó. La maldición se cumplió y ahora comienza el final.

Por fin, ella se atrevió a mirarlo a los ojos. Una especie de catalizador interno había empezado a transformar el dolor en ira. Sentía furia y odio en cada rincón de su ser. La sensación penetraba en su alma como un cuchillo afilado.

Si Sacha había muerto, entonces lo vengaría. Podía hacer eso por él.

–Te dije que lo salvaría –señaló desafiante, avanzando hacia el hombre.

Mortimer abrió la boca para hablar, pero ella levantó la mano hacia él. *Silencio.*

El hombre enmudeció.

–Te lo dije –le repitió, permitiendo que la ira la llenara de su fuego purificante–; te advertí que iba a destruir a quien tratara de hacerle daño. ¿Es que no me escuchaste?

El hombre inclinó la cabeza hacia un lado y la examinó con renovado interés.

–Eres más fuerte de lo que sospeché, hija de Isabelle.

–Sí, lo soy.

Taylor levantó la mano.

*Cuchillo.*

La daga ceremonial saltó del suelo a su puño.

Observó el pecho de Mortimer, justo donde debería estar el corazón, en caso de que tuviera uno.

*Mata.*

El arma salió disparada hacia él con una fuerza inimaginable y una velocidad mayor que cualquier bala.

El hombre repelió el ataque con un rápido golpe de los dedos. La cuchilla cayó ruidosa e inofensivamente al suelo. No obstante, su enemigo no la perdía de vista, con esos ojos negros y muertos.

–Me interesas, hija de Isabelle. ¿Por qué sigues peleando? El muchacho está muerto.

Taylor extendió los brazos y dejó que la energía del recinto fluyera hacia ella. El poder parecía salir de la estrella con velas trazada en la piedra cercana a sus pies.

–*Yo te invoco*, Moloch y Belcebú –comenzó a repetir–. Te invoco a que liberes a este joven de acuerdo con las reglas eternas…

–El muchacho está *muerto*, señorita Montclair.

Taylor hizo una pausa. Aquellos ojos negros la miraban de forma abrasadora.

–Deberías unirte a mí, Montclair. El poder es… –Mortimer echó la cabeza para atrás, en un ángulo antinatural, antes de acomodarse de nuevo de manera repentina y repugnante–…inimaginable.

–Nunca me uniré a ti –respondió con un gruñido–. Jamás. Eres despreciable.

Acercándose un paso a él, le escupió en la cara.

El tiempo pareció detenerse. Cuando el demonio volvió a hablar, su voz estaba adentro de su cabeza.

–Has ido demasiado lejos. Te lo advertí, hija de Isabelle.

Sin previo aviso, la muchacha estaba volando. Sintió que sus pies abandonaban el suelo. El aire pasaba silbando en sus oídos. Por un breve instante careció de peso, pero sabía lo que eso quería decir.

*Ahora sabré qué se siente morir*, pensó vagamente.

Azotó en el suelo, contra la base del altar, con tal fuerza que su cuerpo se quedó sin un soplo de aliento. Un dolor agudo se disparó en sus costillas y escuchó que algo se había roto.

Cuando por fin consiguió respirar, el pecho le ardió. El aire regresó a sus pulmones emitiendo un silbido. Sabía que no debía sonar de ese modo, pero parecía incapaz de pensar con claridad. Los oídos le zumbaban y no estaba completamente segura de dónde se encontraba.

Todo parecía borroso, aunque de algo estaba segura: se había terminado. Había fracasado.

Con un gran esfuerzo, se obligó a abrir los ojos. Había caído no muy lejos del cuerpo de Sacha. Podía ver sus manos, con los dedos doblados como un niño. Ignoraba dónde estaba Mortimer. De cualquier modo, había dejado de importarle. Únicamente le interesaba Sacha.

Lenta y dolorosamente, se arrastró por el duro suelo de piedra. Con cada movimiento, el dolor la traspasaba. Al final, cuando las fuerzas la habían abandonado, se derrumbó junto a él, posando su mano en la suya. La piel del muchacho estaba tan fría.

—Sacha —murmuró—. Lo siento tanto —a su respiración superficial la acompañó un silbido enfermizo—. Lo intenté.

No hubo respuesta. El joven tenía la cara volteada hacia ella, con sus pestañas largas y oscuras y sus mejillas que podrían haber sido talladas en mármol. Detrás, creyó haber escuchado a Mortimer gritando algo que no pudo comprender. Lo único que le importaba estaba justo frente a ella.

De pronto, Sacha abrió los ojos. Taylor lo miró fijamente; su respiración emitía un leve silbido debido al hueco en su pulmón. Quizás estaba soñando. Tal vez estaba inconsciente. Podría ser que incluso ya estuviera muerta. Eso explicaría la visión. Pero si estaba muerta, ¿por qué le dolía todo?

La mirada de Sacha buscó la suya, como si estuviera indagando algo. Ninguno de los dos movió un músculo durante un largo instante. Con gran lentitud, los dedos del joven tomaron los de ella. La sujetaba con tal fuerza que dolía.

*No estoy soñando.*

Una descarga de electricidad la recorrió, arrancando un jadeo a su respiración debido a la intensidad de la sacudida. Escuchó un chasquido y sintió que la fractura de su costilla sanaba. Al instante, respiró con mayor facilidad.

Una sensación de calidez se derramaba por su cuero cabelludo, mientras las heridas de su cráneo soldaban. Hasta ese momento no se había percatado de que lo tenía fracturado.

Durante el rato que su cuerpo estuvo sanando, Sacha sostuvo su mirada —con sus ojos azules como el mar, inteligentes y alertas—, como si supiera lo que sucedía dentro de ella.

—La sangre de los Winters —suspiró discretamente.

Entonces, la muchacha entendió. Había funcionado: la unión se había completado. No fracasó. Todavía no.

*Los demonios mienten.*

Quiso hacerle creer que Sacha había muerto y que la lucha había terminado para que se diera por vencida. Sin embargo, la batalla estaba lejos de haber acabado.

De pronto se percató de la energía alquímica que la rodeaba. Percibió los abundantes arroyos dorados que fluían a su alrededor como ríos y se acumulaban como lagos.

La energía estaba por doquier. La basílica parecía hecha de ella. Algo había hecho el demonio para ocultárselo antes. Pero ahora podía verla con claridad.

Sacha también estaba consciente de ella. De hecho, sabía todo lo que pasaba por la mente de su compañera. Ella no supo explicarse cómo, pero el caso es que lo sabía. Y también estaba al tanto de lo que él pensaba: no tenía miedo ni sentía dolor. Estaba *furioso*.

Los labios del joven trazaron la curva de una sonrisa cuando la vio darse cuenta de los cambios.

–¿Lista? –dijo en voz baja–. Tenemos que hacerlo ahora.

Taylor no necesitó preguntar de qué estaba hablando. Lo sabía.

Cerró los ojos, atrajo las hebras de energía hacia ellos y sintió que Sacha hacía lo mismo. Imaginó que esta los levantaba del suelo.

*Asciende.*

En un instante estaban parados con los pies bien firmes en el suelo. Después comenzaron a elevarse; los dedos de sus pies apenas rozaban la piedra. El poder los invadía, giraba alrededor de ambos como un núcleo protector. Recorría sus dedos a toda prisa, saltando de uno a otro.

En el extremo opuesto de la habitación, Mortimer había levantado una de las piedras y hurgaba debajo de ella, dándoles la espalda. Taylor y Sacha fruncieron el ceño al unísono, preguntándose qué tramaba.

Cuando ella habló, él la acompañó.

–Te invocamos para que liberes la maldición eterna.

Mortimer se giró; en su rostro había una expresión casi cómica de sorpresa. Sostenía en las manos un viejo libro destrozado. Al mirar detrás de él, en el hueco que acaba de abrir, los jóvenes vieron un esqueleto sosteniendo una espada, dentro de los restos de un antiguo ataúd.

–Las reglas del tiempo te ordenan liberar al joven –dijeron Taylor y Sacha al mismo tiempo–. Debes absolverlo de la maldición.

Mortimer se recuperó rápidamente del asombro.

–Estos juegos son tan aburridos –respondió.

Sin embargo, estaba nervioso. Levantó la mano y Taylor percibió su poder como unos espesos glóbulos negros. Ella y Sacha observaron con curioso interés cómo el hombre avanzaba hacia ellos, con lo que percibían como una tremenda lentitud.

Agitaron las manos que tenían libres y la energía alquímica que los rodeaba se encargaba de desviar los glóbulos.

Mortimer los miró fijamente con absoluta incredulidad.

–No es posible.

*La daga.*

No había sido el pensamiento de Taylor, sino el de Sacha, aunque ella lo escuchó en su cabeza como si hubiera sido suyo. Ambos voltearon hacia el arma ceremonial de Zeitinger, que yacía olvidada en el suelo.

Cada uno tuvo el mismo pensamiento.

*Cuchillo.*

Este voló hacia la pareja y quedó suspendido frente a ellos, firme y mortal. Ambos voltearon a ver a Mortimer.

–No –dijo el hombre, retrocediendo un paso–, teníamos un acuerdo.

–Libera al joven –dijeron al unísono, y su voz retumbó en la iglesia como un coro–. De acuerdo con las reglas eternas, te lo ordenamos. Te lo ordenamos. Te lo ordenamos.

La daga cruzó el recinto a toda velocidad y se clavó en el pecho del hombre. El impulso lo levantó del suelo y lo arrojó contra la pared del fondo, donde quedó colgado, atravesado. Un chorro de sangre negra corrió por su tórax, formando un charco viscoso a sus pies.

Abrió la boca para gritar y el sonido que salió fue como el sonido de mil voces torturadas. Era ensordecedor. Mortimer miró a la pareja fijamente con una expresión de completa incredulidad. El libro que llevaba resbaló de sus dedos.

Una gran sombra negra abandonó su boca abierta que se retorcía y echaba espuma. La silueta terminó deslizándose hasta el suelo de piedra. A pesar de que carecía de forma reconocible, tanto Taylor como Sacha supieron, de algún modo, que esa era el alma del demonio. Observaron, asqueados, cómo el ánima se escurría por la grieta abismal en el piso.

Momentos después, un temblor sacudió los cimientos del antiguo edificio, provocando que varias piedras cayeran del techo. En la superficie, las campanas repicaron de un modo disonante. Cuando los jóvenes volvieron a mirar, el suelo estaba intacto otra vez.

No obstante, el piso continuaba sacudiéndose. Un trozo de pared se desprendió y cayó cerca de ellos, rompiéndose en mil pedazos y causando que los fragmentos de piedra salieran disparados en todas direcciones.

Sacha condujo a Taylor hacia las escaleras.

–Tenemos que salir de aquí.

No era necesario que lo dijera en voz alta –habló movido por la costumbre–, pues ella sabía lo que pensaba.

Atravesaron juntos la cripta, esquivando los escombros que caían. Cuando llegaron a la puerta que conducía a la escalera, Taylor miró detrás de ella. El cuerpo clavado de Mortimer se mecía lentamente con el vaivén de la tierra. Además, se estaba descomponiendo con increíble rapidez, pues la carne ya le colgaba de los huesos, como si hubiera muerto mucho tiempo atrás.

–Vamos –la llamó Sacha, tirando de su mano. Ella se apresuró a seguirlo.

Subieron las escaleras dando traspiés, mientras el edificio se estremecía a su alrededor. Cuando llegaron a la nave de la iglesia, el fuego parpadeaba donde habían caído las velas. La pesada cruz cercana a una de las paredes se balanceó violentamente, pero no se desplomó. Las columnas se mecieron peligrosamente cerca de ellos y las campanas tañían con una furia salvaje y ensordecedora.

–Rápido –gritó Sacha, jalando a la joven para pasar la fila de capillas y llegar a la enorme entrada en forma de arco. Cuando llegaron, la puerta tenía la cerradura puesta, pero ahora se había abierto de golpe, así que la atravesaron a toda velocidad, justo antes de que una de las gárgolas se estrellara contra el suelo detrás de ellos.

En la plaza de la iglesia, la gente había comenzado a abandonar los hoteles y departamentos cercanos –la mayoría en pijama o en bata–, y comentaban lo que ocurría con gran excitación.

–Es un terremoto –exclamo una persona.

–Aléjense de las paredes –gritó un hombre en francés.

–¿Qué dijo? –preguntó alguien en inglés, con acento estadounidense.

–¿Que corramos realmente rápido? –sugirió su amigo.

Aferrada a la mano de Sacha, Taylor fue dando tumbos entre la multitud, aturdida.

¿Acaso esta gente no escuchó nada cuando el mundo estuvo a punto de llegar a su fin? ¿Siquiera tuvieron una idea de lo cerca que estuvieron de morir?

La pareja se detuvo a corta distancia de la muchedumbre y se mezclaron con ella.

Cuando la tierra finalmente dejó de temblar unos pocos minutos después, los turistas exclamaron de alegría.

–Quiero regresar a Francia el año que viene –comentó alguien–. Vaya que saben montar un espectáculo.

En ese momento, Taylor había olvidado por completo a la multitud. Sacha estaba parado cerca de ella, haciéndole sentir la tibieza de su cuerpo. Sus ojos tenían el azul y la claridad del mar. Ella se estiró para tocar su rostro, perpleja.

—Júrame que de verdad sigues vivo.

—Te juro que sigo vivo.

—Creí que te había perdido.

El joven la atrajo aún más cerca y le colocó la palma de su mano en su pecho para que pudiera sentir el latido constante, y muy real, de su corazón.

—Jamás.

39

–Será mejor que entren –Louisa levantó una mano e hizo un gesto de impaciencia.

Su habitación de hospital era de un blanco brillante y estaba limpia como un laboratorio. El fuerte olor del desinfectante le cosquilleó la nariz a Taylor cuando ella y Sacha entraron.

Louisa yacía en la cama y tenía la cabeza inmovilizada con un complejo soporte de metal y plástico sujeto a la frente y al pecho, que a todo el mundo le parecía una jaula. Una larga hilera de puntadas le serpenteaba por la línea del cabello, de un lado de su rostro amoratado. Sin embargo, sus ojos se mantenían alertas.

Sintiéndose de pronto cohibida, Taylor se alisó

el cabello pasándose nerviosamente la mano. En cambio, las manos de Sacha se hundían en el fondo de los bolsillos de sus jeans, provocando que sus hombros relajados se encorvaran.

–Hola –Taylor reprimió el "¿cómo estás?" que amenazaba con salir de su boca, con el riesgo de sonar ridícula–. Alastair nos dijo que seguías mejor, pero teníamos que verlo por nosotros mismos –dijo en cambio.

Louisa examinó su rostro y notó la marca oscura a la altura de su sien. El resto de las heridas de Taylor ya había sanado. Sacha le había explicado que los golpes siempre eran los últimos en sanar.

–Hubieran pasado cuando estuvieran por el barrio.

El tono de su amiga sonó tranquilo, pero Taylor sabía que le daba gusto verlos.

Una enfermera con uniforme verde entró afanosamente y presionó varios botones, que activaron en coro las alarmas de un trío de máquinas de plástico. La mujer dijo algo entre dientes y, enseguida, apretó más botones para detener el ruido. Louisa hizo un gesto de fastidio.

–Lo hace a cada rato. He estado en competencias de lucha en patines más silenciosas.

La mujer salió de la habitación como si nada, murmurando rápidamente en francés. Sacha no pudo contener una sonrisa.

–¿Qué dijo? –le preguntó con tono demandante, sin apartar la vista de él–. Me hace siempre lo mismo. Todo ese parloteo.

La sonrisa del joven creció. Taylor se dio cuenta de que su cariño por Louisa era comparable al suyo.

–Dijo: "Es de las problemáticas".

–Bueno –la muchacha intentó rascarse debajo de una vara metálica conectada a la altura de su cabeza–, supongo que es más lista de lo que parece. ¡Ay!

Instintivamente, Sacha estiró la mano hacia ella, antes de volver a meterla en su bolsillo.

–Tal vez sería mejor que no hicieras eso –sugirió el joven.

–¿Qué se siente? –Taylor señaló con un gesto indeciso el aparato metálico–. Me refiero al cuello fracturado.

–Se siente de maravilla –respondió Louisa con sarcasmo–. Es como andar de fiesta.

–Acepto que fue una pregunta estúpida –sonrió Taylor.

–No fue estúpida –suspiró la paciente–. Es solo que me enferma estar en este lugar. Me está convirtiendo en un ogro –tocó las varillas metálicas con cierta indecisión–. De hecho, ahora no duele tanto. Solamente se siente como si alguien hubiera tomado mi cabeza como rehén –dijo, moviéndose con cuidado–. Solo faltan un par de meses más para que me quiten esta cosa. Es pan comido.

–Te traje un café, pero en este país sencillamente no tienen un moca… –Alastair entró de prisa a la habitación, con un vaso descartable en cada mano. Al ver a sus amigos se frenó tan intempestivamente que tuvo que equilibrar los vasos para evitar que se derramaran.

–Están aquí, sanos y salvos –una sonrisa de satisfacción iluminó su cara rojiza.

–¿Esperabas a alguien más? –Sacha se encogió de hombros de una forma engreída.

–Por supuesto que no.

Alastair le entregó el café a Louisa y se sentó junto a ella en la orilla de la cama. Ambos observaron a Taylor y a Sacha con un gesto de impaciencia, como si aguardaran un anuncio importante.

–¿Qué pasa? –preguntó Taylor, a pesar de que ya sabía de qué se trataba.

–No sean tímidos –Louisa agitó una mano con franca impaciencia–. Jones llamó esta mañana y nos dio la noticia. ¿Es cierto?

Sacha y Taylor intercambiaron miradas.

*Aquí vamos*, pensaron ambos.

—Es cierto —por fin respondió ella.

—No puedo creerlo —Alastair negó con la cabeza—. Es imposible.

—Es lo que nos dicen todos —comentó Sacha—. Pero, de algún modo… sucedió.

—Muéstrennos —pidió Louisa—. No lo creeremos hasta verlo.

Taylor y Sacha esperaban esto, así que no se molestaron en negarse. Ella se quitó la mochila, la abrió y sacó una vela. La encontraron en la capilla del hospital y la trajeron con ellos, por si acaso. La joven se la entregó a Sacha y se apartó.

—Muéstrales.

*Es absurdo*, la voz del muchacho se escuchó claramente en la mente de su compañera.

*Lo sé*, respondió en silencio, arqueando una ceja. *Solo hazlo y alégralos.*

Sacha sostuvo la vela y la miró intensamente. De pronto, esta parpadeó hasta encenderse, con una llama alta y recta.

Louisa exhaló de forma audible y Alastair volteó a ver su expresión.

—Es una locura.

—¿Cómo? —preguntó Louisa, a pesar de que era perfectamente consciente de que nadie podría responder esa pregunta con certeza.

—La sangre de Montclair en las venas de Winters —comentó Sacha en voz baja, mirando a Taylor fijamente.

La forma en que la miraba la hacía temblar.

—Jones va a perder la cabeza —mencionó Louisa, satisfecha, como si un decano confundido fuera el mejor resultado posible.

—No lo entiendo —expresó Alastair, desconcertado—. Los alquimistas no se hacen. El ADN no se puede alterar de esa manera. Científicamente, es imposible. ¿Cómo pudo suceder?

Miró a la pareja con preocupación, y con un indicio que a Taylor no le pareció muy distinto del miedo. No le sorprendía. Ya habían pasado por algo semejante cuando telefonearon a la gente de San Wilfred. De hecho, en este momento todo lo que decían espantaba a la gente. Así es que no se atrevieron a contar toda la verdad.

Ahora Taylor tenía la habilidad de Sacha para sanar; cada herida se cerraba sola en cuestión de minutos. Aún no sabía si podía morir, pero no era algo que quisiera comprobar.

–No lo sabemos –señaló–. Ni tampoco Zeitinger se lo explica.

La joven recordó lo que el profesor alemán le había dicho acerca de las ceremonias oscuras, antes de que saliera de San Wilfred: *El oficiar una ceremonia oscura dejará marcas en su espíritu. A veces estas huellas se extienden. A veces, toman el control.*

¿Había poder oscuro en ella ahora? Lo ignoraba. Y si estaba ahí, era incapaz de detectarlo.

La realidad era que a ambos les gustaba esta forma de ser. No eran oscuros ni malvados. Tan solo eran más fuertes. Mejores.

–¿Qué pasará ahora con ustedes dos? –preguntó Louisa.

–Vamos a ir a París –respondió Sacha llanamente, como una exposición de hechos.

–Sacha le prometió a su mamá que iría cuando esto acabara, y es lo que vamos a hacer –añadió Taylor–. Y después de eso, me voy a España para ver a mi mejor amiga.

Louisa la observó con atención.

–¿Y después regresas a San Wilfred?

–Probablemente. Por lo menos volveré a tiempo para empezar el trimestre.

Mantuvo una expresión neutral, pero su amiga siempre conseguía descifrarla. Se inclinó un poco para ver a Taylor, con un dejo de sospecha en la mirada.

–¿Ocurre algo más?

Taylor dudó. No quería mentirle a Louisa, aunque tampoco quería contarle todo en ese momento. Ya habría tiempo para decidir cuánto le compartiría; tiempo para tratar de entender lo que había sucedido. Pero ese no era el momento adecuado.

—Está todo bien —recorrió la habitación y tomó la mano de su amiga. Podía sentir el calor de la sangre recorriendo sus venas y la fuerza de los músculos debajo de la piel. La violencia de Mortimer no la había mermado en absoluto. Pronto se recuperaría de sus lesiones.

Entonces, tal vez sería el momento correcto para contarle la verdad.

—Lo juro.

No mentía. Todo estaba bien.

*Debemos irnos.*

Al otro lado de la habitación, la mirada de Sacha se encontró con la suya. La motocicleta esperaba afuera, cargada con sus mochilas. Al pensarlo, el corazón de Taylor se agitó. Su vida apenas comenzaba.

Mortimer se había ido y nadie podía detenerlos ahora.

—Debemos irnos —se agachó y abrazó con dulzura a Louisa. Mientras lo hacía, arrancó una delicada hebra de energía de la corriente eléctrica que zumbaba alrededor de ella y la dirigió al cuello fracturado de su amiga.

*Sana.*

Louisa se sobresaltó.

—¿Qué fue eso?

Dirigió una mano hacia su cuello, dejando que asomaran los tatuajes oscuros contra la piel pálida.

Taylor ignoraba qué tan bien se proyectaban sus poderes, pero quería probarlos. Por si acaso.

—Fue un abrazo, Lou. Nada más.

Caminó hacia Sacha, quien la esperaba con su mochila en la mano.

Al voltear para despedirse de Louisa y Alastair, Taylor sintió nostalgia por los altos chapiteles de piedra de Oxford; por la oficina repleta de libros de Zeitinger y por los días que pasó en la biblioteca leyendo viejos pergaminos.

Regresaría en el otoño, esta vez como una estudiante en regla. Trabajaría duro y algún día entendería lo que había sucedido durante la ceremonia en la cripta.

La pareja se detuvo un instante en la puerta.

–Nos vemos en San Wilfred –dijo Taylor.

Antes de que le pudieran responder, ella y Sacha recorrieron el amplio pasillo del hospital, con sus pasos en perfecta sincronía, y salieron hacia la luz del sol.

Era tiempo de empezar.

# SOBRE LOS AUTORES

### C. J. Daugherty

Antigua reportera de casos policiacos, C. J. Daugherty es la autora de la serie *Night School*, que ha sido un *best-seller* internacional. Cuando tenía 22 años presenció a su primera víctima de homicidio, y desde entonces se obsesionó con el lado más oscuro de la naturaleza humana. La serie *Night School,* ubicada en un internado para los hijos de la élite británica, encabezó las listas de ventas y cautivó el corazón de los lectores en distintos países alrededor del mundo. Sus libros se han traducido a 22 idiomas. Nació en Texas, pero vive en Inglaterra desde hace varios años, donde actualmente trabaja en una nueva novela. Puedes encontrar más información en: www.CJDaugherty.com.

### Carina Rozenfeld

Cuando tenía nueve años, Carina Rozenfeld comenzó a escribir sus propias historias, porque creía que no era suficiente con soñar por las noches. Más tarde se volvió periodista para un periódico juvenil francés, sin dejar de escribir sus relatos al caer el sol. Después de publicar su primera novela en Francia, se convirtió en autora de tiempo completo. A la fecha ha escrito cerca de veinte libros populares, incluidas las exitosas trilogías *La quête de Livres-Monde* y *Les Clefs de Babel.* En la literatura juvenil, es conocida por sus series *Phœnix* y *La symphonie des Abysses.* Ha ganado más de veinte premios literarios. Vive en París, donde se encuentra trabajando en nuevos libros de ciencia ficción y fantasía.

# FANT

LA GRIETA BLANCA -
*Jaclyn Moriarty*

¿Crees que conoces
todo sobre los cuentos
de hadas?

EL HECHIZO DE LOS DESEOS -
*Chris Colfer*

Protagonistas que
se atreven a enfrentar
lo desconocido

EL FUEGO SECRETO -
*C. J. Daugherty
Carina Rozenfeld*

HIJA DE LAS TINIEBLAS -
*Kiersten White*

Dos jóvenes destinados a
descubrir el secreto ancestral
mejor guardado

# ASY...

LA REINA IMPOSTORA -
*Sarah Fine*

EL CIELO ARDIENTE -
*Sherry Thomas*

En un mundo devastado, una princesa debe salvar un reino

REINO DE SOMBRAS -
*Sophie Jordan*

Una joven predestinada a ser la más poderosa

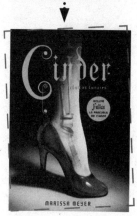

CINDER - *Marissa Meyer*

La princesa de este cuento dista mucho de ser una damisela en apuros

# ¡QUEREMOS SABER QUÉ TE PARECIÓ LA NOVELA!

Nos puedes escribir a vrya@vreditoras.com con el título de esta novela en el asunto.

Encuéntranos en

f facebook.com/VRYA México

twitter.com/vreditorasya

instagram.com/vreditorasya

COMPARTE
tu experiencia con
este libro con el hashtag
#laciudadsecreta